Lifka Werner

So tot jetzt

Kriminalroman

Lifka Werner

So tot jetzt

Kriminalroman

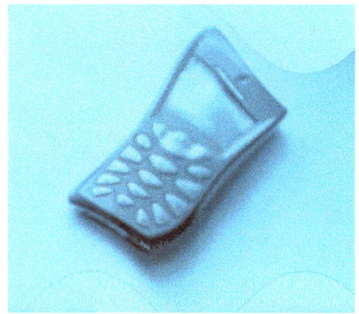

BOOKS on DEMAND

Impressum
© 2015 Lifka Werner

Herstellung und Verlag:
BoD – Books on Demand, Norderstedt

ISBN: 978-3-7386-5502-5

Titelgestaltung: Lifka Werner

Bibliografische Information der
Deutschen Nationalbibliothek
Die Deutsche Nationalbibliothek verzeichnet diese Publi-
kation in der Deutschen Nationalbibliografie; detaillierte
bibliografische Daten sind im Internet über
http://dnb.d-nb.de abrufbar.

November

»Schreiben Sie!«

Es war mehr eine Bitte als ein Befehl: »Schreiben Sie alles auf, Herr Urbach! Wer solche Schläge hinnehmen musste, sollte sich alles von der Seele schreiben.«

»Kommando Ahmed Bouchiki stieß ich hervor. »Klingt doch wie Hohn. Ein marokkanischer Kellner in Norwegen muss seinen Namen hergeben für eine anonyme Bande, die wiederum eine Tragödie über dem Atlantik auslöst. Das nennt man dann wohl Globalisierung.«

Mein Gegenüber lächelte: »Wenigstens finden Sie langsam ihren Humor wieder.«

»Der Name quält mich. Kommando Ahmed Bouchiki. So hochtrabend und doch so wenig, an das man sich halten kann. Manchmal möchte ich aus dem Fenster springen.«

Frau Dr. Dorer, die Polizei-Psychologin, nickte: »Alles verständlich und alles wird in die Reihe kommen. Nach solchen traumatischen Erfahrungen ist es ganz natürlich, dass körperliche und psychische Funktionen aus dem Ruder laufen. Die Erinnerung an das Trauma ist im Gedächtnis nicht in der richtigen Form abgespeichert worden. Da läuft vieles durcheinander. Deshalb wollen wir in der Psychotherapie das Gedächtnis ordnen und die Erinnerungen neu verarbeiten. Wir versuchen also ein kontrolliertes Wiedererinnern durch ein detailliertes Ablaufprotokoll der Ereignisse. So können Sie das Erlebte noch einmal verarbeiten und damit weiter leben.«

Ich kannte sie von meinem Unfall. Sie hatte schon damals meinen Schock therapiert. Ziemlich erfolgreich. Jetzt bin ich wieder ihr Patient. Sie schob mir einen Stift und einen Papierblock über ihren Schreibtisch. So einen mit Drahtspirale am oberen Rand. Ich ließ unschlüssig meinen rechten Daumennagel darüber gleiten. Es gab ein schnarrendes Geräusch.

»So sieht´s in meinem Kopf aus. Nur endlos«, sagte ich.
»Ich glaub´s Ihnen. Deshalb müssen Sie ein Ende finden. Und einen Anfang. Damit aus der Spirale wieder ein Band wird. Ihr Problem ist nicht das Verdrängen, sondern das Nicht-Verdrängen-Können. Nach Freud ist gesund, wer negative Gedanken an Vergangenes oder an Schmerzliches wegzuschieben vermag und aktiv unterdrückt. Fangen Sie einfach von vorne an. Erzählen Sie sich die ganze Geschichte noch einmal. Chronologisch. Mit allen Details, die Ihnen einfallen. Auch wenn Sie meinen, das und jenes gehört gar nicht dazu. Sie kennen das doch aus Ihrer Polizeiarbeit.«

Und dann sagte sie noch: »Erleben hat viele Dimensionen. Jede ist wichtig.«

»Wenn sich aber die Erinnerung an das Erlebte dem direkten Zugriff verweigert? Wenn alles chaotisch abläuft?«

»Sie sollen nicht erinnern, sondern wieder holen. Zunächst jedenfalls.« Und auf meinen fragenden Blick erklärte sie: »Kierkegaard hat das einmal trefflich beschrieben: Wiederholen und Erinnern sind dieselbe Bewegung - nur in entgegengesetzter Richtung.« Sie kreuzte die flachen Hände vor ihrer Brust. »Verstehen Sie? Bei der Erinnerung gehen die Gedanken nach rückwärts und geraten immer wieder aus der Spur. Beim Wiederholen wird von einem Punkt vorwärts erinnert.« Sie seufzte. »Ich weiß, das klingt kompliziert, ist aber einfach.«

»Nein, nein - ich habe alles verstanden. Kein Problem!«, sagte ich rasch. »Wenn man einen Weg rekonstruieren soll, geht man ja auch nicht vom Ziel zum Startpunkt, sondern umgekehrt.«

Sie nickte. Irgendwie schaffte sie es immer wieder, dass man ihr keine Sorgen bereiten wollte. Klein und rundlich strahlte sie, trotz des weißen Kittels, eine gewisse Mütterlichkeit aus, die beruhigend wirkte und vielleicht auch offen machte. Erst im Gespräch wurden ihre Klugheit und ihre Kompetenz deutlich.

Ich schaute wieder auf den Block. »Kann ich nicht an meinem Computer, wie gewohnt - ?«

Sie schüttelte den Kopf. »Auch wenn ihre Linke dabei etwas vernachlässigt wird - schreiben Sie mit der Hand! Holen Sie Wort für Wort aus sich heraus.«

Ich schrieb in Versalien AUGUST auf den Block.

»Genau so!« nickte sie. »Diese Arbeit müssen Sie jetzt verrichten. Ich hab noch ein anderes Bild: Wie ein Mikado-Spiel. Erst wenn Sie das Chaos der Stäbchen auseinander geklaubt haben, wenn alle säuberlich neben Ihnen liegen, ist der Fall abgeschlossen - hätten Sie als Polizist gesagt.«

Ich sah sie an. »Sagen Sie das noch einmal.«

Sie fasste an ihre Brille und schaute mich fragend an: »Dass Sie kein Polizist mehr sind, ist doch nicht Ihr Problem. Oder?«

»Nein, das Bild, das Bild, das Sie brauchten ...«.

»Das Mikado-Spiel?«

»Das Mikado-Spiel. Ich habe das schon einmal gehört. Vor der Tragödie. Aber es gehört zu dem Fall. Es war ganz am Anfang ...«.

Sie lächelte wieder: »Schreiben Sie es auf! Erinnerung wird nur über eine Ordnung möglich. Zwingen Sie Ihre ständig kreisenden Gedanken in eine geordnete Bahn.«

Sie führte mich in eine Art Ruheraum. Eine Ärzteliege, ein Tisch, ein Stuhl.

»Hier werden Sie nicht abgelenkt. Keine Fluchtmöglichkeiten für den unruhigen Geist. Sie können bleiben, solange Sie wollen. Wenn Sie müde werden, hören Sie auf und machen morgen weiter.«

»Zu welchem Ende?«, fragte ich.

Jetzt nahm sie ihre Brille ab und ließ sie am Band vor ihrer Brust baumeln. »Das wird man sehen, Herr Urbach. Warten Sie einfach ab. Sie sollen nur verarbeiten, nicht verdrängen. Auch was man aus seinem Gedächtnis verbannen will, muss man erst einmal verstanden haben. Erst dann können Sie auch wieder mit sich umgehen.«

»Vielleicht will ich keine Sekunde verbannen?«

Sie blieb bei ihrem freundlichen Ton: »Dann bleibt eben jede Sekunde in ihrer Erinnerung - aber unter Kontrolle. Geführt wie ein folgsamer Hund.«

Ich fuhr wieder mit der Hand über die Spirale. »So ein Block wird da nicht reichen«, suchte ich noch einen Ausweg.

«Daran herrscht hier kein Mangel. Irmgard wird Ihnen jeden Morgen einen neuen hinlegen. Ich freue mich auf Ihre Geschichte.«

Sie war gegangen. Und ich werde die Geschichte schreiben. Von Anfang an. Keine Angst Frau Doktor. Die Details sind alle gespeichert. Ich muss sie nur ordentlich abrufen. Und während draußen vor meinem Fenster der Novemberregen vergeblich versucht, sich als Schneeflocken auszugeben, muss ich mich an schönere Tage erinnern. Nein, nicht erinnern - wieder holen. Im wahrsten Sinn des Wortes. Ich werde mich in die Zeitmaschine setzen und den Schalter auf *Zurück* setzen.

Ich werde noch einmal wie ein fremder Beobachter zuschauen, wie Lars Urbach seinen ersten Fall als Freiberufler erlebte.

August

1

München machte Sommerferien. Weg waren sie. Obwohl es auf Kreta oder Mallorca auch nicht heißer war.

Läppisch, dieser Anfang. Aber es stimmt: Man sprach längst vom Jahrhundertsommer. Und ich saß im Büro. Nichts auf meinem Anrufbeantworter. Nichts in der Mailbox. Nichts im Fax. Nur Parkplätze - die gab´s satt. Den neuen Job hatte ich mir spannender vorgestellt. Ich überlegte schon, ob ich mein abgebrochenes Studium wieder aufnehmen sollte. Zugegeben, es fing ja erst an. Der August und das Leben unter dem schönen Logo: Lars Urbach. Privatdetektiv. Seit fünf Wochen stand die Kleinanzeige in sämtlichen Münchner Zeitungen: Ermittlungen, Überwachungen, Recherchen etc.

Das Ergebnis bisher: Zweimal sollte ich Unfallflüchtige aufspüren, und einmal fragte einer vom Supermarkt, ob ich ihren Hausdetektiv im Urlaub vertreten könnte. Ferienzeit ist schlecht für einen Neustart. Trubel herrscht nur zu bestimmter Stunde auf dem Marienplatz, wenn sich sämtliche Touristen gleichzeitig unter der Rathausuhr treffen, um das Figurenspiel hoch über ihren Köpfen zu bewundern.

Während ich auf irgendein Zeichen eines potenziellen Auftraggebers wartete, versuchte ich zum x-ten Mal so ein blödes Ballermann-Spiel am PC. Wenigstens hält es die Finger fit.

Mit der neuen Linken komme ich schon gut zurecht. Schneller konnte ich im Leben vor der Prothese auch nicht tippen. Die Ärzte und Techniker haben das so gut hingekriegt, dass ich mich immer noch zu den Primaten zählen kann - also zu den Säugetieren, die mit Fingern und Daumen eine Griffhand bilden können. Das ist mindestens gut für die Nahrungsaufnahme oder um einen Ast als Waffe gebrauchen zu können. Sogar meine Waffe kann ich zur Not auch wieder mit der Linken ziehen. Und beim Doppelgriff im Schießstand bringe ich es schon zu respektablen Ergebnissen. Meinen Waffenschein habe ich jedenfalls wieder.

Nur meine Leidenschaft, meine BMW, die ihre beiden Zylinder unter der breiten Brust der Verkleidung stolz nach außen stellt und es gar nicht nötig hat, den Konkurrenten den Auspuff zu zeigen, weil sie ihre fünf Zentner am liebsten mit mir durch enge Kurven schlängelt, an sie traute ich mich in jenen Tagen noch nicht wieder ran. Hatte einfach Schiss, dass ich den Kupplungshebel mit der Linken nicht mehr so gefühlvoll bedienen kann, um mit dem Gasgriff einen sensiblen Gleichklang herzustellen und die beinahe hundert Pferdestärken im Zaum zu halten. Es war mir so in Fleisch und Blut übergegangen, seit ich während meiner Ausbildung auch mal ein halbes Jahr bei einer Motorrad-Staffel schnuppern durfte. Jetzt fehlt mir der direkte Hautkontakt. Unterbrochen durch eine Hand aus Metall und Leder. Hatte ich mir früher nie überlegt, wie viel Gefühl über die Haut vermittelt wird.

Früher. Zwei Jahre ist das erst her. Und vor wenigen Monaten wusste ich noch nicht, dass ich einmal am eigenen Schreibtisch sitzen werde - als mein eigener Chef. Kurz vor Ostern wurde ich selbst noch zum Chef gerufen: Nach einer salbungsvollen Vorrede von beispielhaft und so, kam er zur Sache: »Anspruch auf dicke Fälle hat niemand, Urbach! Das muss ich jetzt mal so deutlich sagen.« Dabei warf er seinen Schreibstift wild entschlossen auf seine Schreibtischunterlage. Als sei mit dieser Geste alles geregelt.

»Ich bin immer noch Kriminalhauptkommissar. Das muss ich mal so deutlich sagen.« Betonung auf ich.

Ich spürte, wie er fasziniert auf meine Hände schaute, mit denen ich einen Papierflieger faltete. Eine Übung aus der Rehabilitation. Irritiert stand er auf und schaute aus dem Fenster.

»Ts, ts, ts!« - Er stieß die Luft aus. »Urbach, machen Sie´s mir nicht so schwer. Sie wissen selbst, dass Sie mit dieser - mit dieser Hand kein vollwertiger Polizist mehr sein können. Sag ich was Falsches?«

»Mit dieser Hand -«. Wütend war ich aufgesprungen und hatte den Flieger in die Luft gestoßen. Das Papiergebilde machte einen Looping, knallte dann gegen die Scheibe und trudelte zu Boden. Ich hielt die Prothese hoch, ließ sie aber gleichfalls unwirsch sinken. Der Präsident schaute immer noch nach draußen.

Grimmig sagte ich in seinen Rücken: »Pampelmusen kann ich auch zerteilen! - Ich dachte, wir arbeiten hier mit Köpfchen - und nicht mit der Faust.«

Er drehte sich wieder zu mir.

»Ts, ts, ts - Urbach, hören Sie zu: Niemand spricht Ihnen Intelligenz und Entschlossenheit ab. Ihre Analysen sind brillant. Ihre Spürnase ist gefürchtet. Doch ich muss mehr bedenken. Was, wenn Ihre Hand ein einziges Mal nicht richtig funktioniert? Wenn dadurch Menschenleben gefährdet werden? Was glauben Sie denn, was die dann mit mir machen?« Er sagte nicht, wer die da waren, rollte aber vielsagend die Augen.

Ich nahm Boxerhaltung ein.

«Bin Rechtsausleger. Da kommt der linke Haken jetzt doppelt hart.«

Er schüttelte den Kopf. »Im Ernst, Urbach. Mir bleibt doch nur, Sie in die Verwaltung abzuschieben. - Sag ich was Falsches?«

»Sie sagen`s genau richtig, Chef: Abschieben! Aber ich hab was gut.« Ich hielt meine Prothese wie eine Schwurhand hoch.

»Okay - das haben Sie. Aber ich muss es allen Recht machen.« Wieder blieb offen, wer alle sind.

Er ging zurück zu seinem Schreibtisch und hob eine dünne Akte hoch.

»Die Beschaffung braucht einen guten, erfahrenen und absolut integren Polizisten. Für eine sehr korruptionsanfällige Behörde. - Und ich schlage Sie vor!«

Ich warf mich wütend zurück auf meinen Stuhl. »Ein Sesselfurzer, der mit Lieferanten schachert? Ohne mich!«

«Lehnen Sie nicht gleich ab. Dieser Posten ist mir ein persönliches Anliegen. Wie gesagt, er riecht nach Korruption - und das stinkt mir.«

»Das haben Sie jetzt aber schön gesagt«, sagte ich anerkennend und meinte es ernst, denn Wortspiele war ich nicht von ihm gewöhnt.

Er ging nicht darauf ein: »Ich will stets sicher sein, dass dieser Bleistift hier am Lager ist, weil uns sein Hersteller das günstigste Angebot gemacht hat und nicht, weil er dem zuständigen Beamten einen Massageurlaub in Thailand spendiert hat. Sie verstehen, was ich meine?«

Ich verstand. »Aber Chef, wo denken Sie hin?« spielte ich den Entrüsteten.

Er witterte Erfolg: »Also?«

Ich lehnte ab.

Damals musste ich auf die Toilette - nur für Personal - und mich übergeben. Ich spülte meinen Mund mit lauwarmem Wasser aus und spie meinen ganzen Frust in den Ausguss. Gegen den Spiegel formte ich mit Daumen und Zeigefinger meiner Prothese ein schönes rundes O.

Jetzt sitze ich hier. Wieder einigermaßen zufrieden. In einem modernen Bürohaus am Hauptbahnhof. Fast in Blickweite der alten Kollegen. Zentrale Lage, gut erreichbar, Tiefgarage und mehrere Treppenhäuser mit Aufzügen. Das erlaubt verschiedene Fluchtwege - wenn´s mal ernst wird. Auch daran muss man denken. Immerhin sieht das Büro um einiges schnittiger aus, als mein ehemaliges Kabuff bei der Mordkommission in der *Bayerstraße*. Schicke Stahl/Glas-Kombination in der Grundfarbe schwarzweiß. Mein privates Appartement ist eine Höhle dagegen. Das alles hat mich aber auch fast die gesamte Abfindung gekostet. Zum Glück hatten mich meine Exfrauen in Ruhe gelassen. Die beiden Scheidungen waren erledigt. Immer das gleiche Spiel. Erst sind sie stolz, einen Beamten zu haben, noch dazu einen, der eine Pistole tragen durfte, und wenn der dann seinen Job ernst nimmt, werden sie sauer und fühlten sich vernachlässigt. Viele Kollegen könnten das gleiche Lied singen. Wir werden einsame Wölfe, wenn wir gut sind.

Dafür kann ich jetzt, als Freiberufler, auch mal einen Klub oder einen Puff besuchen - ohne gleich unter Korruptionsverdacht zu geraten.

Dann klingelte es. Aber noch nicht in meinem Kopf. Ich brauchte einen Moment, bis ich begriff, dass es tatsächlich mein Telefon war.

»Urbach. Privatdetektiv. Was kann ich für Sie tun?«

»Ah, ja -, ich spreche mit Herrn Urbach? Persönlich, meine ich.«

Eine etwas verwirrte junge Dame. »Persönlich - am Apparat«, sagte ich sanft.

»Also, ich habe ein Problem. Oder, nein, mein Cousin, also eigentlich - « Sie stockte. »Der hat das Problem -.«

»Der Cousin?«

»Nein!« - Sie atmete einmal tief durch: »Also eigentlich sind wir gar nicht verwandt, aber das ist eine andere Geschichte. Er steht mir sehr nahe.« Sie überlegte: »Mindestens wie ein Cousin.«

»Möchten Sie andeuten, dass Ihr Cousin das Problem ist?« half ich ihr.

»Um Gottes Willen, nein! Warten Sie. Ich fang noch einmal an. Ich muss ja völlig verwirrt auf Sie wirken.«

Ich sagte, das sei ganz normal. »Lassen Sie sich ruhig Zeit. Es kann doch nichts anbrennen. Oder?«

»Also, von vorne ...« Und dann erzählte sie ziemlich flüssig, dass sie Hannah Braun sei und ihr Cousin, ein gewisser Morten Arvasohn, in U-Haft saß. Immerhin wegen Mordverdacht. Sie glaube aber fest an seine Unschuld und brauche Hilfe. Ob ich der Richtige sei?

Ich wollte erwidern, dass die beste Hilfe ein guter Strafverteidiger sei, konnte mich aber noch rechtzeitig stoppen und ihr versichern, dass sie keine bessere Wahl hätte treffen können. Die alte Beamtenmentalität, drohende Arbeit erst einmal abzuwimmeln, musste ich mir auch ganz schnell abgewöhnen.

»Apropos: Wahl - wie kamen Sie auf mich?«

»In der Abendzeitung - da stand die Anzeige.«

Na also!

Wir verabredeten uns um elf Uhr in meinem Büro. Zeit also, um noch einen Happen zu essen. Zweites Frühstück sozusagen, denn seit sechs war ich schon munter. Ich stellte mein Telefon aufs Handy um und ging runter. Das Bistro unten im Haus war um diese Zeit bereits gut besucht. Es hatte eine Klimaanlage. Ein paar Touristen saßen sogar draußen, obwohl es schon wieder knallheiß war, auch unter den Schirmen.

Im letzten Moment entschied ich mich gegen die *Cabonara* - man konnte ja nie wissen, wie nah einem die Dame kommen würde. Schließlich war ich frei, und ihre Stimme klang angenehm. Also ein Chefsalat. Dazu ein Mineralwasser. Während ich wartete, rief ich Bandmann an. Mein alter Kumpel und Partner bei der Kripo war sogar an seinem Schreibtisch.

»Du kannst im Bistro sitzen, während ich hier Statistik machen muss! Kennst du ja noch: Wie viel Jugendliche, wie viele Ausländer, wie viele Frauen? - Wollen die wieder alles wissen!«

»Und hauptsächlich, wie viele jugendliche Ausländer - stimmt´s? - Erinnere mich. Und nicht, um über Verbesserungen nachzudenken, sondern um Stammtisch-Parolen damit zu garnieren!«

»Larry, ich bin im Dienst.«

»Dafür kriegst du später auch deine Pension.«

»Weiß ich doch.«

»Will auch was Dienstliches von dir, Tommy. Schau doch mal in den Computer: Arvasohn, Morten - kommt da etwas?« Ich buchstabierte den Namen. »Morten also nicht wie der Mord ...!

»Sekunde!« Dann hörte ich ihn durch die Zähne pfeifen.

14

»Was willst du damit?«

»Weiß ich noch nicht. Soll mich vielleicht drum kümmern.«

»Larry, lass die Pfoten weg. Das Ding liegt im Giftschrank! Der Oberstaatsanwalt will täglich Bericht.«

»Wieso?«

»Der Mossad, der israelische Geheimdienst, schnüffelt da rum. Mord an einem israelischen Staatsbürger. Ein gewisser Oren Wallach. Zischler hat den Fall an sich gezogen.«

»Karriere-Zischler? - Wird ihm das gut tun?«

«Er nimmt es sicher an, sonst hätte er die Finger davon gelassen«, sagte Bandmann trocken.

Zischler war ein Kotzbrocken. Ein junger, ehrgeiziger Beamter, der sein Selbstbewusstsein aus seiner Mitgliedschaft bei der staatstragenden Partei zog. Und der Tatsache, dass sein Vater noch beim seligen Franz Josef Strauß im Sicherheitsbereich tätig war. Das zählte in Bayern immer noch was. Da ihm eine Karriere in München als »rote« Stadt verbaut war, herrschte allenthalben die Meinung, dass er einmal im Innenministerium landen wird. So viel zu Zischler.

»Was ist mit Arvasohn?«

»Sein Adoptivsohn - oder so etwas. Am Tatort verhaftet. Mordverdacht!«

»Sonst nix?«

»Noch nicht. Wird verhört.«.

»Klingt gut. - Nachher kommt jemand - jetzt kommt auch mein Essen - nachher will mich jemand für den Fall interessieren.«

»Ich warne dich, weiß aber schon, dass es nichts nützt.«

»Du sagst es, Tommy!«

«Erzähl mir mal, was dabei raus gekommen ist, ja?´«

»Wenn´s meinem Mandanten nicht schadet.«

Bandmann lachte. »Hast die neuen Regeln ja schnell begriffen. Lass dir´s schmecken!«

Doch bevor ich damit anfangen konnte, piepste mein Handy. Ich sagte meinen Spruch. Es meldete sich ein Dr. Haller, der wissen wollte, ob ich schon einmal mit einem Fall von Anlagebetrug zu tun gehabt hatte. »Ich meine so ´ne Sachen wie Schneeballsystem und so, wissense, wat ich meine?«

Sein Dialekt verriet den Kölner.

Ich sagte erst einmal »Ja!«, man konnte dann immer noch sehen, ob die Geschichte was hergibt.

»Ich hätte da vielleicht einen Job für Sie. Wann könnte ich denn mal vorbei gucken?«

War denn heute mein Glückstag? Die Urlaubsstimmung schlug ja fast in Stress um.

»Wie wär´s gleich morgen früh um neun?«

«Einverstanden. Das geht in Ordnung. Und Sie sitzen da am *Elisenhof*?«

«Exakt. Eingang *Luitpoldstraße*. Dritter Stock.«

»Dat find ich. Keine Bange. Tschö, bis denn!«

Endlich kam ich zum Essen.

Sie kam relativ pünktlich. Wenn man bei siebzehn Minuten noch tolerant ist. Freischaffende müssen so tolerant sein. Wieso hatte ich sie mir dunkel vorgestellt? Der Name war´s wohl. Dabei fiel ihr langes, blondes Haar bis auf die Schultern. Hohe Backenknochen und helle, blaue Augen machten das Gesicht groß und offen, gaben ihm etwas apart Fremdes.

»Sie haben es genau beschrieben und doch bin ich prompt an der Einfahrt vorbei gefahren«, entschuldigte sie sich. »Dabei kann man den Justizpalast kaum übersehen.«

»So hat man ihn gebaut. Ein Palast, der einschüchtern sollte: Hier stehe ich - Gott helfe dir!«

«Ja, komisch.« Sie dachte darüber nach. »Dass Gerechtigkeit so pompös auftreten musste.«

«Es war wohl eher als Machtdemonstration gedacht: Justitia als unabhängige Herrscherin.«

Sie schaute hoch. »So lässt es sich ertragen, ja.«

Die Nachdenklichkeit passte nicht. Sie schien aufgeregt. Wie häufig Menschen, die zum ersten Mal mit der

Polizei zu tun haben. Ich registrierte einen leichten Silberblick, der sie trotz Ernst und Angst schelmisch wirken ließ.

Zunächst bot ich ihr einen Espresso an. Die Maschine war ein Schmuckstück in meinem Büro.

»Au fein, sehr nett!«

Es gehörte zum Repertoire: Während ich die Zutaten einfüllte, gab ich ihr die Zeit, sich zu beruhigen und mir die Gelegenheit, sie zu mustern. Ich sehe heute noch jedes Detail vor mir: Blaues T-Shirt, ärmelloses Leinenjäckchen, kein BH, weiße Jeans, blaue Riemchensandalen. Zierlich. Sportlich. Ende dreißig. Kein Ehering. Sie gefiel mir.

Ich balancierte mit der Rechten das Tablett und stellte mit der Linken Tasse und Zucker vor sie Hin. Meine Prothese registrierte sie mit einem einzigen Wimpernschlag. Sie nahm zwei Löffel Zucker.

»So - das war der Service«, begann ich. »Jetzt zur Sache. Erzählen Sie einfach drauflos. Ich lass meinen Recorder mitlaufen. Einverstanden?«

»Natürlich. Wo soll ich anfangen?« Die Frage war mehr an sich selbst gerichtet. Sie hatte sich also noch keine Geschichte zurechtgelegt. Oder war eine perfekte Schauspielerin.

»Wo Sie wollen.«

«Es ist immer noch wie ein Albtraum.« Jetzt schaute sie konzentriert zu mir herüber. »Kennen Sie die Firma SOFTWAL?«

»Nein.«

»Müssen Sie auch nicht. Ein Software-Unternehmen. Gehört meinem Onkel. Bruder meiner Mutter. Gehörte, muss ich jetzt -.«

Sie stockte. Ich schwieg.

»Oren Wallach.« Sie sah mich wieder an. »Der ist jetzt tot. Er kam Anfang der Sechziger aus Israel nach Deutschland. Beide Eltern waren Deutsche, die gerade noch rechtzeitig rauskamen, bevor die Nazis...« Sie stockte und begann neu: »Meine Großeltern. Oren hatte sich schon früh für Computertechnik interessiert und entwickelte schließlich Software-Programme. Dabei muss ihm eine geniale Idee gekommen sein. Seither verdient er Millionen. Er baute die Firma aus. Heute hat sie 40 Mitarbeiter.

Noch in Israel hat er, weil seine Ehe kinderlos blieb, aus einem Waisenhaus einen Säugling adoptiert. Unbekannte Eltern. Heute ist mein Cousin Geschäftsführer und sollte die Firma einmal übernehmen. Schon deshalb - .«Ihre Gedanken schweiften ab.

»Wissen Sie etwas über das Erfolgsprogramm?« holte ich sie zurück.

»Nur, was man mir als Laien so erzählte. Es heißt CASUS.«

«Casus, im Plural Casus mit langem U, lateinisch: der Fall!« Ich sagte es fast automatisch, wie damals in der Lateinstunde.

Sie schüttelte den Kopf: »Ich kann zwar kein Latein, aber hier muss es wohl mehr Zufall heißen, denn der spielt eine große Rolle. Eigentlich ist es die Abkürzung von - Moment, ich krieg´s zusammen: *Computer Aided System for Ultimate Safety*. Das Programm dient der Verschlüsselung. Der Code ist praktisch nicht zu knacken. Alle großen Firmen verschlüsseln damit ihre wichtigen Daten. Mein Onkel hat es so erklärt: Normalerweise müssen die Datenspeicher formatiert werden, damit sie nach bestimmten Regeln beschrieben werden können. Mit CASUS verlässt der Computer die Regeln und schreibt scheinbar völlig chaotisch - also ohne formatiertes System speichert er die Daten. Total willkürlich - denkt er.« Sie hob die Hand, um sich selbst zu korrigieren. »Ich weiß, ein Computer denkt ja nicht. Das hab ich auch begriffen. Also bei CASUS gibt ihm ein Quellcode eine bestimmte Ordnung vor. Und nur, wer diesen Code - also den Schlüssel zum Programm hat, kann die Ordnung erkennen und wieder herstellen. Der Witz ist: ein Passwort lässt sich irgendwann knacken, bei einem Programm, das praktisch selbst das Passwort ist, muss das schier unmöglich sein. Haben Sie etwas verstanden?«

»Wenig«, gab ich zu. »Muss ich hoffentlich auch nicht, um Ihrem Cousin helfen zu können. Ich denke jedenfalls an so was wie Zufallsprinzip, dem man an bestimmten Schnittstellen nachhilft.«

Sie nickte anerkennend. »Genau. Mein Onkel hat es so erklärt: die Daten werden gespeichert, wie Blätter, die vom Baum fallen oder wie Mikado-Stäbchen, die auf den Tisch fallen. Und an bestimmten Stellen werden Kameras postiert, die den Moment der Datenspeicherung festhalten -.« Sie suchte nach passenden Worten: »Gewissermaßen wird die Speicherung aus allen möglichen Blickwinkeln fotografiert. Wie lauter einzelne Schnappschüsse. Nur wenn man diese Blickwinkel wieder erzielt, also die Kameras wieder exakt an diese Stelle postiert, können die Daten nach der alten Ordnung gelesen werden.«

»Das Bild gefällt mir. Ähnlich arbeite ich auch. Einen Fall lösen, indem ich ihn aus allen möglichen Blickwinkeln betrachte. Auch ich versuche, die Welt davor zu rekonstruieren.«

Sie dachte nach: »Sie versuchen aber, die Wahrheit zu finden. Hacker finden bei CASUS aber nur die einzelnen Blätter, niemals das System, sie zu ordnen. Das Programm wird weltweit eingesetzt. Bei Banken und Militärs, bei Autoherstellern und Wissenschaftlern. Jeder bekommt sein individuelles Programm, sozusagen. Es ist ein Chip - oder so, der irgendwie beim Booten ins BIOS eingreift. Wenn ich das richtig verstanden habe.« Sie sah mich fragend an.

»Also, ich verstehe ganz wenig von diesen Dingen, habe aber einen guten Freund, wenn es nötig wird. BIOS ist der kleine Mikroprozessor, der dem Kasten sagt, wie es überhaupt losgeht und *Booten* heißt einfach das Starten des Computers.«

»Genau. Mikroprozessor - den Ausdruck hat mein Cousin oft benutzt. Wichtig ist ja nur, dass die Mitarbeiter bei SOFTWAL immer nur mit Teilprogrammen arbeiten. Außer Onkel Oren - der hatte den Urcode in der Hand.

19

Er war der Herr des Zufalls. So nannte er sich manchmal selbst.«

Ihr Blick folgte wohl ihren Gedanken in eine imaginäre Ferne. Ich ließ ihr etwas Zeit. Mit Sicherheit Nichtraucherin, ging es mir durch den Kopf. Spätestens jetzt hätte ein Raucher eine Packung hervor gekramt.

»Und Ihr Cousin?«, fragte ich endlich.

Sie legte entschlossen ihre linke Faust in ihre rechte Hand: »Es gibt in einem Banktresor eine Sicherheitskopie. Auf ihr ist das Basisprogramm gespeichert. Mein Cousin hat als einziger eine kleine Speicherkarte, ein sogenannter Golden-Key, mit der er dieses Basisprogramm jederzeit simulieren kann.«

»Und den Zugang zu diesem Tresor?«

»Natürlich auch!«

»Und das Know-how?«, fragte ich.

»Und das Know-how!«

»Demnach kann er jetzt die Firma weiterführen?«

»Er stand als Nachfolger schon bereit.« Wieder schüttelte sie den Kopf. »Deshalb ist ja alles so absurd.«

Bevor sie sich wieder in Gedanken verlieren konnte, fragte ich direkt: »Was ist also genau passiert?«

»Ich durfte noch nicht mit ihm sprechen. Kann also nur berichten, was unser Anwalt mir gesagt hat: Gestern Mittag sollte eine Konferenz stattfinden. Um was es ging, weiß ich nicht.«

»Am Sonntag?«, fragte ich.

Sie wischte das weg: »Es war ein Abschluss-Treffen vor dem Urlaub. Onkel Oren, mein Cousin und der Justiziar, Herr von Hostiz, wollten sich gegen 14 Uhr im Hause meines Onkels treffen. Das ist auch der Firmensitz. Als Morten hinkam, so gegen halb zwei, stand die Haustür offen. Vom Onkel keine Spur. Er ging suchend durchs Haus. Nichts. Schließlich ging er außen herum in den Keller - «

Ich verstand nicht.

Sie erklärte: »Über einen Treppenturm, der früher für die Dienstboten da war. Irgendwer hat irgendwann die

Verbindung zum Haupthaus zugemauert. Da unten gibt es jetzt einen Fitnessraum mit Sauna, die aber mein Onkel seit seinem Herzanfall nicht mehr benutzt hatte. Sie stand den Mitarbeitern zur Verfügung. Jetzt aber waren Betriebsferien. Als Morten unten angekommen war, sah er, dass die Sauna angeheizt war. Und als er die Tür öffnen wollte, klemmte sie. Ein kleiner Holzkeil war untergeschoben. Von außen. Er fand Onkel Oren hinter der Tür. Nackt und tot.«

Sie machte eine Pause und sah mich an. Ich sagte nichts und ließ sie fortfahren: »Morten stürzte nach oben und genau in die Arme von zwei Polizisten. Angeblich hat ein anonymer Anrufer Hilferufe aus dem Haus gehört. Weil mein Onkel israelischer Staatsbürger war, stand er auf der Liste. Sie waren wohl im Nu da. Damit belasten sie jetzt Morten.«

Sie musste einmal schlucken und sich erneut sammeln. Ihre Augen schimmerten feucht, schließlich brachen die Tränen hervor. »Entschuldigung. Ich weine mehr um meinen Onkel. Morten wird sicher bald wieder frei sein.« Sie tupfte sich mit einem Tempo-Tuch. »Sie beschuldigen ihn, unseren Onkel eingesperrt zu haben. Absichtlich soll er ein Herzversagen herbeigeführt haben.«

»Herzversagen wurde doch sicher nur als vorläufige Todesursache festgestellt?«

Sie nickte.

»Das heißt doch lediglich, dass er keine äußeren Merkmale aufwies - also Einschuss, Stichverletzung, Würgemale oder so.«

Sie schluchzte wieder auf.

»Sie sagten, jemand habe die Polizei angerufen? - Wie war das?«

»Nur zwei Sätze am Telefon: Bitte kommen Sie. Ich höre Hilferufe bei Oren Wallach! - Dann hat er aufgelegt.«

»Wie erklärt die Polizei den Anruf?«

«Fingiert. Um ein Alibi zu haben.«

»Ts, ts, ts - sagte mein alter Chef immer. Wie das?«

21

»Die Polizei war so schnell da, dass Onkel Oren in dieser kurzen Zeit gar nicht mehr um Hilfe gerufen haben konnte. Er musste also schon tot gewesen sein, als der Anruf kam. Es konnte auch niemand so schnell das Haus verlassen haben. Sie sagen, Morten war der Einzige am Tatort. Er habe selbst angerufen, um völlig unverdächtig zu erscheinen. Er wollte zum Schein mit den Polizisten den Toten finden. Nur, weil die Polizei so schnell dort war, ging der Plan nicht ganz auf. Behaupten sie. So ein Irrsinn.« Die Tränenflut war wieder versiegt. Sie stopfte das Taschentuch weg.

Ich musste nachdenken.

»War denn alles sonst wie ein Saunabesuch arrangiert? Mit Handtüchern und so?«

»Eben nicht. Nur seine Kleider lagen im Vorraum. - Einfach verrückt das Ganze.«

»Wirkt denn ihr Cousin so hirnrissig?«

Damit hatte ich sogar erstmals ein Lächeln bei ihr auslösen können.

»Sie sagen es. Die Umstände sind doch eine Beleidigung für jeden halbwegs intelligenten Menschen. Er hätte doch mindestens die Blockade der Saunatür verschweigen können, wenn er selbst der Täter gewesen wäre.«

»Gut bemerkt«, lobte ich. »Jedenfalls sieht das alles nicht nach einem genau kalkulierten Plan aus. Gibt es denn keine weiteren Zeugen? - Was ist mit den übrigen Mitarbeitern? Oft sind doch Kreative auch sonntags im Büro?«

Sie schüttelte den Kopf. »Betriebsferien. Seit Freitag. Nach dieser Sitzung wollten Morten und Oren auch in den Urlaub.«

Ich glaubte der jungen Frau. Die Story wirkte irgendwie hanebüchen. Klang doch viel logischer, dass jemand ihrem Cousin eine Falle gestellt hat. Der alte Mann musste also schon vorher tot gewesen sein. Höchstwahrscheinlich war er gar nicht in der Sauna gestorben? Oder hatte Zischler noch ein Ass im Ärmel?

»Hat man die Todeszeit festgestellt?«

»Noch nicht eindeutig. Wegen der Hitze läuft alles anormal ab, sagte der Arzt.«

»Eine Obduktion findet automatisch statt. Wir sollten aber alles dransetzen, dass nicht nur die Todesursache, sondern auch die Todeszeit so genau wie möglich festgestellt wird. Wer ist Ihr Anwalt.«

»Dr. von Hostiz ist Rechtsanwalt. Er hat schon mit meinem Cousin gesprochen.«

»Sie brauchen jetzt aber einen guten Strafverteidiger.«

»Ich möchte, dass auch ein guter Detektiv die Sache übernimmt!«

Wir einigten uns. Unabhängig von der Polizeiermittlung, sollte ich möglichst schnell den wirklichen Täter finden.

»Das ist die beste Verteidigung«, resümierte sie. »Ich setze auf Sie, Herr Urbach!« Dabei erhob sie sich.

»Sagen Sie Larry! Klingt nicht so förmlich.«

»Einverstanden. Ich heiße Hannah.« Sie gab mir die Hand.

Ich stellte fest, dass sie mir gerade bis zur Schulter reichte. Mindestens der Beschützer in mir war erwacht.

»Hannah Braun - ein sehr dunkler Name für eine so blonde Frau!«

»Urbach - ein sehr musikalischer Name für so einen harten Job!« gab sie zurück.

»Das ist eine andere Geschichte.«

Sie kniff die Augen zusammen: »Oder wundern Sie sich nur über eine blonde Jüdin?«

»In meinem Job wundere ich mich nicht, ich registriere. Muss aber zugeben, dass ich Sie auf den ersten Blick eher nach Grönland als nach Israel gesteckt hätte.«

Jetzt lachte sie richtig. »Wie Fräulein Smilla, was?«

»Stimmt. Aber die aus dem Buch, nicht die aus dem Film.«

»Vorsicht, ich bin in der Branche tätig. - Meine Großmutter Wallach war tatsächlich Friesin. Sie ist aus Liebe zum jüdischen Glauben konvertiert. Bei meiner Geburt soll ich übrigens ganz schwarz gewesen sein. Und dass mein Ex ausgerechnet Braun heißt - naja.«

»Auch geschieden?«

»Auch geschieden.«

Ich brachte sie zum Fahrstuhl.

Eine halbe Stunde später stand ich nebenan im Kaufhaus-Basement und aß ein paar Sushi-Röllchen, die man dort einfach von einem Laufband nehmen kann. Dazu einen Chardonnay. Dann war ich unterwegs zum Tatort. Gute Gegend. Über die Isar, hinterm Friedensengel links rein. Eine Straße mit langer Geschichte. Um die Jahrhundertwende angelegt, als Bogenhausen ein Stadtteil von München wurde. Reiche Bürgerhäuser waren damals entstanden. Professoren, Brauereibesitzer, Bankiers, Architekten hatten sich hier niedergelassen. Später residierten Himmler und Freunde unter dieser Adresse. Nach dem Krieg wurde die Straße zu einem der berüchtigtsten Schwarzmärkte in Süddeutschland. Erst nach und nach warf sie diese dunklen Flecke ab. Heute, im architektonischen Mischmasch, findet man hier Konsulate, Anwälte und sauberes Gewerbe - nur keine Parkplätze. Selbst in der Ferienzeit musste ich zweimal ums Karree bis ich eine Lücke erwischte. In manchen Vorgärten hingen Staatsflaggen träge am Mast. Die *Tricolore*, weiter hinten das *Weiß-Blau* von Griechenland erkannte ich. Dann was mit *grün-rot-weiß*. Das war doch nicht Italien? Am Torpfosten hing ein Schild, das eine Burschenschaft namens ATESIA als Bewohner auswies.

SOFTWAL - eine glänzende Aluminiumtafel hing gegenüber am alten schmiedeeisernen Gitter. Signalisierte Hightech hinter dem Gemäuer aus der vorigen Jahrhundertwende. Die Zaunstäbe endeten in abweisende Speerspitzen, doch das Tor war nicht abgeschlossen. Es quietschte unangenehm, als ich es aufdrückte. Als wollte es mich warnen.

Hannah Braun hatte mir den Hintereingang über den Treppenturm beschrieben. Hier stand die Tür sogar einen Spaltbreit offen. Schlampige Kollegen? Doch dann sah ich das Dienstsiegel. Einfach aufgebrochen. Mit der Linken konnte ich keine Fingerabdrücke mehr hinterlassen. Vorsichtig drückte ich die Tür auf. Im engen Rund war der Durchgang nach oben und zum Haupthaus zugemauert. Man konnte also nur noch nach unten. Das typische Geruchsgemisch von abgestandenem Wasser und parfümierten Duschgels waberte mir entgegen. Ich stieß die Tür zum Fitnessraum auf und suchte den Lichtschalter. Dann wurde es dunkel.

Dämmern. Meine Gedanken rasten auf einen hellen Punkt zu. Der wurde aber nicht größer, sondern löste sich auf, wurde rötlich, dann dunkelblau. Langsam kam das Erinnern. Es war kein Schlag auf den Kopf gewesen. Mehr ein Griff an den Hals. Nichts tat weh. Wahrscheinlich ein kurzer Druck auf die Halsschlagader. So etwas war mir als Polizist nie passiert. Ein Profi. Ohne Frage. Keine Fesseln zu spüren. Ich öffnete die Augen. Dunkel. Dem Geruch nach lag ich noch in dem Fitnesskeller. Langsam stand ich auf. Sogar meine Waffe steckte noch im Halfter. Links von mir schimmerte es hell am Boden. Da war der Ausgang. Die Tür ließ sich ohne Weiteres öffnen. Ich fand den Schalter und machte Licht: ein rundum mit Fliesen ausgelegter Kellerraum. Dusche, Schwallbrause, drei Liegen, ein stationäres Fahrrad. Links die Holzverschalung der Sauna. Eine große Wanduhr wollte mir wohl bestätigen, dass ich nur wenige Minuten weg getreten war.

Im Raum gab es keine Anhaltspunkte, wer hier was gesucht oder getan hat, bevor ich ankam. Überall an den Wänden und auf dem Boden war noch der weiße Puder der Spurensicherung verteilt. Auf den Bodenfliesen der Sauna waren die Umrisse des Toten mit Kreide nachgezogen. Ich kannte das alles.

Rechts eine Stahltür. Sie führte in einen Frischluftraum mit Tischtennis-Platte. Es gab eine weitere Tür und zwei Fenster. Eins stand offen. Auch hier der weiße Puder. Im Lichtschacht lag Laub. Die trockene obere Schicht war zerwühlt. Dunkle, faulende Blätter waren an die Oberfläche gekommen. Ich schaute hoch. Die Sicherung des Ab-

25

deckgitters war entfernt. Das war neu, denn die Spurensicherung hatte sich offenbar nicht darum gekümmert. Vermutlich waren der oder die Eindringlinge, die sich von mir gestört fühlten, hier abgehauen. Meine gefühlvolle Rechte fuhr ohne Absicht durch die welken Blätter. Ich fand ein paar Münzen, die sicher von oben heruntergefallen waren. Und dann ein Streichholz-Briefchen. Fast leer. Blau-weiß. EL-AL stand drauf. In lateinischen und hebräischen Schriftzeichen.

Das musste nichts bedeuten. Schließlich war Oren Wallach Israeli und warum sollte keiner von SOFTWAL mit der EL-AL geflogen sein? Doch Bandmann sprach vom Mossad. Das würde zumindest meinen professionellen K.o. erklären. Weniger professionell war das Hinterlassen einer Spur. Vermutlich fühlten sie sich unangreifbar.

Ich steckte das Briefchen ein und drehte mich um. Die zweite Tür war abgeschlossen. Der Schlüssel steckte auf der anderen Seite. Sie ließ sich aber nach einigem Fummeln mit einem Trick öffnen. Der Lichtschalter war, wo er hingehört. Eine Neonröhre flammte leise surrend auf. Es roch muffig. In der Ecke vier Winterreifen übereinandergestapelt. Zwei weitere Kellertüren und ein Lattenverschlag. Dahinter erkannte ich auf deckenhohem Regal Ordner mit Jahreszahlen. Am Ende des Gangs verschwand die Kellertreppe nach oben. Wenn damals das Personal über den Turm kommen musste, stieg wahrscheinlich über diese Treppe der Hausherr in seinen Weinkeller.

Ich ging zurück in die Sauna. Früher wartete man am Tatort, bis ich kam. Heute war ich der Letzte, der in verwischten Spuren schnüffeln durfte. Was soll's. Ein Bild wollte ich mir machen. Einen Schnappschuss von allen Seiten, wie es meine Klientin beschrieben hatte. Ich setzte mich auf die Holzbank, um mich zu konzentrieren. Welche Gründe hatten die Kollegen bewogen, Morten Arvasohn zu verhaften? Das waren doch erfahrene Leute. Zugegeben: Er war der einzige am Tatort. Aber sonst? Ein falscher oder fingierter Anruf, denn Hilferufe kamen bestimmt nicht aus dem Haus. Jedenfalls nicht zur Zeit des Anrufs. Da war der alte Herr mit Sicherheit bereits tot. Daraus ergaben sich wieder zwei Folgerungen. Mindestens zwei: Entweder wollte sich Arvasohn tatsächlich ein Alibi manipulieren. Oder man hat ihm eine Falle gestellt. Aber warum und wieso? Die Frage galt für beide Versionen. Qui bono? Arvasohn war doch schon als Nachfolger nominiert. Dauerte ihm das zu lange? Überhaupt: Wie war das Verhältnis zum Onkel? War seine Cousine da etwas blauäugig? Gab´s Streit? Auch das stand fest: Irgendjemand hatte mich nur kurz aus dem Weg haben wollen. Ohne großes Risiko, aber effektiv. Das sprach zunächst für die Fallentheorie. Irgendjemand machte sich hier nachträglich noch zu schaffen. Vielleicht war´s auch wirklich nur der Mossad, gewissermaßen auf eigene Faust. Oder sollten Spuren beseitigt werden? Das würde einen Mittäter und Mitwisser voraussetzen. Zischler konnte von diesen kleinen Überraschungen noch nichts wissen. Also, wahrscheinlich hätte ich Arvasohn auch verhaftet.

Umgekehrt gefragt: Was hat der Täter getan, was er nicht hätte tun müssen, um zu töten? Ich stellte mir noch einmal die nackte Leiche auf dem Boden vor, dort wo die Kreidespuren waren. Plötzlich war ich ganz sicher, dass Oren Wallach nicht an diesem Ort gestorben war. Mit dieser Erkenntnis stand ich auf, drückte die Tür hinter mir zu und ging wieder nach oben.

Als ich ums Hauseck bog, kam mir vom Gittertor ein Mann entgegen. Eierkopf war wohl das erste Wort, das jedem bei seinem Anblick in den Sinn kam: Er trug nicht nur Glatze, sondern sein Schädel führte auch noch irgendwie spitz nach oben und die Augenbrauen fehlten. Mittelgroß, schlank, tadelloser Anzug. Als er zu seiner Krawatte griff, glänzte der Ring am Finger mit den Schuhen um die Wette. Circa sechzig. Trotz der Hitze so gepflegt, als ob er schwul wäre. Er schaute mir verdutzt über eine Halbglas-Brille entgegen, während er mit kurzen, schnellen Schritten auf mich zu kam.

»Was machen Sie - kann ich Ihnen irgendwie - ? Das ist Privatgrund!« Wenigstens ein Satz wurde vollendet.

»Weiß ich noch nicht. Haben Sie irgendetwas mit SOFTWAL zu tun?«

»Kann man so - «, er überzeugte sich noch einmal mit einem Handgriff, ob sein Krawattenknoten richtig saß. »Also ich bin Anwalt - der Justiziar der Firma.«

»Dann sind Sie Dr. von Hostiz.« Ich gab ihm meine Karte. »Frau Braun hat mich gebeten, ein paar Nachforschungen zu machen, um Herrn Arvasohn zu helfen.«

Seine hohe, glatte Stirn zeigte plötzlich einige Querlinien.

»Das finde ich nicht - man sollte sich da - ich würde der Polizei nicht ins Handwerk - schließlich geht es um Mord!«

»Eben!«

Er wartete, was ich weiter dazu sagen würde. Ich tat ihm den Gefallen: »Können Sie sich vorstellen, dass man Herrn Arvasohn eine Falle gestellt hat?«

Wieder die Querfalten: »Eine Falle? Warum das denn?«

«Ja eben. Wenn man das wüsste.«

»Kann ich mir wirklich nicht - .« Mehr kam diesmal nicht. Aber er sah aus, als denke er heftig nach.

Ich blieb noch immer stehen, während er sich wieder demonstrativ zum Tor wandte.

»Dürfte ich mal ins Haupthaus, mich ein bisschen umschauen?«

Er zögerte. »Die Herren von der -.«

»Gut, dann lass ich mir von Frau Braun den Schlüssel geben.«

Da schien ihn noch mehr zu beunruhigen. »Nein, nein, nicht nötig - ich meine - ich kann Ihnen das alles - habe noch Zeit - kommen Sie!«

Er ging voran. Hinter der Haustür ein kleiner Flur. Von rechts kam die Treppe aus dem Obergeschoss. Daneben die Kellertür. Geradeaus eine Wohnungstür, die wohl erst später eingezogen worden war. Das Haus war ja ursprünglich als Einfamilienhaus konzipiert.

»Hier unten sind die Privaträume von Herrn Wallach. Früher wohnte er - die Treppen - da zog er nach unten. Sie verstehen?«

Ich glaubte zu verstehen.

»Wurde die Wohnung nicht versiegelt?«

»Doch. Alles. Ich habe aber heute früh - musste an dringende Geschäftspapiere - eine richterliche Freigabe - stehe schließlich außer Verdacht. Und der Tatort - Sie verstehen?«

Ich verstand.

Er schloss die Tür auf. Die Wohnung eines alten Herrn. Kalter Zigarrenrauch hing in der Luft. Nicht sehr unangenehm. Drei Stockschirme ragten neben der Garderobe aus einem Ständer. Aber nur ein Hut auf der Ablage. Links lagen Küche und Bad. Der zugemauerte Dienstboteneingang zum Turm war wohl hinter dem großen Wandregal versteckt. Rechts blickte ich ins Schlafzimmer. Völlig aufgeräumt.

Auf meine Frage erfuhr ich, dass jeden Morgen um sieben, auch sonntags, eine Zugehfrau kommt. »Sie räumt auf, macht das Frühstück und - .«

Den Rest ihrer Tätigkeit konnte ich mir aus einer kreisförmigen Handbewegung zusammenreimen. In jedem Raum sah man noch die Puderspuren der Experten.

Die Tür am Flurende führte in die Bibliothek, wie mein Begleiter erklärte. Deckenhohe Regale und eine gemütliche Sitzecke prägten den Raum. Ich trat näher, um ein paar Titel oder Autoren zu entziffern. An der linken Wand standen wohl die zeitgenössischen Autoren, geradeaus die Klassiker in langen Reihen mit gleichem Rücken. Rechts mit den verschiedenen Formaten und Farbrücken standen wohl die Sachbücher. Innerhalb des Regals waren die Bände streng alphabetisch nach Autoren geordnet. Ich stand vor *Faulkner, Feuchtwanger, Frisch, Fontane, Fried* - gut sortiert, dachte ich. *Fallada* fiel mir spontan ein. Den hätte ich vielleicht noch eingereiht. *Fried* muss nicht sein. Stop!

Da stimmte etwas nicht. *Frischs Tagebücher* gehörten hinter *Fontane*. Schon wollte ich mit einem stillen Tadel an die Kollegen die Ordnung wieder herstellen - warum müssen Polizisten bei Hausdurchsuchungen mit Büchern immer so sorglos umgehen - da entdeckte ich etwas, was sie rehabilitierte. Gespannt untersuchte ich eine andere Reihe. *Pavese* folgte auf *Pasternak*. Richtig. Aber *Doktor Schiwago* stand auf dem Kopf. Und dann: *Prousts* ewig lange *Suche nach der verlorenen Zeit* stand in falscher Reihenfolge. *Im Schatten junger Mädchenblüte*, eigentlich der zweite Roman, war zuerst und *Die Gefangene*, also das fünfte Buch, zuletzt einsortiert. Ich weiß das, weil ich einmal eine Seminararbeit über *Das Musikalische im Aufbau Proust'scher Prosa* schreiben musste. »Wer Ur-Bach heißt«, meinte mein Professor damals, »findet vielleicht bei Proust die *Kunst der Fuge* wieder.« Ich hatte sie damals nicht gefunden.

Jetzt also diese neue Begegnung mit dem Werk. Und auch hier wieder eindeutig: Der Verlauf der weißen Puderstriche war ungleichmäßig, abgehackt. Wenn man die Bücher richtig einstellte, stimmten auch die Pinselspuren wieder. Und jetzt, da ich wusste, worauf ich achten musste, war alles klar: Etwa alle 50 cm war auch auf dem schmalen Rand des Regalbodens, der vor den Buchrücken sichtbar war, die dünne Staubschicht zerstört. Jemand hat also immer wieder ein paar Bücher heraus genommen und wahrscheinlich etwas dahinter gesucht. Und zwar nachdem die Spurensicherung hier war. Der oder die Gleichen, die mich kurz aus dem Weg geschafft hatten?

»Wissen Sie, dass seit gestern jemand hier war - ich meine außer der Polizei?«

Ich schaute zu Herrn von Hostiz, doch dessen Aufmerksamkeit war plötzlich ganz nach draußen gerichtet.

»Wie?«

»Seit gestern ist jemand hier gewesen.«

»Ja, draußen - ein Herr - ich kenne ihn - Sie entschuldigen mich bitte einen Moment.« Offenbar hatte er gar nicht zugehört. Er ging einfach hinaus. Neugierig schaute ich aus dem Fenster. Vor dem Tor stand ein Mann, der zum Haus hinsah und die Front musterte. Als er Eierkopf kommen sah, winkte er freundlich. Der ging schnell auf ihn zu, hakte sich bei dem Fremden unter und zog ihn vom Tor weg. Dabei redete er heftig auf ihn ein. Als er einmal stehen blieb, um etwas zu fragen, drängte ihn der Anwalt weiter. Schließlich stieg der Mann in ein Auto und fuhr ab. Ich merkte mir das Kennzeichen.

Eine weitere Tür führte ins Arbeitszimmer. Schöner Jugendstilschreibtisch, hell-eiche, die Arbeitsfläche mit grünem Billardtuch bezogen. Dazu passender Sessel mit Ledersitz. Ein modernes Regal trug etliche Leitz-Ordner. Die Rücken mit Jahreszahlen versehen. Die waren leicht wieder einzuordnen.

Herr von Hostiz trat ein und wischte sich den Schweiß vom hohen Schädel. Ich ging ihm entgegen.

»Es war jemand in der Wohnung, nachdem die Polizei hier war. Können Sie sich das erklären?«

»Ja. Ich - das sagte ich bereits.«

»Waren Sie auch an den Büchern?«

»Wie kommen Sie - ich meine, woher - was soll die Frage? Das Siegel habe ich entfernt.«

»Jemand hat die Bücher untersucht - oder etwas gesucht.«

»Das ist - und hat er - geht ja gar nicht. Da gab es nichts zu finden.«

»Diese ganzen Bücher - das dauert doch ewig. Da muss jemand in aller Ruhe die Nacht hier verbracht haben. Wo waren Sie denn heute Nacht? Vielleicht zufällig hier?«

»Zufällig nicht, denn ich wohne in Grünwald und da pflege ich auch des Nachts zu sein.«

In seinem Ärger brachte er einen vollständigen Satz heraus.

»Das Siegel heute Morgen war noch völlig okay?«

»Ich habe es selbst entfernt. Das sagte ich -.«

»Kann man vom Keller aus auch ins Haus?«, unterbrach ich ihn.

»Ja, natürlich - die Kellertreppe - im Übrigen - also der Herr eben - ich habe keine Zeit mehr. Wenn Sie jetzt -.«

»Selbstverständlich. Wenn ich noch etwas sehen möchte, wende ich mich an Frau Braun. Danke jedenfalls für die Hilfe bisher. - Halt, eine Bitte noch. Die vierzig Mitarbeiter der Firma - arbeiten die alle hier?«

«Bewahre! Viele im Außendienst - im Ausland zum Teil - nur ein Bruchteil hier -.«

»Okay. Könnte ich von diesem Bruchteil Namen und Anschrift bekommen?«

»Wieso das?«

»Es ginge schneller, sie auszuschließen. Verstehen Sie?«

Er tat jedenfalls so, als ob er verstanden hätte. »Warten Sie. Ich hole -«

Ich folgte ihm trotzdem in den ersten Stock. Wieder ein kleiner Flur. Dann ein Tresen, dahinter eine Tür wie zu einem Tresor, Telefonanlage, Rollschränke, PC. Eine Klimaanlage pustete kühle Luft in den Raum.

»Erst hier oben ist also der eigentliche Firmen-Empfang?«, fragte ich.

»Der Front-Desk«, wurde ich belehrt.

Ich ging nicht darauf ein. »War die Polizei gar nicht hier oben?«

»Doch, aber nur kurz. Hier haben wir selbstverständlich höchste Sicherheitsvorkehrungen -.«

»Selbstverständlich.«

Er hielt seinen Daumen hoch und zeigte auf eine Art Guckloch in der Tresortür.

»Der persönliche Fingerabdruck - und der Schlüssel.« Triumphierend zog er einen Sicherheitsschlüssel hervor. »Dazu eine unsichtbare Videokamera.« Das Thema schien ihn so zu begeistern, dass er jetzt in richtigen Sätzen redete. »Alles wird registriert und protokolliert: Herr Wallach war um 10 Uhr zu Bett gegangen. Und um 13 Uhr 15 war Morten kurz hier oben. Mehr nicht. Das hat die Polizei -.«

»Keinerlei verdächtige Bewegungen?« Diesmal fuhr ich ihm in den Satz.

»Nichts.«

Er wollte gehen, doch ich erinnerte an die Liste. Hostiz zog eine Schublade auf, prüfte kurz und gab mir dann ein Blatt mit Namen. Er und Morten standen auch drauf. Es blieben also nur elf weitere Münchner Mitarbeiter.

»Danke!«

Hier war nichts mehr zu entdecken. Wenn ich mein Erlebnis im

Keller richtig deutete, waren der oder die Täter immer noch auf der Suche. Arvasohn Wohnung fiel mir ein. Auf dem Weg zu meinem Wagen informierte ich Tommy Bandmann von dem aufgebrochenen Siegel und dem Einbruch in die Wohnung. Er sollte aber Zischler von einem anonymen Anrufer erzählen. Hatte keine Lust auf dumme Fragen.

Hannah Braun sah mir gespannt entgegen. Ich hatte sie sofort angerufen und zu Arvasohn Wohnung gebeten. Sie war fast schon auf dem Weg dorthin, weil sie für 17 Uhr einen Besuchstermin bei ihrem Cousin bekommen hatte und noch ein paar Kleinigkeiten für ihn mitnehmen wollte.

Jetzt wartete sie gegenüber in einem kleinen Café am Cosimabad auf mich.

»Dort drüben, der zweite Balkon von links im 6. Stock, der ohne Blumenkästen, gehört zu seinem Appartement«, beschrieb sie mir die Lage.

Ich stellte mich in den Schatten eines Baumes und spielte »Katzenpirsch«. So nannte ich die Haltung, wenn ich minutenlang, fast bis zur Genickstarre ein Fenster auf irgendwelche Bewegung beobachtete. Ich wollte feststellen, ob vielleicht bei Arvasohn jemand am Fenster hinterm Vorhang stand, um den Hauseingang im Blick zu haben. Es war nichts zu erkennen. Dennoch fragte ich Hannah, ob wir zur Sicherheit eine Streife anfordern sollten. Sie war dagegen, um nicht schon wieder Aufsehen in Arvasohn Umgebung zu erregen. Auf dem Weg zum Haus machten wir aus, dass sie zunächst vor der Wohnung warten sollte. Wenn ich nicht gleich zurückkäme, sollte sie doch die Polizei rufen.

Im Fahrstuhl wollte sie automatisch auf die »6« drücken. Ich zog ihre Hand sanft zurück und wählte zunächst die »8«. Von dort ging´s dann abwärts. Ein Fahrstuhl, der von oben kommt, wird von einem, der Schmiere steht, weniger beachtet. Im 6. Stock war niemand zu sehen. Vorm Appartement ihres Bruders winkte ich Hannah ein paar Türen weiter. In der Linken hatte ich meine Pistole. Sachte wollte ich den Schlüssel ins Schloss führen, doch meine Hand fing plötzlich an zu zittern. Die Situation von damals, als ich die Hand - nach wenigen Sekunden war es vorbei. Nur am Rücken spürte ich noch kalten Schweiß. Schließlich war ich erfolgreich therapiert. Hannah hatte nichts gemerkt. Ich drehte den Schlüssel und drückte vorsichtig die Tür auf. Schon durch den ersten kleinen Spalt sah ich, dass wir wieder zu spät waren. Diesmal hatte man keine Mühe auf Ordnung verwendet. Es sah aus, wie immer, wenn jemand etwas wütend sucht. Ich steckte die Waffe weg und winkte Hannah heran. Sie fuhr mit der Hand an den Mund.

»Gerechter Gott!«

»Man könnte auch etwas anderes sagen.« Ich wollte mir die Bemerkung nicht verkneifen.

»Sagen Sie´s ruhig. Ich empfinde es als Horror, wenn jemand im Intimbereich eines anderen so herumwühlt. Armer Morten. - Aber jetzt muss hier frische Luft rein.«

»Frisch? - Sagen wir neue. Heiße auf alle Fälle!«

Sie öffnete die Fenster. Der Durchzug brachte jedenfalls etwas Wind und einen Hauch von Kühlung.

»Durch unseren Anwalt hat Oren mir einen Wunschzettel übermittelt. Ich soll ihm bestimmte Bücher bringen und seine silberne Streichholzbox zu mir nehmen. Sie stammt noch aus Israel. Es war immer sein Talisman. Wie soll ich in diesem Chaos jetzt die Sachen finden.«

»Die Box hätten wir schon«, sagte ich, selbst überrascht von dem schnellen Fund. Auf dem Schreibtisch lag eine Streichholzschachtel, die von drei Seiten silbern umschlossen war. Eine Reibfläche an der Seite und die Schmalseiten als Schubflächen waren frei geblieben.

Sie schüttelte den Kopf. »Der Talisman scheint zu wirken. Aber er hat ja gesagt, dass sie auf seinem Schreibtisch liegt.«

Zur Übung drückte ich die Schachtel mit der gefühllosen Linken vorsichtig auf. Ich hielt aber die falsche, die Unterseite nach oben. Und als ich sie umdrehte, war ich doch so ungeschickt, dass mir ein kleines Teil entgegen fiel. Ich konnte es gerade noch auffangen. Offensichtlich ein elektronisches Bauteil. Flach, schwarz und an der Schmalseite die typische Zunge für eine USB-Verbindung. So ähnlich jedenfalls sah mein USB-Sticker aus. Das Ding hier war nur noch viel flacher.

»Ts, ts, ts - wenn das der berühmte Golden-Key ist, kann ich nur staunen. *A golden Chip in a silver box*. Klingt wie ein Song von Elton John. Perfekt, aber gewagt diese Tarnung.«

Sie war erschrocken, wie ich annahm. Jedenfalls fuhr sie mit dem Handrücken über die Stirn und stieß die Luft aus: »Also, ich muss schon sagen!«

»Wohl doch ein bisschen hirnrissig, Ihr Cousin - wenn nun jemand auf die silberne Box scharf gewesen wäre?«

»Das ist Morten. Typisch. Die Grenze zum Leichtsinn ist bei ihm immer ein schmaler Grat! Ihn reizt das Risiko. Ich habe ihm oft gesagt, dass er ein Spieler sei. Er hat es nie abgestritten. Wer nichts einsetzt, kann auch nichts rausholen, war seine Rede.«

Sie ließ sich in den Schreibtischsessel fallen.

»Wenn das mit Ihrem Onkel auch nur ein Spiel sein sollte? Eins mit tödlichem Ausgang. Was könnte dahinter stehen?«

»Nichts, was ich mir vorstellen könnte. Die Firma lief bestens. Die Beziehung zwischen Oren und Morten war bestens. Die Stimmung im Team war bestens. Also jedenfalls, so weit ich es beurteilen kann.«

»Als Mann mit Erfahrung im menschlichen Verhalten gefällt es mir gar nicht, wenn alles bestens läuft. Meistens ist doch ein Haar in der Suppe.«

Sie nickte. »Zugegeben, aber ich war ja - wenn Sie so wollen - beim Essen selten dabei. Eigentlich überhaupt nicht. Mit der Firma hatte ich nichts am Hut.«

»Werden Sie erben?«

Sie lächelte wieder einmal. »Auch wenn mich das verdächtig macht: Mein Onkel hat verfügt, dass mir nach seinem Ableben 25 Prozent der Firmenanteile überschrieben werden.«

»Dann wollen wir mal alles tun, dass bald wieder Gewinne eingefahren werden. Ich habe übrigens den Beweis gefunden, dass Morten Ihren Onkel nicht in die Sauna gesperrt hat. Jedenfalls nicht lebend«, musste ich mich korrigieren.

Sie richtete sich auf. »Wie? Das können Sie beweisen? Ihn frei bekommen?«

Ihre Augen bekamen einen freudigen Glanz. Ich lehnte mich gegen die Schreibtischkante: »Nicht so hastig. Ich weiß nicht, ob es schon für eine Freilassung reicht.«

»Was haben Sie gefunden?«

»Eine unmögliche Haltung.« Ich ertappte mich dabei, dass ich es auskostete, wie sie stumm aber dringlich um eine Erklärung bat. Das war sicher einer meiner Fehler, die auch viele meiner ehemaligen Kollegen immer wieder ärgerte: der Hang zum Dozieren. Schließlich erklärte ich: »Schauen Sie, jede Leiche, die zu einem Fall wird, hat eine Besonderheit, die ich finden muss. So, wie die Software Ihres Onkels verschiedene Blickwinkel braucht, um die Daten wieder ordnungsgemäß herzustellen, brauchen wir Ermittler viele Einzelheiten, um ein Profil des Täters zu entwickeln. Wir versuchen immer, sein ganz individuelles Verhalten zu entdecken, etwas, das ihn aus der Vielzahl der anderen Verbrecher heraushebt. Jetzt rede ich schon wieder, wie einer, der noch zur Truppe gehört. Dennoch: Warum eine Leiche gerade so liegt, oder auf welche Art der Mörder sich dem Opfer genähert hat. Jede Einzelheit interessiert mich. Damit kann ich dann Rückschlüsse auf die Persönlichkeit ziehen. Manchmal erfahre ich sogar etwas über sein Alter oder seine Fälligkeiten und Schwächen. Manchmal kann ich erkennen, ob es ein Ersttäter war oder ob er schon Erfahrung besaß.«

»Sie haben doch die Leiche meines Onkel gar nicht mehr gesehen?«

»Aber die Lage. Und die war eindeutig: Auf dem Rücken, die Beine ausgestreckt, die Füße fast an der Tür, den Kopf in der Mitte des freien Raumes. So wird man abgelegt.«

Auf ihren fragenden Blick fuhr ich fort:

»So stirbt man nicht in der Sauna. Dort kriegt man einen Herzinfarkt aus Panik oder Nierenversagen. Jedenfalls sinkt man an der Rettung versprechenden Tür zusammen oder hält den Kopf an die tiefste und kühlste Stelle, nämlich unten am Türspalt. Niemand würde sich im Todeskampf auf den Rücken legen. Nein - so wird man gelegt. Tot oder zumindest bewusstlos.«

»Das leuchtet mir ein.« Sie war aufgesprungen. »Und welche Rückschlüsse auf den Täter konnten Sie ziehen?«

»Leider muss ich sie enttäuschen. Höchstens, dass er ziemlich spontan, also ohne sorgfältige Vorausplanung gehandelt hat. Es fehlen zu viele Details, um einen Saunabesuch vorzutäuschen. Handtücher und solche Sachen. Andererseits: Warum wurde die Tür verrammelt, wenn Ihr Onkel schon tot war? Weiter bin ich noch nicht gekommen. Und eine direkte, stichhaltige Entlastung ist es für Ihren Cousin auch nicht. Spontanität ist ja grundsätzlich nichts Schlechtes.«

Nach einer Pause dachte ich laut weiter:

»Aber vielleicht ist der Täter tatsächlich bei seinen Vorbereitungen selbst gestört worden. Oder wollte nur den Pathologen mit der Todeszeit verwirren. Ich weiß nicht einmal, ob die feststellen können, ob er wirklich schon tot war, als man ihn dahin gelegt hat. Ich weiß überhaupt noch zu wenig.«

Sie setzte sich wieder in den Sessel ...

2

Wenn ich das heute, vier Monate später, niederschreibe, fällt mir nicht nur jedes Wort ein, sondern auch jede Bewegung. Die Geschmeidigkeit, die sie vermittelte, die Zerbrechlichkeit zwischen den schweren Lederpolstern, die Zärtlichkeit, die ihre schmalen, feingliedrigen Hände versprachen, als sie damals auf den Armlehnen ruhten. Ich musste gestern hier abbrechen. Eilig hatte ich der Praxishilfe meine Utensilien gegeben, einen Termin für heute ausgemacht und war gegangen. Draußen war Sauwetter. Kalter Regen, der alles mit einem Grauschleier überzog. Wenigstens gefror er nicht auf dem Pflaster. Die Menschen, die mir entgegen trieben, spiegelten meine Stimmung. Da war noch nichts von Weihnachten in den Gesichtern. Selbst der Konsumrausch hatte sie noch nicht erfasst. Der Totensonntag rief vorher zu den Gräbern. Ich habe nicht einmal ein Grab, um meine Trauer zu versenken, um meine Erinnerungen abzuarbeiten, zu ordnen und in überschaubare Päckchen zu verschnüren. Abgelegt für immer. Wenn die Gedanken verschwinden, ist man glücklich. Irgendwo habe ich das gelesen. Bei Llosa, glaube ich. Aber der lebte in Peru. Hinter den Bergen. Vielleicht konnte man ein einsames Andental so mit Glück füllen. Hier geht das nicht. Um diesen Preis will ich nicht mehr glücklich sein. Keinen Gedanken aus meinem ersten Fall als Privater möchte ich missen. Schreib, Urbach, schreib!

Ich wollte Hannah damals Mut machen und gleichzeitig vor der Gefahr warnen: »Immerhin wissen wir jetzt zwei Dinge, die uns weiter bringen: Jemand ist - erstens - verteufelt hinter dem Dings hier her. Und er hat es - zweitens - noch nicht gefunden. Er wird nicht ruhen, nachdem es bereits einen Toten gibt. Auffällig ist auch, dass der oder die Täter bei Ihrem Onkel völlig spurlos, fast unsichtbar gearbeitet haben, während sie hier rücksichtslos gewütet haben. Auch das muss ja einen Grund haben. Sollen alle sehen, dass Morten heimgesucht wurde? Um den Verdacht von ihm abzulenken? Oder sind die Täter nur wütend geworden, weil sie immer noch nicht gefunden haben, wonach sie suchen? Wenn wir davon ausgehen, werden sie weiter machen. Für Sie, Hannah Braun, bedeutet das Vorsicht! Vorsicht! Vorsicht! Ich denke mal, irgendwann findet man auch Sie. Dann sind Sie im Visier.«

»Und was heißt das?«

»Zunächst der *Golden-Key* - ich rate dringend ab, dass Sie dieses Objekt der Begierde an sich nehmen, geschweige, Ihrem Cousin bringen.«

»Was soll ich tun?«

»Ich bringe das Ding in Sicherheit. An einen Ort, den Sie nicht zu wissen brauchen - dann können Sie ihn auch nicht verraten.«

Sie sah für einen kurzen Moment ärgerlich aus, doch ich hob beschwichtigend die Hände: »Das ist kein Misstrauen. Unter Zwang, meine ich, unter Drogen - was weiß ich. Sie kennen die Mittel nicht, um Menschen gesprächig zu machen. Nur deshalb.« Sie nickte.

»Natürlich hinterlege ich das Ding - nennen wir´s einfach Chip - so sicher, dass er im Falle meines Ablebens, an Sie geschickt wird. - Einverstanden?«

Entschlossen stand sie auf: »Einverstanden! - Es sei denn, Morten hat andere Pläne. Aber das können wir später regeln. Schließlich hat er selbst nur von dem Kästchen gesprochen, das ich an mich nehmen soll. Jetzt muss ich noch die Bücher finden.«

Sie las mir die fünf gewünschten Titel vor. Alles Fachbücher. Eins sogar in Englisch: *Bangalore - The Indian Silicon Valley.*

»Will er *Green-Card-Inder* anheuern?« fragte ich.

»Im Gegenteil. Er meinte, da müsste man mal gewesen sein. Dagegen könnte sich Deutschland verstecken.«

Ich half ihr beim Suchen und schließlich hatten wir den Stapel zusammen.

Was dann geschah, konnten wir erst später richtig einordnen: Als ich, mit dem Stoß Büchern unter dem rechten Arm, die Tür öffnete, kam das oberste ins Rutschen, reflexartig griff ich mit der Linken zu, konnte aber - trotz heftiger Balanceakte - den Fall nicht verhindern, sah gleichzeitig durch den Türspalt einen Schatten, ließ die übrigen Bücher fallen, schrie *Bleib zurück!*, riss die Tür ganz auf und warf mich, während ich die Waffe zog, quer über den Flur auf die andere Seite an die Wand. Alles in Bruchteilen von Sekunden. Das war geübt. Das hatte ich noch drauf. Ich blickte mich um. Der Flur war leer. Der Fahrstuhl summte. Die Zahlen der Anzeige über der Tür sprangen gerade von *2* auf *1* auf *'E'*. Stillstand.

Hannah stand etwas verdeckt in der Wohnung und schaute mit einer Mischung aus Schrecken und Erstaunen zu mir herunter.

»Haben Sie sich wehgetan?«

Es wirkt immer ziemlich dämlich, wenn solch eine spektakuläre Aktion ins Leere stößt. Ich stand auf und steckte die Waffe weg. »Tschuldigung.« Ich grinste schief. »Das ist mein tägliches Fitnessprogramm.« Sie lächelte nicht.

Ich lief mit wenig Hoffnung zum Fenster. Die Bäume am Straßenrand verdeckten mir den direkten Blick auf den Parkstreifen vorm Haus.

»Aber ich glaube, hier war jemand vor der Tür. Muss aber nichts bedeuten«, fügte ich locker hinzu. Und als sie sich immer noch nicht rührte: »Vielleicht war es sogar nur eine optische Täuschung. Gehn wir?«

Erst als ich die Bücher aufsammelte, rappelte sie sich und half mir.

»Ist ja richtig aufregend - das Leben eines Detektivs! Haben Sie sich wirklich nichts getan?«

»Routine - man muss halt stets auf der Hut sein.«

Im Lift überredete ich sie, ihren Wagen stehen zu lassen, obwohl sie eine Klimaanlage hatte, die ich nicht bieten konnte. Ich wollte sie aber selbst zu ihrem Cousin nach Stadelheim fahren. Kaum waren wir aus der Parklücke, sah ich im Rückspiegel einen schwarzen Volvo. Da ich keinen Versuch unternahm, ihn abzuhängen, blieb er brav hinter uns.

»Der Mossad fährt also Volvo. Sicherheit aus Schwedenstahl«, murmelte ich vor mich hin, doch Hannah hatte es gehört.

»Was haben Sie mit dem Mossad?«

Ich gab ihr meine Informationen preis.

Sie schien das mehr zu beruhigen als aufzuregen. »Wenn der Mossad hilft, ist Morten bestimmt noch schneller frei!«

»Danke!«

»Oh, das habe ich so nicht gemeint.«

»Ist schon gut«, sagte ich. »Der Mossad wird´s schon richten.«

»Ich bin ein Schaf!« Sie schlug sich gegen die Stirn. »Aber wissen Sie, für uns Israelis hat der Mossad eine geradezu mythische Bedeutung. Wir trauen ihm alles zu.«

»Ich auch.« Das klang immer noch leicht beleidigt. Sie fuhr mir sachte über den Unterarm.

»Nicht böse sein.«

Es war ziemlich genau 17 Uhr, als ich am Gefängnis vorfuhr. Unser Verfolger merkte jetzt, dass ihm die schluchtartige Zufahrt, die sich als Einbahnstraße zum Eingang senkt und dann wieder nach oben führt, leicht zur Falle werden konnte. Er gab Gas und fuhr sofort wieder hoch in die Hauptstraße. Ich war sicher, dass er dort oben auf mich lauerte. Seltsam: ein dunkelblauer BMW fuhr den gleichen Weg, blieb aber ungefähr 20 Meter hinter mir stehen. Ich erkannte zwei männliche Silhouetten.

Im Schatten der Schlucht war es tatsächlich etwas kühler. Ich war fast versucht, hier zu warten. Große Schilder mahnten aber mit Halteverbot. Hannah versprach, sich sofort zu melden, wenn sie nach Hause fährt. Ich registrierte zufrieden, dass sie sich noch einmal umdrehte und mir zulächelte, bevor sich das Tor öffnete.

Als ich mich vorsichtig wieder in die Hauptstraße ein-gefädelt hatte, entdeckte ich schon nach wenigen Metern den Volvo hinter mir. Soll er doch. Mein Plan war längst fertig. Den BMW konnte ich nicht mehr sehen. Vielleicht doch nur Zufall.

Ich fuhr über *Stadelheimer-* und *Balanstraße* zum *Mittleren Ring*, ostwärts. In *Berg am Laim* verließ ich die Schnellstra-ße und stellte zufrieden fest, dass meine Verfolger drei Wagen hinter mir waren. Vor der Ampel, wo´s nach links in die *Weihenstephaner* ging, musste ich taktieren. Ich er-reichte sie genau, als sie auf ROT sprang. Als letzter bog ich ab. Die Wagen hinter mir blieben ordnungsgemäß ste-hen. Jetzt hatte ich gewonnen. Nach 80 Metern fuhr ich links in die Tiefgarage meines Fitnessklubs. Sie hatte die schöne Besonderheit, dass die Ausfahrt in eine ganz ande-re Straße mündete. Selbst wenn meine Verfolger mich noch in der Einfahrt verschwinden sahen, mussten sie zu-nächst die Tiefgarage nach mir absuchen, bevor sie wieder ans Tageslicht kamen. Ohne im Rückspiegel irgendwelche Autos gesehen zu haben, ratterte ich die steile Auffahrt wieder hoch, war in der *Streitfeldstraße* und konnte ohne Hast zum nächsten Postamt am Ostbahnhof fahren.

Ich steckte den Chip in einen festen Umschlag, schrieb ein paar Erklärungen dazu und schickte alles an meine Schwester in Trier. Sie kannte solche Sendungen schon und gab sie ihrem Mann. Der nahm sie mit und deponier-te sie im Krankenhaustresor. Er war Chefarzt. Mehr Si-cherheiten konnte ich mir nicht vorstellen.

Noch bevor ich zurück an meinem Wagen war, melde-te sich Hannah. Wir hatten verabredet, dass ich sie in ihre Wohnung begleite. Sie kam mit der U-Bahn zum *Odeon-splatz*. Auf dem nächsten freien Parkplatz ließ ich mein Auto stehen und wir gingen zu Fuß zu ihrer großen Alt-bauwohnung im *Lehel*.

»Wie geht´s Ihrem Cousin?«

»Er ist nicht so gut drauf. Das mit Oren ist ihm ziem-lich nahe gegangen. Fragte dann nach dem Kästchen. Ich erzählte ihm vom Chip und von Ihnen. Er nannte mich zunächst leichtsinnig, doch als ich ihm seinen eigenen Leichtsinn vorhielt, hat er es geschluckt. Es ist doch alles in Ordnung, oder?«

Ich wollte sie erheitern: »Die Chipkarte ist so sicher wie in Abrahams Schoß, obwohl ich gar nicht weiß, warum der so sicher gewesen sein soll?«

Sie dachte nach, um dann verschmitzt zu lächeln: »Ich kann´s nur etwas unanständig erklären: Vor Abrahams Schoß waren wohl alle Frauen sicher. Schließlich brauchte er Jahrzehnte, um endlich seine Sarah zu schwängern.«

Ich lachte auch. »Na, ein Rabbiner hätt´s nicht besser auslegen können!«

Sie wechselte wieder das Thema: »Apropos: Ich habe Morten von Ihrer Entdeckung, dass unser Onkel keinesfalls in der Sauna gestorben war, erzählt. Er glaubt auch an eine Falle. Aber warum?«

Ich zuckte mit den Schultern. »Den Grund kann nur er wissen. Vielleicht, um ihn für ein paar Tage aus dem Weg zu schaffen. Lange kann es ja bei dieser Beweislage nicht dauern.«

»Hostiz meint, vor einem Obduktionsergebnis würde kein Haftprüfungstermin angesetzt.«

»Nach den Ereignissen der letzten Stunden geht es um den Chip. Sie müssen jedenfalls sehr vorsichtig sein. Wir wissen nicht, wie weit die Täter gehen.«

Wir waren vor ihrem Haus angekommen. Sie wohnte im dritten Stock. Wir mieden den Fahrstuhl und gingen zu Fuß.

»Das schaffen wir auch noch - trotz der Hitze«, meinte sie und boxte mir aufmuntert in die Seite.

»Wer ist den im Fitnessklub - Sie oder ich?«

»Da sagen sie was. War mehrmals drin und bin immer wieder raus. Zeitmangel ...«

Vor ihrer Tür legte ich den Finger auf den Mund. Ich war ganz Ohr. Nichts, außer dem üblichen Geräuschmix eines Mietshauses: Kinderstimmen, Fernseher und Wasserleitungen. Diesmal ließ ich meine Waffe stecken. War zu albern, dauernd mit diesem Ding in Münchner Wohnhäusern rumzufuchteln. Behutsam schloss ich auf. Der erste, der zweite und auch der dritte Eindruck war beruhigend - und wohltuend. Breite Flügeltüren öffneten sich vom Flur in ein übergroßes Wohnzimmer. Die Großzügigkeit der Räume wurde durch eine sparsame und geschmackvolle Möblierung noch betont. Der alte Parkettboden war aufpoliert worden.

»Das Überbleibsel meiner Ehe«, sagte Hannah, als sie meinen bewundernden Blick sah. »Die Wohnung musste er mir lassen. Sonst blieb wenig. Nicht einmal schöne Erinnerungen. Er ist zurück nach Israel. Arbeitet dort als Regisseur für Werbespots.«

Durch die Tür sah ich im Nachbarzimmer ein wandhohes Regal voller Video-Kassetten. Ein großer Standventilator surrte vor sich hin.

»Und Sie? Haben Sie noch einen Koffer in Israel?«

Hannah nickte. »Hat eigentlich jeder Jude. Doch ich habe hier ein Casting-Büro, besetze Filme und so. Wir sind echte Deutsche - aber in Israel geboren. Mit vielem Hin und Her. Meine Großmutter war als kleines Kind mit ihrer Schwester auf dem gleichen Auswandererschiff wie die Wallachs. Tante Miriam, die Schwester meiner Mutter, hat später dann Oren geheiratet. Sie kamen alle irgendwann wieder zurück. Meine Mutter heiratete hier in München einen Levinsohn, mit dem sie wieder nach Haifa zog. Dort kam ich zur Welt. Nach der Scheidung ging´s wieder hierher zurück. Ich bin hier eingeschult worden, ohne richtig Deutsch zu können. Beim Abi habe ich in Deutsch immerhin zehn Punkte bekommen.«

»Schon mal bereut?«

»Das Abi?«

»Nein, das Zurückkommen.«

«Puhh - das ist wie bei einer Brücke: Manchmal fühle ich mich als Verbindung zwischen beiden Kulturen, manchmal hänge ich ganz schön in der Luft. Aber eins kann ich sagen: das ist heute nicht mehr mein Israel. Klingt komisch. Was ich meine, dieser letztlich europäische Geist der Gründer ist verschwunden. Das heutige Israel ist doch eher levantinisch.«

»Verstehe.«

Sie schaute mich an: »Und Sie, wie sind Sie Privatdetektiv geworden?«

Ich hob meine Hand. »Aus ganz pragmatischen Gründen. Ich war Polizist mit Herz und Verstand, wie man so schön sagt. Einmal war das Herz größer und ich verlor meine Hand. Das brachte meinen Chef auf die glorreiche Idee, mich als Verwaltungsbeamten in die Ecke zu stellen. Da nahm ich meinen Hut!«

Sie sah mich aufmerksam an. »Als rächender Engel - oder als Robin Hood?«

»Gute Frage. Aber nichts von beidem. Das ist ein Handwerk, das ich gelernt habe. Von dem ich etwas verstehe. Weiter nichts.«

»Und dem Chef beweisen, welches Unrecht er Ihnen angetan hat?«

»So hochtrabend brauch ich´s gar nicht. Dennoch, ich will gut sein! Auch mit dieser Hand!«

»Dann heben Sie sie mal schön hoch!«

Ich Rindvieh. Wir waren mitten im Zimmer stehen geblieben, um uns zu unterhalten. Alle Vorsicht, mit der wir die Wohnung betreten hatten, war vergessen. Jetzt blickte ich auf eine Kanone in der Hand eines anderen Mannes und war froh, dass ich meine gar nicht in Bereitschaft hatte. Sieht immer doof aus, wenn man sie zur Decke heben muss.

»Entschuldigung, aber die Tür stand offen.« Er winkte uns zurück bis zu einem flachen Futon ähnlichem Lager, auf das wir uns eng nebeneinandersetzen sollten. Ich spürte Hannahs Hüfte an meiner und fand die Situation dämlich - für mich jedenfalls.

Hinter dem Mann kam ein Zweiter. Ohne Kanone in der Hand. Er schloss die Wohnungstür sanft. Beide waren leicht bajuwarisch gekleidet. Also mit Eichblättern auf dem Leinensakko, und Hirschhornknöpfen. Aber alles der Hitze angepasst. Das wirkte leicht und locker und bei aller

Bedrohung fast gemütlich. Jedenfalls nicht wie israelische Geheimagenten mit der Lizenz zum Töten.

Der Zweite stellte sich vor mich, winkte mich noch einmal hoch und zog dann mit schnellem, professionellem Griff meine Pistole aus dem Halfter. Er ging damit zurück, nahm das Magazin heraus und legte beides auf ein Tischchen neben der Tür.

»Sie brauchen keine Angst zu haben, wenn sie mit uns zusammenarbeiten!« Das sagte der größere von beiden, dabei winkte er mich wieder zum Sitzen. Er hatte einen massigen Schädel, der sich bedrohlich über den Augenbrauen wölbte. Die randlose Brille wirkte fast verloren unter diesen wuchtigen Kanten, gab ihm jedoch einen intellektuellen Touch. Darüber schwebte ein gelichteter Haarkranz. Sein Alter war schwer zu bestimmen. Zwischen vierzig und fünfzig war alles möglich. Er ließ sich auf einen Stuhl nieder, während der Kleinere sich vor der Tür aufbaute. Der war höchstens dreißig, schmal, drahtig, gefährlich. Auch ohne Pistole.

»Sehen wir aus, als ob wir Angst hätten?«, fragte ich forsch zurück. »Und wer ist uns?«

»Die Fragen stellen wir hier!«

»Mein Gott, warum müssen alle Bullen dieselben Sprüche klopfen?«

Er schaute zu seinem Kollegen, der seine Arme vor der Brust verschränkte und grinste. Der andere steckte seine Waffe unter seine linke Achsel und zog eine Visitenkarte vor. Er warf sie mir vor die Füße. Ich blieb sitzen.

»BND! Und wer sind Sie?«

»Soll ich auch meine Karte ziehen?«

»Mündlich reicht.«

»Urbach. Detektiv!«

»Schön. So etwas haben wir uns gedacht. Dann wissen Sie ja ungefähr Bescheid!«

Ich zuckte mit den Schultern. »Wir wissen eigentlich gar nichts.«

»Wir auch nicht.« Er stieß ein paar trockene Lacher hervor. »Ein befreundeter Geheimdienst hat uns gewarnt, dass es bei der Firma SOFTWAL und dem eigenartigen Todesfall um Landesverrat gehen könnte.«

»Welches Land sollte denn verraten werden?«, fragte ich zurück.

»Nicht so wichtig.«

Hannah wollte etwas sagen. Ich legte meine Hand auf ihren Arm.

»Und während sie hier die Wohnung unerlaubt betreten, werden andere Wohnungen von ihrem befreundeten Geheimdienst durchwühlt?«

Er sah wieder zu seinem Kollegen. »Davon wussten wir nichts.«

»Der Mossad ist halt immer noch eine Spur cleverer. Aber wem war er auf der Spur?«

»Wollten wir von Frau Braun erfahren. Was tat sich so bei SOFTWAL? Fiel Ihnen was auf in letzter Zeit?«

»Da müssen Sie andere fragen. Ich habe doch gar nichts mit der Firma zu tun. Was soll ich Ihnen sagen?«

»Herr Arvasohn sagt noch weniger! Und der von Hostiz will ständig beweisen, dass er sich im deutschen Gesetzbuch auskennt.«

»Apropos Gesetz«, fiel ich ein, »Dass Arvasohn unschuldig ist, können Sie ja wohl auch bestätigen, nach den Informationen Ihres befreundeten Geheimdienstes.«

Er nickte. »Vermuten, nur vermuten - aber im Augenblick ist es doch ganz gut, dass er einsitzt. Dort kann ihm wenig passieren!«

»Außer Freiheitsberaubung!« Hannah wurde wutend.

Er griff sich an seine Brille. »Bleiben wir doch sachlich. Uns fragt keiner und wir haben nichts zu sagen. Uns interessiert nur, was hier verraten werden könnte.« Er schaute mich an. »Wollen Sie etwas sagen?«

»Einen Tausch vorschlagen: Sie rufen bei der Kripo an. Die Nummer kann ich Ihnen geben. Ich ruf Sie an, wenn ich etwas weiß. Bekannt ist uns nur, dass verschiedene Gruppen offenbar hinter einem Quellcode der SOFTWAL her sind. Aus den Spuren vermuten wir, dass sie immer noch suchen.«

»Wie soll das denn aussehen?«

Ich zuckte mit den Schultern. »Nach meinen Informationen eine kleine Chipkarte. Ein sogenannter *Golden-Key*.«

Das Telefon läutete. Der Anrufbeantworter sprang an.

»Guten Tag. Hier ist BBC, Braun Bavarian Casting, bitte hinterlassen Sie mir nach dem Piepser eine Nachricht!« Und dann das Gleiche noch einmal englisch. »Hallo Hannah«, hörten wir alle mit. Eine Männerstimme. »Den Termin morgen muss ich um eine Stunde verschieben. Treff mich vorher mit Martina. Wenn sie die Rolle spielt, sind wir eine Sorge los. Freu mich auf deine Vorschläge. Bussi, Bussi!«

Hannah stand auf und holte einen kleinen Terminplaner aus ihrer Handtasche. Sie machte sich eine Notiz und kam dann zurück zu mir.

»Welche Rolle wird denn hier gespielt«, fragte unser Besucher interessiert.

Hannah war immer noch heftig: »Das war Jakobi, wenn Ihnen der Name was sagt. Es geht um einen Film!« Dann noch einmal wütend: »Aber kein Agententhriller!«

Er lächelte zum ersten Mal.

Hannah klemmte plötzlich ihre Beine zusammen und drückte ihre Hand in den Schoß. »Kann ich jetzt mal aufs Klo? - Ich muss schon die ganze Zeit.«

Der Jüngere wollte etwas sagen, doch der andere winkte wortlos mit dem Kopf zum Badezimmer.

Hannah nahm ihre Handtasche und verschwand. Komisch. Trotz der Situation spürte ich plötzlich, dass ich Hunger hatte.

»Woher wissen Sie eigentlich, dass es der Mossad war?«, wollte der Ältere wissen. »Von denen haben sie doch sicher keine Karte bekommen?«

»So etwas Ähnliches!« Ich z0g das Streichholzbriefchen aus der Tasche und warf es ihm hin. Er hob es auf, hielt es spitz zwischen Daumen und Zeigefinger und betrachtete es amüsiert von allen Seiten.

Er schaute über seine Brille: »Auf Fingerabdrücke haben Sie es noch nicht untersucht?«

»Bedaure. Aber ich will es ja nicht vor Gericht als Beweismittel verwerten.«

Er schnalzte zufrieden mit der Zunge.

Die Klospülung rauschte.

»Jetzt mal seriös: Was wissen Sie denn wirklich von SOFTWAL?«

»Nur, dass sie höchst effektive Verschlüsselungssoftware in aller Herren Länder liefern. Darunter auch Israel.«

»Also könnte -«

Hannah kam zurück, setzte sich wieder neben mich und stellte ihre Handtasche vor sich auf den Boden. Der Jüngere schlenderte zu uns herüber, hob die Tasche hoch und ließ sie aufspringen. Auch Hannah sprang auf.

»Jetzt gehen sie aber zu weit!«

Ungerührt holte der Mann ein Handy hervor. Hannah setzte sich wieder.

»Denke mal, die letzte Nummer war *eins-eins-null*? Stimmt´s?« Dabei tippte er ein paar Tasten. »Stimmt!«, sagte er triumphierend. Er warf Tasche und Handy neben uns. Auch sein Partner war jetzt aufgestanden. Er griff sich wieder an die Brille.

»Okay. Wir verschwinden. Muss aber nicht heißen, dass Sie uns los sind. Es gibt noch Fragen. Nur wollen wir jetzt keine beantworten. Wir wissen noch zu wenig. Dafür haben sie sicher Verständnis?«

Hannah sprach so sarkastisch, wie sie konnte: »Aber natürlich. Wir haben vollstes Verständnis für deutsche Polizeimethoden. Schließlich hat meine Familie schon die Gestapo überlebt. Teilweise jedenfalls.«

Als die Haustür hinter den beiden ins Schloss gefallen war, fiel mir Hannah um den Hals. Es war nicht unangenehm, als sie mir ein Küsschen gab.

»Danke, dass Sie mitgekommen waren. Ohne Sie - also ich wäre vor Schreck gestorben, wenn da plötzlich zwei Typen hinter mit gestanden hätten.«

»Das mit der Gestapo war aber ein bisschen hart.«

»Wir sind halt eine empfindliche Generation.«

»Jetzt haben Sie gesehen, was passiert, wenn man nicht auf der Hut ist.« Ich spürte, wie sie sich an mich lehnen wollte, doch bevor ich meine Arme mehr als schützend um sie legen konnte, klingelte es an der Haustür.

»Da kommen unsre wahren Beschützer«, sagte ich mit schiefem Lächeln. »War übrigens genial, die Idee mit dem Handy.«

Hannah ließ zwei Uniformierte ein, die mit ihren gezückten Pistolen etwas verunsichert wirkten.

»Danke, dass Sie so schnell gekommen sind, doch der Fall hat sich erledigt. Die Eindringlinge haben gemerkt, dass ich um Hilfe gerufen habe.«

»Wollen Sie Anzeige erstatten?«

Hannah sah mich an. Ich schüttelte den Kopf. »Die haben ja nichts mitgehen lassen. Es genügt, wenn Sie sich diesen Einsatz genau merken. Vielleicht brauchen wir Sie noch als Zeugen.«

Er schien irritiert. »Wie Sie wollen.«

»Darf ich Ihnen etwas anbieten?«, fragte Hannah freundlich.

»Danke. Sie wissen ja: Dienst ist Dienst -.«

Sie begleitete die Polizisten zur Wohnungstür, und als sie zurück ins Zimmer kam, hatte sie sich - trotz der Hitze - ein großes schwarzes Tuch schützend um die Schultern gelegt.

»Larry, in schlechten Filmen sagt die Frau jetzt, sie habe solche Angst und bietet dem Mann ihr Schlafanzugunterteil und das Sofa im Wohnzimmer an, um am nächsten Morgen völlig verkatert zu fragen, wie der fremde Kerl in ihr Bett kommt.«

»Da müssen Sie aber einen sehr schlechten Film gesehen haben.«

Sie lachte zum ersten Mal heute richtig frei. »Jetzt weiß ich, an wen Sie mich erinnern.«

Ich nahm die Haltung eines Westernhelden an. O-Beine, O-Arme. »Clint Eastwood, der Rächer der Enterbten.«

»Nein, an einen wunderbaren Berliner Schauspieler. Aber keine Fernsehserien, deshalb nicht so bekannt. Ich kann Ihnen Fotos zeigen.«

»Ja, die Berliner.«

Sie merkte, dass mich dieses Thema nicht so brennend interessierte: »Weg vom Kino. Darf ich Sie zum Essen einladen?« Endlich das erlösende Stichwort.

»Ich würde mich freuen, wenn Sie mit mir essen gehen. Ich lade Sie ein - und setze es auf Spesen. Die zahlt ja Ihr Cousin. Okay?«

»Okay! Ist es sehr frivol, an einem solchen Tag in einen Biergarten zu gehen? Ist doch noch herrlich warm draußen.«

»Ich würde sagen, man muss! Man kann ja auch irgendwo im Freien sitzen - ohne es Biergarten zu nennen.«

Es wurde ein langer Abend. Ich erfuhr so nebenbei, dass Morten gar nicht ihr richtiger Cousin ist:

»Er ist ein richtiges Findelkind. Nach dem Tod seiner Frau hat Onkel Oren Pflegschaften übernommen. In einem Waisenhaus in Eilat. Die Kinder, deren Herkunft unbekannt war, bekamen alle den Nachnamen Ben Arava, also Aravasohn nach der Wüstenlandschaft, die vom Toten Meer bis zum Golf zwischen Israel und Jordanien verläuft. Um´s einfacher zu machen, wurde dann nur noch Ben Arva gesagt.

Als Morten sich mit besten Noten bis zum Gymnasium vorgearbeitet hatte, holte ihn Onkel Oren nach Deutschland und gab ihn zu uns in Pflege. Da war er elf. Er ist drei Jahre jünger als ich. Seitdem wuchsen wir zusammen auf.«

»Herkunft unbekannt? - Da ist er vielleicht gar kein Jude?«

»Genau. Das war die Philosophie des Waisenhauses.«

»Er kann also Jude, Palästinenser - sogar Ägypter sein. Niemand wird es je wissen.«

»Oren sagte einmal: Morten ist intelligent, wie ein Jude, gerissen, wie ein Levantiner und kultiviert, wie ein Deutscher. Aber er bekam, wie all die Waisenkinder dort, die israelische Staatsbürgerschaft. Aus Bequemlichkeit habe ich ihn immer als meinen Cousin vorgestellt.«

Und dann erfuhr ich noch, dass Onkel Oren tatsächlich mit dem israelischen Geheimdienst in Verbindung stand.

»Soviel ich weiß, hatten die immer Angst, dass Feinde Israels an CASUS herankommen. Vielleicht war es jetzt so weit?«

Ich räumte diese Möglichkeit ein. Als langsam die kühle Nachtfeuchte vom Englischen Garten herüber drang, brachte ich sie in ihre Wohnung zurück. Wir verabredeten uns für den nächsten Tag nach ihrem Termin mit diesem Filmfritzen. Ich verabschiedete mich brav und fuhr mit vielen dummen Gedanken nach Hause.

Dieser erste Montag im August hatte es in sich. Und doch war es, wie ich heute weiß, der letzte Tag einer unbekümmerten Bekanntschaft. Ich werde für heute abbrechen.

Morgen ist Totensonntag. Vielleicht werde ich doch hinausfahren zum jüdischen Friedhof. Wenigstens an Orens Grab verharren. Oder nur zwischen den alten Steinen wandern. »Wenn ich mich fürchte, hoffe ich auf dich!« So hatte Hannah mir eine der verwitterten Inschriften übersetzt. Ich habe keine Hoffnung und auch keine Furcht mehr.

3

Einen Bratapfel hat man mir hingestellt.

»Das ist bei uns Tradition, wenn der erste Schnee fällt«, hatte die Praxishilfe mir erklärt. Sie heißt Irmgard und stammt aus einem Dorf bei Rosenheim. Draußen war wirklich eine feine, weiße Decke liegen geblieben. Jedenfalls dort, wo keine Fußtritte oder Autoreifen die feinen Kristalle zermalmten. Der Apfel roch gut. Die Haut hatte Blasen gebildet, die geplatzt waren und das fruchtige Aroma frei gaben. Schiller soll doch immer an einem faulen Apfel gerochen haben. Zur Inspiration. Ich schäme mich, dass ich mich zu solchen sinnlichen Wahrnehmungen hinreißen lasse. Konzentration, Urbach. Wie war das in diesen sogenannten Hundstagen?

Es war weiter heiß. Trotzdem war ich bereits um sechs zum Joggen an der Isar. Auf dem Heimweg zog ich mir die AZ aus dem Verkaufsständer. Nach der Dusche ging ich in mein Stehcafé an der Ecke. Die machen zum Glück nie Urlaub. TOD IN DER SAUNA war der Aufmacher der Boulevardzeitung. Dazu Bilder vom Haus und von Oren Wallach bei einer Feierlichkeit, als dem »jüdischen Unternehmer und großen Philanthropen«, wie sie ihn nannten, ein Orden überreicht wurde. Das Foto zeigte ein etwas fleischiges, aber freundliches Gesicht mit schweren Tränensäcken und einem Haarkranz, der wie von einer Windböe zerzaust schien.

Als ich ins Büro ging, zeigte die große Uhr am Hauptbahnhof zehn Minuten vor acht. Ich nahm die *Süddeutsche* aus dem Briefkasten mit nach oben. Sie brachte wenige Zeilen im Lokalteil. Keine neuen Erkenntnisse. Im Wirtschaftsteil wurde Oren Wallach als kreativer Kopf und zielstrebiger Unternehmer gewürdigt.

Der Autor des Artikels war mein Freund Felix. Er war also auch nicht im Urlaub. Vielleicht konnte er mir schon ein paar Worte zum Schneeballsystem sagen. Schließlich wollte ich bei diesem Dr. Haller kompetent wirken. Ich rief sein Handy an. Es meldete sich sein Anrufbeantworter. Wahrscheinlich war er beim Joggen im Englischen Garten. Ich bat um Rückruf.

Der kam zwanzig Minuten später. »Mensch, Larry, bin ja ein Scheißfreund. Hab mich mit keinem Wort nach dir und deinem Neuanfang erkundigt. Bei uns ist es halt stressig im Moment. Die Hälfte der Kollegen sind irgendwo im Urlaub. Wie läuft´s denn?«

Ich erzählte von meiner Verbindung zu Oren Wallach und kam dann zum Thema: »Könntest du mir mal einen Kurzvortrag halten? Stichwort: Schneeballsystem.«

»Was? - Oren Wallach hat doch nichts mit Schneeballsystemen zu tun?«

»Um Gottes Willen - das wäre die Falschmeldung des Jahres.«

»Was willst du also wissen?«

»Gleich kommt jemand, den man wohl rein gelegt hat. Ich soll ihm helfen und brauche noch ein bisschen Info. Wie so was funktioniert und so ...«

»Eigentlich ganz einfach. Man braucht einen Cleveren und viele Dumme. Geht ähnlich wie die Kettenbriefe. Beim Schneeballsystem werden die Anleger mit bunten Prospekten und großartigen Gewinnversprechen zur Investition eines bestimmten Betrages überredet. Mit dem Geld sollen angeblich lukrative Anlagegeschäfte getätigt werden. Das ist meistens schon gelogen. Eine Anlage der Gelder auf dem Kapitalmarkt erfolgt meistens gar nicht - oder höchstens am Anfang. Eine Zeit lang geht´s in der Regel gut, denn Ausschüttung oder Rückzahlung erfolgen mit dem Geld neu geworbener Kunden. Dieses System überlebt also nur, solange kontinuierlich neue Kunden geworben werden können. Da hier natürliche Grenzen gesetzt sind, kommt es unweigerlich zum Zusammenbruch.

Der Clevere ist mit dem Geld irgendwo in der Karibik untergetaucht - und die Dummen gucken in die Röhre.«

»Woran merkt man denn, dass an der Sache etwas faul ist?«

»Schau, wenn dir jemand zwölf Prozent Gewinn per anno verspricht, kann es ein guter Deal sein. Bei 30 Prozent und mehr Rendite sollten alle Alarmglocken schrillen! Da muss was faul sein.«

»Und das ganze Geld ist futsch?«

»Du erinnerst dich doch sicher: vor etlichen Jahren machte hier ein Sternekoch Schlagzeilen, weil er viele Promis in seinem Lokal zu solchen spekulativen Geldanlagen überredet hat. Die suchen heute noch nach den Millionen. Angeblich ist unser Koch selbst betrogen worden.«

»Na Servus, da kommt gleich jemand, der will wohl, dass ich ihm seine Millionen wieder bringe.«

»Am Besten, die Geschädigten schließen sich zusammen und beauftragen gemeinsam einen Anwalt oder jemand wie dich. Das erhöht die Schlagkraft.«

»Na klar, mit meiner harten Linken«, scherzte ich. Die Haustürklingel dudelte. Ich dankte Felix und versprach, ihm zu berichten. Vielleicht konnte er eine Warnung in seiner Zeitung bringen.

Dr. Haller kam auf die Minute. Er schnaufte ziemlich. »Bis zur dritten Etage nehme ich grundsätzlich die Treppe. Is Prinzip, wissense. In meinem Alter muss man sich bewegen. Wat schätzen Se? Können Se gleich mal zeigen, ob Se en juten Detektiv abgeben. - Na, ich sag´s Ihnen: 73. Hätten Se nich jedacht?«

Ich dachte mir mein Teil. »Espresso?«

»Nur, wenn Se koffeinfrei haben.« Er schlug sich auf die Brust. »Die Pumpe, wissense.«

Ich wusste. Und bot ihm ein Glas Wasser an.

Er war ein kleiner, rundlicher Mann mit dunklen Äderchen auf der Knollennase. Die wenigen Haare waren immer noch braun und quer über seinen Kopf gezogen. Sie wirkten wie angeklebt, waren aber echt. Er trug einen blauen Jeansanzug, drunter dunkles Hemd mit Krawatte - und braune Halbschuhe. Dazu eine Art College-Mappe.

»Tja«, begann er. »Eigentlich hatte ich genug auf der hohen Kante, wissense. Aber man denkt ja immer, ob das wohl reicht? Geht Ihnen sicher auch so?«

Ich zuckte nur die Schultern.

»Also, ich wohne direkt am *Englischen Garten*. Beste Gegend, denkste dir doch nix. Mein Nachbar machte den allerbesten Eindruck. Ein Herr Ritzer, Walter Ritzer. Er fuhr einen Sechshunderter. Sie - also die werte Gattin - mit nem Porsche, also mit allem Schnickschnack, wissense.«

Ich nickte. »Wo liegt das Problem?«

Er lachte. »Das Problem? - Problem is jut. Das Problem sind die einskommadrei Millionen, die ich ihm so nach und nach rüber geschoben habe. Und wo die liegen - dat sollen Sie rausfinden.«

Ich tat, als ob ich täglich mit solchen Summen zu tun hätte, und hob meinen Stift.

Er zog ein Taschentuch, so ein richtiges aus Stoff, wie sie vor der Zeit von Tempo und Kleenex noch üblich waren. Mehrmals fuhr er sich über die Stirn.

»Was geschah also mit dem Geld?«

»Geschehen is folgendes, dass er mich nämlich überredet hat, bei ihm anzulegen. Hundertprozentig sicher. Bis zu 15 Prozent Rendite im Monat.«

»Oha«, fiel ich ein. »Das wären 180 Prozent - per anno.«

»Eben«, rief er triumphierend.

Felix fiel mir ein: »Wurden Sie da nicht misstrauisch? Das gibt es doch gar nicht auf ehrliche Art. Da müssen doch alle Alarmglocken schrillen.«

Er fuhr hoch. »Dat gibt et nich? - Dat gibt es. - Das heißt, nicht mehr.« Er sackte buchstäblich zusammen. »Sie sind fort.«

»Die Millionen?«

»Die Millionen - und Ritzer.«

»Mit Mercedes und Porsche?«

Er nickte traurig. »Und mit Gattin.«

»Haben Sie denn etwas Schriftliches?«

Er zog aus seiner Mappe einen Stapel Papiere, die er vor sich ausbreitete, fischte einen Hochglanz-Prospekt heraus und reichte ihn mir rüber. Ich überflog das bunte Papier: Eine *Euro-Finanz-Group* stellte sich da vor. Mit Sitz in Zürich und einem Vertrauen erweckenden Logo aus den Buchstaben EFG, die sich um das Schweizer Kreuz gruppierten. Dazu ein Zertifikat der Eidgenössischen Bankenkommission, dass die EFG von ihr überprüft worden sei.

Beworben wurde ein Multi-Performance-Depot. Schöner kann man wohl Betrug nicht umschreiben. Dem Anleger wurde erklärt, dass hier mit moderner Datenverarbeitung und direktem Zugang zu internationalen Börsen der Handel mit Aktien durchgeführt würde. Man könne mit Renditen von bis zu 15 Prozent pro Monat rechnen. Außerdem werde garantiert, dass jedes Depot eines Kunden bei seinem Clearing-Broker in Höhe von 500.000 US-Dollar gegen Betrug und Konkurs versichert sei und die Anlage durch eingeschaltete Treuhand- und Revisionsfirmen überwacht werde. Wohlklingende Namen waren da aufgeführt New York Investment Inc. oder United Financial Consulting Inc., mit Sitz in Atlanta/USA.

Was hätte ich denn mit meiner Abfindung getan, wenn ich nichts Besseres gewusst hätte? »Darf ich das behalten?«

Er nickte.

»Was lief also ab?«

»Wat lief? Ich habe zunächst Herrn Ritzer intensiv befragt. Er erklärte die hohe Rendite mit seinem Wissen im Geldjeschäft und dass er bestimmte Anlagemöglichkeiten kenne, die er mir jejenüber aber nicht ausführen wollte. Betriebsjeheimnis, wissense. Konnte man ja verstehen. In den ersten Unterlagen befand sich bereits dieser Vertrag«, er reichte eine Art Urkunde rüber, »der, wie Sie sehen, vom Anwalt beglaubigt und besiegelt war. Dat Janze sah doch sehr Vertrauen erweckend aus. Ich habe dann eine halbe Million eingetragen. Ich brauchte nur noch zu unterschreiben und das Geld zu überweisen. Das Geschäft lief auch gut an. Ich habe die Rendite monatlich überwiesen bekommen.«

»Da haben Sie also richtig Kohle gemacht?«, fragte ich erstaunt.

»Am Anfang schon. Fast die halbe Miete hatte ich schon wieder drin. Dann fragte Herr Ritzer, ob ich meinen Einsatz nicht erhöhen wolle? Ich hatte zunächst Bedenken - «, wieder fuhr er sich mit dem Tuch über seine Stirn.

»Doch Herr Ritzer bearbeitete Sie so lange, bis Sie noch einmal Geld locker machten?« vollendete ich seinen Satz.

Er nickte wieder schuldbewusst: »Achthunderttausend.«

Ich musste durch die Zähne pfeifen: »Das war aber ein Segen für Herrn Ritzer. Da konnte er Ihnen ja die Zinsen auszahlen. Von Ihrem eigenen Geld.«

»Sind Se doch nicht so boshaft.«

Die nächsten Dokumente, die er mir gab, erklärten dann das Unheil. Ein paar Wochen nach der letzten Überweisung kam ein Schreiben von Herrn Ritzer, indem er mitteilte, dass es Schwierigkeiten gab und er zur Zeit keine Gewinne mehr machen könne, da aufgrund zahlreicher unseriöser Geldanleger das Anlagegeschäft in den Keller gegangen sei. Und dann wurde es zynisch: Die einzige Möglichkeit, wieder an sein Geld zu kommen, sei eine neue dreijährige Beteiligung bei einem *Private Banking Management* mit angeblichem Sitz in Monte Carlo. Dazu wurden 15 Prozent Zinsen auf das Kapital versprochen. Auch hierzu gab es einen schönen Prospekt. Dr. Haller hat die Verträge daraufhin sofort gekündigt und das Geld plus Gewinne zurückverlangt. Diese Kündigung ist auch bestätigt worden und die Auszahlung des Kapitals wurde zugesagt. Dabei blieb es. Das Geld war bis heute nicht zurückgezahlt - und jetzt auch noch der Berater verschwunden.

Ich stapelte die Papiere wieder sauber übereinander. »Wir gehen also davon aus, dass dieser Walter Ritzer ein Schurke ist?« klärte ich die Sachlage.

»En Schurke? - Dat is en Verbrecher!«

»Oder so. Jedenfalls soll ich vermutlich den Kerl wieder aufspüren?«

»Der Kerl is mir völlig schnuppe, wissense. Der kann bleibe, wo der Pfeffer wächst. Ich will mein Geld. Wenn Se dat finden, wär ich schon zufrieden.«

Ich will auch dein Geld, sagte ich mir und rechnete schon aus, wie viel unterm Strich möglich wäre.

«15 Prozent!«

»Wat? -15 Prozent?«

»Für mich von allem, was ich finde?«

»Wat so viel?«

»Das ist üblich. Schließlich trage ich auch das Risiko, nichts zu finden.«

Wieder kam das Taschentuch.

»Oder 12 Prozent plus Spesen, die ich sofort abrechne.«

Hinter seiner Stirn begann eine Rechenmaschine. Jedenfalls fuhren seine Augen blicklos hin und her. »Na schön. Der zweite Vorschlag is besser. Bleibt mir ja nix anderes übrig.«

»Bleibt Ihnen aber einiges übrig, wenn ich das Geld finde. Außerdem schlage ich vor, dass wir mit anderen Opfern und mit einem Rechtsanwalt zusammenarbeiten. Das erhöht die Schlagkraft und sichert uns Hilfe bei der Staatsanwaltschaft, okay?«

Er war einverstanden.

Ich rief meinen Freund Tillmann Hauser an. Er war Anwalt und empfahl uns eine Kollegin in seiner Sozietät, die sich auf Wirtschaftskriminalität spezialisiert hat. Frau Dr. Hellwig war bereit, Herrn Dr. Haller zu empfangen. Ich entließ ihn, nachdem er auch bei mir einen schönen Vertrag unterschrieben hatte.

Das Kopfschütteln blieb aber noch eine Weile. Wie solche Raffkes mit den Millionen auch noch im Alter den

Rand nicht voll bekommen können. Eigentlich spürte ich mehr Schadenfreude als Mitleid mit dem Opfer. Schlechte Voraussetzungen für eine straffe Recherche. Ich informierte Felix über die Tatsachen, die ich soeben erfahren hatte. Er machte sich Notizen und wollte selbst auch in der Sache recherchieren.

»Ich hab dir doch gesagt, es braucht immer ein paar Dumme. Dein Klient scheint ja ein besonders dämliches Exemplar zu sein.«

»Er ist Rheinländer!«

»Na ja, das erklärt auch nicht alles!«

Wir versprachen, uns gegenseitig auf dem Laufenden zu halten.

Langsam konzentrierte ich mich wieder auf den Fall Wallach/Arvasohn.

Für den Rest des Vormittags hatte ich mir den unbekannten Besucher am Tor mit Eierkopf vorgenommen. Meine Vermutung war richtig: Wenn ich in München ein Auto mit der Nummer "DN" sehe, denke ich zuerst an einen großen Autoverleiher. Und wie ich dort den derzeitigen Mieter eines bestimmten Wagens bekomme, braucht man einem alten Polizisten nicht zu sagen. Das KFZ, das ich bei SOFTWAL gesehen hatte, war an einen Franzosen namens Henri Lambert vermietet, abgestiegen im City-Hilton.

Der Herr war nicht da. Der Concierge erkannte mich und versprach, mir einen Wink zu geben, wenn der Gast von Zimmer 415 aufkreuzte. Ich verdrückte mich in der Lobby und hielt den Eingang im Auge. Ich war gern hier. Fühle mich immer wie auf einem Miniplaneten und versuche, Nationalitäten zu raten. Hier werden Klischees immer noch wahr. Die Amis mit ihrer unvermeidlichen Baseballkappe, obwohl die heute schon fast jeder trägt. Aber hier liefen sie noch mit echter Aufschrift »Hofbräuhaus« herum. Ein sommersprossiges Paar in hellen Jeans und gleichfarbigen T-Shirts, das ich nach dem Klang der Stimmen als Dänen einstufte. In einer Ecke gab ein Filmpromi einer Klatschtante ein Interview. Immer wieder schweiften seine Blicke über ihre Schulter, gierig auf der Suche nach Leuten, die ihn erkannten. Plötzlich schwenkte der Eierkopf durch die Drehtür. Hostiz stürmte zum Empfang. Der Concierge schüttelte den Kopf, verriet aber mit keinem Blick, dass ich auch auf den Herrn aus Frankreich wartete. Der Anwalt eilte wieder davon. Er stieß fast mit einer Gruppe Japaner zusammen, die sich frisch eingekleidet hatten. Original bayrisches Linnen und Loden. Mit Hirschhornknöpfen und Lederapplikationen. Einige hatten sogar den Seppelhut auf, wie Nichtbayern dieses Kleidungsstück nennen würden. Sie drängten in die Halle und umlagerten den Empfang. Lustiger und irritierender sahen die Fußballer des FC Bayern in ihrem Trachtenlook auch nicht aus. Jeder schien eine Digitalkamera zu besitzen und immer wieder zeigten sie sich die Schnappschüsse, die sie voneinander gemacht hatten.

Jetzt kam er ins Bild: Ich hätte ihn auch ohne Wink des Concierge wieder erkannt. Monsieur Lambert nahm zwei Briefe in Empfang. Ich ging zum Lift und fuhr in den vierten Stock. Am Ende des Ganges wartete ich, bis der nächste Lift stoppte und der Herr erschien. Wir trafen uns vor seinem Zimmer.

»Monsieur Lambert?«

»Ah, oui!« - Da war ein Erschrecken.

»Ich komme von Herrn von Hostiz.«

»Ah, oui?« - Das war ein Fragezeichen. Ich spürte, dass er am liebsten an mir vorbei zurück zum Fahrstuhl wollte.

»Können wir kurz reden?«

»Oui.«

»Sie wissen sicher, dass Herr Wallach ermordet worden ist?«

»Oui!«

»Ich bin beauftragt, in diesem Fall die Interessen des Hauses wahrzunehmen«, sagte ich vieldeutig und großspurig.

»Aber Monsieur von Hostiz hat mir gesagt, dass alles in Ordnung ist. - Braucht nur Zeit.«

»Da hat er recht. Es ist nur eine Frage der Zeit, wann SOFTWAL wieder ordentlich arbeitet.«

Er schien beruhigt. »Und die andere Gruppe?«

»Die Israelis?«, fragte ich schnell zurück.

Das brachte ihn aus der Fassung.

»Mon dieu - auf keine Fall dürfen die Israelis - dann ist mein Vertrag nicht gültig!«

»Das sehen wir auch so!«

Ich deutete auf seinen Zimmerschlüssel, den er noch vor sich hielt. »Wollen wir nicht - ?«

»Ah, Pardon!« Er schloss auf. Drinnen roch es stark nach Rauch. Er eilte zum Bett und klappte einen kleinen Dokumentenkoffer zu. Dann drehte er sich zu mir und verschränkte die Arme vor der Brust. Offensichtlich wusste er nicht so recht, wie´s nun weitergehen sollte. Ich allerdings auch nicht.

»Erzählen Sie doch einfach, was Sie wissen?«

Er sah mich forschend an. »Sie wissen nichts? - Ah, oui. Sie sind Polizei! - Ich sage gar nichts. Ich spreche nur mit Monsieur von Hostiz.«

Das war schief gegangen. Ich gab mich als Detektiv zu erkennen, der die Interessen von Arvasohn vertritt.

Er öffnete mir stumm die Tür. Ich musste gehen.

Dem Concierge gab ich unauffällig einen Zehner. Gefälligkeiten waren noch nie umsonst.

»Habe die Ehre!« Er grüßte fast militärisch.

Als ich wieder in mein Büro kam, war es gleich zwölf. Ich nahm mir die Liste der SOFTWAL-Mitarbeiter und ging runter ins Bistro, um sie anzurufen, während ich einen griechischen Salat mümmelte.

Von den elf Namen konnte ich schon ganz schnell fünf streichen, weil sie leichtsinnigerweise bereits auf dem Anrufbeantworter eine längere Urlaubsabwesenheit verkündeten.

Zwei hatte ich direkt am Apparat. Beide Gespräche brachten wenig. Ja, sie hatten es in der Zeitung gelesen. Der arme Mann. Letzte Woche noch voller Pläne. Hat allen *gute Erholung und gesundes Wiedersehen* gewünscht. Die Zukunft? Na, wird wohl der Neffe die Firma weiter führen. Guter Mann. Kreativ und kooperativ. Nein, um die Zukunft von SOFTWAL hatten sie keine Angst. Ja, die Polizei war auch schon bei ihnen. Das Alibi für Sonntag sei sicher überprüft worden. Machen die ja immer.

»Erinnern Sie sich denn an einen Mitarbeiter, der mal im Streit gegangen war? Oder entlassen worden ist?«

Auch hier Fehlanzeige. Hannah hatte recht. Das Arbeitsklima bei SOFTWAL war wohl bestens.

Um drei kam ihr Anruf. Ich hatte schon richtig darauf gewartet. Ganz ohne Grund. Sie musste zur Friedhofs-Verwaltung. Ob ich Zeit hätte, mich dort mit ihr zu treffen. Es habe wieder einen unliebsamen Zwischenfall gegeben. Ich versprach, in einer halben Stunde dort zu sein.

Bis dato hatte ich von der Existenz eines jüdischen Friedhofs in München nichts gewusst - besser gesagt, mir keinerlei Gedanken darüber gemacht. Dabei war er bei solch einer großen Gemeinde selbstverständlich. Vielleicht war es auch ein gutes Zeichen, dass er mir in meinen Polizistenjahren keinerlei Einsatz wegen Grabschändung oder Ähnlichem abverlangt hatte.

Ich bog von der *Ungererstraße* in die *Domagkstraße* und gleich wieder rechts an einer Kleingarten-Kolonie vorbei zum Haupttor. Hannah wartete schon. Sie hatte einen Herrenhut in der Hand.

»Danke, dass Sie gekommen sind, Larry. Langsam nervt es.«

»Was macht Sie so nervös?«

»Zunächst einmal das hier.«

Sie reichte mir einen Zettel.

»Zwei Burschen in Schwarz, auf einem rot-weißen Motorrad, haben mir das an die Scheibe gehängt. Ich sah sie gerade noch, als ich aus dem Haus kam. Blanker Antisemitismus.«

Auf dem Zettel war der Aufmacher einer Boulevardzeitung kopiert: ›JÜDISCHER MULTIMILLIONÄR ERMORDET‹ stand da in Riesenlettern und darunter, schön

in Versalien gedruckt: JUDEN ERBEN HIER MILLIO-
NEN - DIE WIRD BALD DER TEUFEL HOLEN!

Ich faltete das Machwerk ärgerlich zusammen. »Haben Sie´s angezeigt?«

Hannah schüttelte den Kopf: »Ich wollte erst mit Ihnen sprechen. Außerdem hat der eine das Nummernschild verdeckt.« Sie schaute ohne Angst, aber ungehalten: »So kann ich doch nicht leben, Larry.«

»Wollen Sie nicht ein paar Tage verreisen? Bis ich das hier -.«

Sie zeigte zum Tor. »Das alles hier - das muss erledigt werden. Hier! Den müssen Sie aufsetzen.« Sie reichte mir den Hut. Ein bisschen komisch kam ich mir vor. Aber es musste wohl sein. Ein Schild am Eingang forderte von männlichen Besuchern diesen Ehrfurchtsbeweis.

Wir traten ein.

»Wir Juden nennen unsere Friedhöfe *Bejt Olam*, Haus der Ewigkeit. Das ist die Ruhestätte, von der aus alle Juden gerufen werden, wenn der Messias kommen wird, die Welt zu erlösen. Und deshalb darf ein jüdisches Grab nie aufgegeben oder gar neu belegt werden.«

»Da gehen wir sogenannten Christen doch etwas sorgloser mit unseren Gebeinen um. In der Regel darf nach einem Vierteljahrhundert Schluss sein.«

Vor uns lagen jetzt die ältesten Gräber. Gewaltige steinerne Denkmäler, mit Efeu bewachsen. Und mit Lebensdaten, die um 1900 endeten. Hannah musste zunächst ins Büro. Ich wollte mich ein bisschen umsehen. Ich las gern Grabinschriften. Diese kürzeste Formel, auf die ein Leben gebracht wurde. Hier erschienen sie mir oft etwas ausführlicher als bei den Christen. Den besten Eltern die dankbaren Kinder! stand da. Oder Erna rein herzensguter Mensch! Oft war auch nur ein Gedenken eingemeißelt, weil das eigentliche Grab nicht mehr aufzufinden war: Umgekommen in Theresienstadt oder Auschwitz Ich ging nach rechts, wo sich der Friedhof zu einem riesigen freien Gelände öffnete. Es wurde sichtbar, wie vielen Generationen es nicht vergönnt war, in heimischer Erde bestattet zu werden. Ohne den Holocaust würde hier wohl auch drangvolle Enge, wie auf vielen christlichen Friedhöfen, herrschen.

Ich blieb stehen. Von der nahen Autobahn drang gleichmäßiges Summen. Vor dem Tor heulte ein Motorrad auf. Ich versuchte, über die Mauer zu schauen. Gerade verschwand eine Maschine mit Fahrer und Sozius.

Hannah kam aus dem Haus. Sie winkte und führte mich zu der Stelle, wo ihr Onkel beerdigt werden sollte. »Schön hier, gell? Die alten Steine verraten doch noch etwas von Kontinuität. Obwohl sie vom Tod erzählen, beweisen sie, dass die jüdische Gemeinde lebt.«

»Werden Sie dermaleinst -«, ich brauchte dieses gedrechselte Wort, um den Zeitpunkt weit nach hinten zu schieben, »werden Sie dermaleinst auch hier liegen?«

Sie schüttelte den Kopf. »Meine Mischpoche hat vor der Abreise noch eine Grabstätte bei Haifa gekauft. Da liegen schon meine Mutter und was sonst noch die Nazis überlebt hat. Oren hat sich dann später hier eingekauft. ´Wo ich lebe, bin ich Zuhause. Und wo ich Zuhause war, will ich auch begraben sein´, hat er damals gesagt. Wahrscheinlich wollte er auch die Jüdische Gemeinde hier unterstützen. Der Unterhalt eines Friedhofs kostet ja auch eine Menge.«

Sie lächelte plötzlich.

»Was gibt´s?«

»Hier auf dem Grabstein steht was in Hebräisch. Aus einem Psalm vom König David. Das passt so gut. Übersetzt heißt es etwa: Wenn ich mich fürchte, hoffe ich auf dich.«

»Meinen Sie mich?«

»Ich bin jedenfalls froh, Sie an meiner Seite zu wissen.«

Noch so ein Satz, Larry, und du vergisst, dass du auf einem Friedhof bist, dachte ich still, während ich laut darüber wegging: »Auf einem Friedhof kommen einem eben seltsame Gedanken. Ich dachte gerade, dass ich mindestens sechzig Jahre alt werden möchte. Drunter wäre mir zu wenig. Mehr ist geschenkt. Jedenfalls, wenn man gesund bleibt.«

»Siebzig ist biblisches Alter.«

Ich nickte: »... und wenn´s hochkommt, sind es siebzig Jahre gewesen. Psalm 42!«

Sie drückte mir die Hand und errötete, weil sie die gefühllose Linke ergriffen hatte. »Verzeihung!«

Ich blieb stehen und streichelte ihre Wange. »Hannah, die Regung ist doch trotzdem angekommen.«

»Ich wollte nur sagen, ich meine ausdrücken, dass Sie für einen Polizisten ziemlich viel Allgemeinbildung haben.«

Ich ging weiter. »Das Klischee vom doofen Bullen, was?«

Sie war noch stehen geblieben. »Larry, bitte, so habe ich das nicht gemeint!«

»Schon gut. Außerdem habe ich tatsächlich noch anderes gemacht. Vergleichende Literaturgeschichte. Lars Urbach versprach, ein begeisterter Komparatist zu werden. Literarische Beziehungsformen im ausgehenden 19. Jahrhundert und so. Mein Studium brach ich ab, als mein Vater ums Leben gekommen war. Er war wirklich Polizist mit Leib und Seele, wie man so schön sagt. Wurde bei einer Routinekontrolle erschossen. Noch auf der Beerdigung hat sein Chef mich überredet, zu ihnen zu kommen. Sie haben mir dann die ganze Ausbildung finanziert.«

»Gestern haben Sie mich gefragt. Jetzt frag ich, ob Sie´s schon mal bereut haben?«

Doch bevor ich antworten konnte, rief sie: »Oh, verdammte Sch-, ich glaube, ich habe wieder Post!«

Wir waren inzwischen an ihrem Wagen angekommen. Unter dem rechten Scheibenwischer klemmte ein Zettel. Wieder die Kopie der Zeitungsheadline, darunter stand: ISRAEL IST EIN SCHÖNES LAND - FAHR HIN, BEVOR ES ABGEBRANNT!

»Mit Scheiß hatten Sie recht.« Ich steckte ihn ein. »Hier knatterte auch wieder ein Motorrad ums Gemäuer, als Sie im Büro waren. Ich krieg nur nicht zusammen, was das mit den Chipjägern zu tun hat. Da geht´s doch anscheinend um ganz andere Dinge.«

»Das sind doch ganz dumpfe Naziparolen!«

»Jetzt probieren wir was: Sie fahren auf die *Ungererstraße*, *Richtung Ring*. An der Kreuzung biegen Sie nach links in den *Frankfurter Ring*. Da kommt nach wenigen Metern eine Tankstelle. Fahren Sie drauf und warten auf mich. Wenn Sie jemand verfolgt hat, bin ich hinter ihm.«

»Okay, verstanden.« Sie reckte sich und gab wieder ein Küsschen. »Der alte David hatte Recht: Wenn ich mich fürchte, hoffe ich auf dich. Tschüss, bis gleich!«

Tatsächlich. Als ihr BMW links in die *Ungererstraße* bog, setzte sich ein rot-weißes Motorrad mit zwei Gestalten, bis zum Helm vermummt in schwarzem Leder, hinter sie. Eine *Honda 600 CBK* Passauer Kennzeichen. Ohne aufzufallen, folgte ich den beiden. An der Tankstelle wird man sehen. Als ich einfuhr, stand Hannah schon an einer Zapfsäule. An der Ausfahrt warteten die Schwaben Kerls. Hannah winkte mir zu. Ich wollte gerade hinter sie rollen, als die Motorradfahrer hastig aufsaßen und losfuhren. Jetzt erkannte ich auch die Signalwirkung: die Schwaben Figuren und die weiß-rote Honda, die Farben der Ewiggestrigen. Ich gab Hannah ein Zeichen, uns zu folgen und trat aufs Gas. Der *Ring* war erstaunlich leer. Die Kerls hatten etwa 80 Meter Vorsprung. Sie fuhren jetzt beinahe 120 km/h. Ich konnte es riskieren, dran zu bleiben, denn nur links vor mir fuhr ein Lieferwagen.

Die vier Fahrspuren werden durch einen breiten Mittelstreifen getrennt. Vor der Kreuzung mit der *Ingolstädter Straße* wird jeweils die linke Spur in beiden Richtungen kreuzungsfrei über eine provisorisch wirkende Brücke aus Beton-Fertigteilen geführt. Die äußeren, rechten Fahrspuren laufen normal auf die Ampelanlage zu. Merkwürdig. Das Motorrad blieb rechts, also auf der Spur, die auf die Kreuzung mit Ampelregelung zu lief. Wollten sie mich mit der Rotphase abhängen? Ich fuhr noch dichter ran. Noch fünfzig Meter bis zum Beginn der Hochbrücke. Hinten sah man schon die Ampel. Sie sprang gerade auf Rot. Noch zwanzig Meter. Ich war schon in Bremsbereitschaft, als es geschah.

Auch sein Bremslicht blinkte kurz rot auf. In letzter Sekunde wollte der Motorradfahrer seine Maschine hinüber ziehen, wollte doch über die Brücke rasen, während ich bereits im Ampelbereich gefangen war. Wollte! Denn sein fahrerisches Können war nicht gut genug. Die Maschine streifte die Leitplanke, die hier Brückenfahrbahn und Normalfahrbahn trennt. Das sah gar nicht gut aus. Doch mehr konnte ich nicht sehen, denn ich musste mich jetzt auf die Ampel konzentrieren. Erst später aus dem Unfallbericht erfuhr ich den weiteren Ablauf: Das Motorrad war über die gesamte Brückenbreite nach links geschleudert, gegen die Brüstung auf der anderen Seite gedonnert und dann Funken stiebend die geschwungene Fahrbahn hinaufgeschlittert. Der Sozius war beim ersten Aufprall über die Brüstung geschleudert worden und der Fahrer wurde von der Maschine einfach mit geschleift. Zum Glück - was heißt hier Glück? - konnte der nachfolgende Lieferwagen und auch ein PKW, der in Gegenrichtung die Brücke befahren hatte, rechtzeitig bremsen.

Nachdem ich die Kreuzung passiert hatte, fuhr ich rechts raus auf einen Firmenparkplatz, stieg aus und rief das Unfallkommando an. Mit der nächsten Grünphase kam Hannah über die Kreuzung. Ich winkte sie heraus.

»Was ist passiert? An der Brücke staut es sich.«

Ich gab wieder, was ich gesehen hatte. Zu Fuß gingen wir zurück zur Unfallstelle. Es sah wirklich nicht gut aus. Der Fahrer lag mit merkwürdig verdrehtem Kopf auf dem Rücken. Das eine Bein hing noch unter der Verkleidung der Maschine, deren Gabel und Federbein abgerissen waren. Der Lenker wirkte plötzlich wie die Fühler eines toten Käfers. Der bauchige Tank war zum Glück heil geblieben.

Ich bückte mich und schob vorsichtig, ohne den Kopf zu bewegen, das Visier nach oben. Ein junges Gesicht. Bärtchen auf der Oberlippe. Die Augen waren blicklos offen. Blut sickerte aus seinem Mund.

Hannah nahm meinen Arm. Ich spürte, wie sie zitterte. »Ich glaube, ich muss mich übergeben!«

Auch mir war unwohl, obwohl ich wahrlich schon einige zerfetzte Menschen gesehen habe. Ich führte sie auf die andere Seite der Brücke. »Arme, dumme, verführte Kerle!«, musste ich mir Luft machen.

»Das waren doch noch Buben!«, flüsterte sie fast. »So jung noch. So tot jetzt.«

Die ungewöhnliche Satzstellung ließ mich aufblicken. Sie hatte beide Hände vors Gesicht genommen, um ihre Augen zu bedecken. Auf meine Frage versicherte sie, nach Hause fahren zu können. Sie sollte in einem Straßencafé am *Anna-Platz* auf mich zu warten. Ich musste nur meine Zeugenaussagen zu Protokoll geben.

Ich ging zurück zur jenseitigen Brüstung. Man hörte die Sirenen der Einsatzwagen, die sich näherten. Etwa vier Meter unter mir lag der Sozius. Auf dem Bauch. Einige Leute standen hilflos um ihn herum. Sicher gab es auch hier nichts mehr zu helfen.

Der Autofahrer, der wohl als erster am Unfallort war, winkte immer noch dem Verkehr, der längst zum Stillstand gekommen war. Wenig später saß ich in einem Polizeiwagen und schilderte dem Beamten exakt den Vorgang, verschwieg aber, dass ich hinter den Toten her war. Ein Polizist brachte die Ausweise.

»Der Fahrer: Jochen Klein, arbeitslos, gemeldet in Neuburg bei Passau«, sagte er in amtlichem Ton. »In der rechten Szene bereits aufgefallen. Der Sozius ist ein Andreas Seifert, stud. jur., gemeldet in Nymphenburg, *Nederlingerstraße* 91. Ohne Eintrag. Die Maschine war auf Klein zugelassen. Wir bringen sie in die KTU.«

KTU war die kriminaltechnische Untersuchungsstelle, doch ich war überzeugt, dass hier kein technisches Versagen vorlag. Die Honda lief sicher einwandfrei.

Noch im Café hatte ich Hannah kurz berichtet. Ich bestellte auch einen Cognac und dann wollten wir nicht mehr an den Unfall denken. Ich brachte sie in ihre Wohnung und fuhr noch einmal ins Büro. Auch Till war noch an seinem Schreibtisch. Er gab mir die Durchwahl seiner Kollegin.

Dr. Hellwig hatte eine angenehme Stimme. Sie rollte nicht nur das ›R‹ der Rechtsanwältin sehr bayrisch, als sie von einem ersten Anruf beim Staatsanwalt berichtete. Man geht bei Ritzer tatsächlich von Betrug aus und hat schon eine Hausdurchsuchung vorgenommen. Nach erster Einschätzung rechnet man mit ungefähr 120 Opfern und einer Schadenssumme von 80 Millionen Euro. Ich pfiff durch die Zähne.

»Wenn wir die wieder finden, sind wir fein raus«, sagte ich.

»Keine falsche Hoffnung«, wehrte sie ab. »In der Regel sind nur Reste aufzutreiben. Trotzdem. So Kerlen muss man das Handwerk legen.«

»Eben. Mit den Opfern habe ich auch weniger Mitleid. Packen wir´s an.«

»Der Staatsanwalt hat mir übrigens Akteneinsicht versprochen, so- dass ich mir eine Opferliste kopieren kann. Er sei schließlich kein Finanzamt und unterliege nicht dem Steuergeheimnis, meinte er. Alles, was der Aufklärung dient, geht vor. Wir dürfen die Geschädigten dann per Rundschreiben einladen, der Interessengemeinschaft beizutreten.«

»Was sagt eigentlich die *Eidgenössische Bankenkommission* zu dem Fall?«

»Ach Gott, deren Listen sind längst kein Persilschein, weil es in der Schweiz nach wie vor an wirksamen Instrumenten oder auch am Willen fehlt, mit denen man den Anlagebetrügern auf die Schliche kommen könnte. Außerdem hat man dort ziemlich taube Ohren, denn die EFG steht noch immer auf der Liste, obwohl die Bankenkommission über die Vorwürfe informiert ist. *Eine Klage ist noch kein Grund, ein Unternehmen zu streichen*, antwortete mir eine Sprecherin lakonisch. So geht´s halt zu. Ist mir nichts Neues. Aber wir machen Druck. Keine Angst.«

Ich hatte keine Angst. Nur, wo ich anfangen sollte, Millionen zu suchen wusste ich noch nicht. Das war noch nicht dran.

Zunächst informierte ich Felix von der *Süddeutschen* vom Stand der Dinge.

Bei von Hostiz rief ich vergeblich an. Sicher saß er jetzt irgendwo mit dem Franzosen.

Am Abend bei Hannah. Irgendwie hatte ich mich schon daran gewöhnt. Ihr schien es ähnlich zu gehen. Sie trug jetzt Shorts und ein lockeres T-Shirt. Ihre gut gebauten Beine endeten in Clogs. Als sie vor mir durch den Raum ging, ertappte ich mich bei sündigen Gedanken. Ich war nicht überrascht, aber erregt, als sie mich bat, zum Essen zu bleiben. Sie schlug Thunfischsoße mit frischen *Fettuccine* vor. Dazu einen *Merlot* aus dem *Trentino*. Perfekt.

Ich habe schon weniger charmante Einladungen angenommen. Eigentlich musste ich mich sehr wohl fühlen, obwohl wir aus so schlimmem Anlass zusammen gekommen waren. Im *Bayrischen Fernsehen* brachten sie Bilder vom Unfall. Sogar die Eltern hatte man aufgetrieben. Das Paar aus München saß weinend auf einem italienischen Campingplatz. Die Kommentatoren waren sich einig, dass es ein Fahrfehler war. Zusammenhänge mit der rechten Szene wurden nicht erwähnt. Der Wetterbericht gab immer noch Hoch Michael die Schuld an der Hitze. Hannah hatte sämtliche Fenster auf, um eine leichte Brise herzustellen. Ich schaltete ab und begann laut zu denken.

»Wenn ich das Fazit der letzten zwei Tage ziehen soll, steht noch nicht einmal fest, ob Ihr Onkel überhaupt ermordet worden ist. Könnte ja auch ein Herzversagen gewesen sein. Wenn das die Ärzte bestätigen, ist Morten ziemlich raus. Jedenfalls mit der Mordanklage. Fest steht aber auch«, schloss ich, »dass die Leiche manipuliert wurde. Mit böser Absicht. Und solange wir den Täter nicht haben ...«

»Es geschah aber doch vermutlich, um Morten zu schaden«, warf Hannah ein. »Auch das müsste ihm doch helfen, raus zu kommen.«

»Damit kann man ihn genauso gut belasten, solange wir nicht beweisen können, dass er wirklich das Opfer ist.«

»Oh, Scheiße - Verzeihung!«

Ich schenkte ihr ein. »Keine Ursache. Ich kann Sie gut verstehen.«

Wir stießen an, dann musste ich wieder sachlich werden. Ich nahm Papier und einen Stift, die neben dem Telefon lagen. »Darf ich?«

»Natürlich!«

Ich zeichnete ein kleines Rechteck: »Das ist der Chip. Ziemlich klar ist nur, dass jemand hinter ihm her ist.« Ich richtete einen Pfeil auf das Viereck. »Und mindestens zwei Nachrichtendienste sind wieder hinter den Chipjägern her.« Zwei Pfeile auf den ersten. Dann abseits ein neuer Pfeil. Senkrecht. »Da ist auch ein Franzose namens Lambert im Spiel, der mit Hostiz irgendeine Abmachung hat. Der Franzose wiederum hat Angst vor einer Konkurrenten-Gruppe.« Ich malte nur noch Kringel und erzählte von meinem Erlebnis im Hilton. »Also ein ganz schönes Durcheinander - wie man´s auch betrachtet. Selbst CASUS hätte Schwierigkeiten, eine Ordnung zu entdecken.«

»Wenn der Franzose mit Hostiz zu tun hatte, kann ich nicht glauben, dass der was Böses im Schilde führt.«

»Auf Glauben kann ich nicht bauen. Ich werde versuchen, mit beiden noch einmal zu reden.«

»Und was steht auf der Haben-Seite?«

Ich machte zwei Kreuze. »Zwei tote Jungnazis.«

Hannah stellte abrupt ihr Glas ab. »Arme Burschen. Schrecklich. Doch ich will mich nicht mit ihnen belasten. Ich habe zu viel eigene Probleme, um sie zu bedauern. Ist das jetzt herzlos?«

»Es ist sehr menschlich. Und selbst ihr Tod hilft uns, vielmehr Morten kaum weiter. Ich glaube einfach nicht, dass sie etwas mit der Jagd nach dem Chip zu tun haben. Das waren doch ganz primitive Antisemiten, die durch die

Schlagzeilen über Ihren Onkel wieder einmal munter wurden. Oder so Typen, die einfach Ausländerhass pflegen, mit nichts sonst in der Birne. Was haben die mit hoch komplizierter Software am Hut? Trotzdem werde ich morgen mal in dieser Richtung recherchieren, aber - wie gesagt ...«

»Wo können wir - oder Sie - sonst noch ansetzen?«

»Wichtig ist jetzt ein baldiger Haftprüfungstermin. Vielleicht kann uns ein Morten in Freiheit besser unterstützen.«

»Von Hostiz wollte sich drum kümmern. Ich weiß ja nicht, wie langsam die Mühlen der Justiz mahlen.«

»Das kann manchmal dauern. Der Haftrichter hat ziemliche Befugnisse.«

»Armer Morten. Aber ich muss mich jetzt um uns kümmern.« Sie sprang auf: »Ich muss dringend etwas in den Magen bekommen, sonst bin ich gleich beschwipst. Sie haben doch sicher auch einen Bärenhunger?«

»Ich sage jedenfalls nicht nein.«

Ich zögere noch, die glücklichste Szene zu beschreiben. Glücklich, weil wir nicht wussten, dass sie die glücklichste sein wird. Unschuldig schlitterten wir hinein. Und obwohl wir von Todesfällen umgeben waren, leisteten wir uns ein schönes Stück Leben.

Gestern war ich wirklich noch einmal auf dem jüdischen Friedhof. Selbst bei unserem ersten Besuch gab es kein *memento mori*. Sechzig Jahre alt wollte ich werden. Und wir hatten beide das Gefühl, dieses Ziel problemlos zu erreichen.

Das Grab von Oren Wallach wirkte längst nicht mehr neu. Ein schlichtes Holzkreuz hielt die Stellung für einen Stein, den Hannah für das Frühjahr bestellt hat. Ich habe beschlossen, einen zweiten Namen drauf setzen zu lassen. Eine letzte Spur auf Erden für jemanden, der unauffindbar verloren ist. So tot jetzt. Schluss für heute!

4

Frau Dr. Dorer hat mir heute Druckfahnen hingelegt.
Auf einem gelben Aufkleber stand: »Zunächst meinen
Glückwunsch. Das Gespräch mit Dr. Haller ist wirklich
köstlich wieder gegeben. Sie sind auf gutem Weg!!!
In der Anlage ein Interview mit meinem Doktorvater,
das demnächst erscheint. Interessant!!!« Zwei Stellen
hatte sie mir rot markiert. Ich las mehrere Spalten unter
der Überschrift »Vergessen!:« Angestrichen hatte sie
mir: »Wir unterscheiden fünf Langzeit-Gedächtnissyste-
me, hierarchisch geordnet. Vier davon gibt es auch bei
Tieren, aber eines, das komplexeste, eben das episodi-
sche, gibt es nur beim Menschen, und dieses ist auch am
anfälligsten für Gedächtnisstörungen. Es ist das Ge-
dächtnissystem, das den höchsten Grad von Bewusstsein
verlangt. Die Information bezieht sich auf den Kontext
und immer auf die eigene Person. Beispiel: Wo war ich
letzten August im Urlaub?« Weiter unten fand ich dann
die Stelle: »Stress kann schädlich für das Gehirn sein.
Aber nur, wenn er unkontrollierbar ist. Denn Stress -
und das ist ganz wichtig - kann auch positiv sein: Wenn
er kontrollierbar ist, festigt er die Verbindungen im Gehirn, der Hirnstoffwechsel wird angeregt und das Gehirn
erblüht, läuft zur Höchstform auf... Es ist wichtig, das
Gefühl zu haben, den Stress beeinflussen zu können. Es
ist unser Leben. Wir selbst bestimmen es. Wir sind keine
Opfer.«
Ich will versuchen, mich noch besser zu kontrollieren. Ich
spüre aber schon, dass ich beim Schreiben "abschalten"
kann. Ich gerate immer mehr in die Situation von damals, in die gewesene, nicht in die aktuelle, die den Ausgang kennt.

Hannah kam an jenem Abend mit zwei dampfenden und duftenden Tellern zurück. Ich war begeistert.

»Kochen Sie auch?«

Ich lachte. »Gehöre zu den Männern, die immer bekocht wurden. Erst die Mama, dann die Mensa, dann die Frauen. Wenn ich alleine lebte, habe ich mich auch kaum versucht.«

»Nichtmal Spaghetti?«

»Ach Gott. Das ging schon. Aber bereits der Sugo machte mir Schwierigkeiten. Etwas hatte ich immer vergessen. Mal Oregano, mal Oliven -»

»Oh, der war aber ganz fein - mit Oliven«, unterbrach sie mich. »Müssen Sie unbedingt mal vorführen. Ich stelle meine Küche gern zur Verfügung.«

Ich hob meine Prothese. »Seit dem hier habe ich eigentlich nie mehr gekocht. Obwohl - in der Reha habe ich Zwiebel schneiden und Kartoffel schälen gelernt.«

»Engagiert!« Sie hob ihr Glas. »Soll ich Musik machen? - Was hören Sie gern? Als Ur-Bach sind Sie wahrscheinlich für Klassik?«

»Als Ur-Bach habe ich tatsächlich mal mit Klassik angefangen. Klavier. In der Schule hatte ich mit Freunden sogar einen klassischen Pfiff. Erkennen Sie ihn?«

Ich pfiff die Töne »b-a-c-h«.

»Gehört habe ich das schon - aber wo?«

»Es ist eine Folge von Tönen, die den Namen Bach wiedergeben. Das funktioniert allerdings nur im deutschen Sprachraum, weil die Tone in anderen Sprachen anders benannt werden. Es ist aber doch toll, dass ein Name vollständig in Tonbuchstaben umsetzbar und damit zum Klingen gebracht werden kann.«

Ich wiederholte den Pfiff.

Hannah ahmte ihn ziemlich gut nach.

»Bach selbst hat das Motiv bei Bearbeitungen anderer Kompositionen eingesetzt. Quasi als Unterschrift. Und in der Kunst der Fuge spielt er damit ... So, jetzt doziere ich wieder. Schluss damit.«

Beim zweiten Glas tranken wir Brüderschaft. Bei der zweiten Flasche sagte Hannah: »Komisch, jetzt fällt mir wieder ein amerikanischer Spielfilm ein.«

»Mit Sharon Stone oder Kim Basinger?«, fragte ich frech zurück.

Sie kicherte. »Larry, findest du das schrecklich? - Aber ich glaube, es ist die Aufregung der letzten Tage oder die schwüle Luft oder beides. Jedenfalls habe ich richtig Hunger nach Sex!«

»Das trifft sich gut! So entgehe ich einer Anzeige wegen Vergewaltigung!«

Zunächst landeten wir auf dem Teppich, später krochen wir zum Futon, auf dem wir diesmal freiwillig und enger zusammen waren als gestern unter dem Zwang des BND. Ich hatte fast vergessen, dass ich eine Prothese hatte und wir mussten kaum Rücksicht auf meine Behinderung nehmen. Dieses Liebesspiel gab mir endgültig mein Selbstwertgefühl zurück.

Nach guten zwei Stunden holte ich den Wein ans Lager.

»Larry, ich darf das doch eigentlich gar nicht sagen, aber ich war lange nicht mehr so glücklich.«

»Sag´s ruhig.«

Wir tranken uns zu. »Und noch was muss ich dir sagen.« Jetzt leuchtete ihr Silberblick wieder so bezaubernd, dass ich sie noch einmal in die Arme nehmen musste.

»Larry, unser Glück wird nur von kurzer Dauer sein.«

»Honney, es hat doch gerade erst angefangen«, spielte ich mit ihrem Namen.

Sie rieb ihre Nase an meiner. Und dann fielen die Worte, die ich niemals gehört haben wollte: »Ich gehe nach Amerika!«

Ich brauchte eine Schaltpause. »Was machst du?«

»Nach Amerika gehen.« Wieder Nase an Nase.

»Wann?«

»Wenn das hier vorbei ist.«

»Wie lange?«

»Mindestens ein Jahr.«

Um Zeit zu gewinnen, löste ich mich und füllte die Gläser nach. »Wie das?«

»Sagt dir CINEVISION was?«

»Die Filmer draußen in Grünwald?«

»Genau. Die schicken mich rüber.«

»Warum?«

»Die haben eine neue Serie entwickelt, die auch nach USA verkauft worden ist. Einzige Bedingung, dass in jeder Folge auch ein Ami mitspielt. Ich soll so eine Art Verbindungsglied sein und dafür sorgen, dass die deutschen Vorstellungen und die amerikanischen Vorschläge möglichst zusammenpassen.«

»Und dafür gibst du hier alles auf?«

»Du, mich erwartet ein tolles Jahr. Eine Hälfte bei Agenturen in New York, die zweite Hälfte in LA. Und ich glaube nicht, dass ich hier einfach vergessen werde. Eine Freundin wird die Agentur kommissarisch weiter führen. Es gibt ja Fax und E-Mail. Das ist zwar eine Haifischbranche. Es zählen aber auch noch gewachsene Freundschaften.«

Irgendwie war ich betroffen. »Danke, dass du mir rechtzeitig Bescheid sagst«, kam es schroffer als ich wollte. »Gibt es sonst noch ein Geheimnis?«

Sie streichelte meine Wange. »Larry, sei lieb. Vor drei Tagen wusstest du noch gar nicht, dass es mich gibt.«

Ich nahm sie wieder in den Arm: »Umso größer war ja auch meine Überraschung - und jetzt mein Schock.«

»Auf Schocktherapie verstehe ich mich!«

Sie hatte recht. Beim Frühstück auf ihrem Balkon war mein Unmut längst verflogen. Man blickte auf einen Hinterhof, den die Mieter zu einer grünen Oase umgewandelt hatten. Jemand hantierte dort unten schon mit dem Gartenschlauch, obwohl es bei dieser Hitzewelle fast zwecklos erschien. Der Rasen sah gelb aus. Friedlich besprachen wir unseren Tagesplan und verabredeten uns für den Abend. Hannah wollte zu Hause bleiben und Schularbeiten machen, wie sie es nannte. Am Freitag habe sie eine Präsentation.

Während meiner verspäteten Jogging-Tour kam mir die Idee, Zischler, der den Fall bei der Kripo bearbeitete, direkt anzugehen. Er war zwar ein kalter Kotzbrocken, aber er hatte einen schwachen Punkt, der ihn fast angenehm machte: Er liebte die Toskana und die italienische Küche.

Kaum im Büro rief ich ihn an, um ihn zu einem Arbeitsessen einzuladen.

»Bei einem Italiener Ihrer Wahl.«

Er zeigte sich sofort bereit. »Das beste, wirklich das allerbeste wäre das *Casale*, schlug er vor. Aber das kann ich Ihnen nicht zumuten. Kostet ein Vermögen.«

»Ich kann´s absetzen«, sagte ich leichthin, worauf er freudig zustimmte.

»Sie wissen, dass die umgezogen sind. In die *Holbeinstraße*?«

»Ich hab´s gelesen.«

Wir verabredeten uns um halbeins.

Hier endet der 1. Schreibblock! Ich mach´ aber sofort weiter, bin gut drauf!

2. Block!

Anschließend fuhr ich ins Hilton, um vielleicht an diesem schönen Morgen noch einmal Monsieur Lambert zu erwischen. Sein merkwürdiges Verhalten muss doch zu erklären sein. Ich bat den Concierge, mich in 415 anzumelden. Er sprach in den Hörer, nickte mir dann zu: »Monsieur Lambert erwartet Sie!«

Auf dem Weg zum Fahrstuhl schöpfte ich Verdacht. Warum kam Monsieur nicht in die Halle? Wäre doch die normalste Reaktion. Wer bestellt sich einen Schnüffler aufs Zimmer? Ich drückte auf Tiefgarage, fuhr runter und wartete hinter einem Pfeiler. Er kam mit dem nächsten Lift, schaute sich kurz um und ging dann zu seinem Wagen. Als die Zentralverriegelung aufblinkte, war ich schon fast hinter ihm. Kaum war er eingestiegen, zog ich die Beifahrertür auf und setzte mich neben ihn.

»Bonjour, Monsieur. Ich dachte, wir wären in Zimmer 415 verabredet?«

Er zeigte keine Überraschung. »Ah, oui! Le detective!«

»Fahren Sie ruhig los«, ermunterte ich ihn. »Ich möchte mich nur ein bisschen unterhalten.«

Er ließ den Motor an und kurvte nach oben. In der *Rosenheimer Straße* ging´s stadteinwärts. Sollte mir recht sein.

»Wenn ich Sie so beobachte, habe ich den Eindruck, dass Sie an CASUS interessiert sind, es aber niemand wissen soll«, eröffnete ich.

»Ich bin nur interessiert, dass Sie verschwinden«, kam es zurück.

Wir fuhren jetzt vorbei am Deutschen Museum über die *Ludwigsbrücke*.

»Geht ganz schnell, wenn Sie mir sagen, warum Sie so konspirativ arbeiten?«

»Was heißt konspirativ?«

»Das Wort gibt es auch im Französischen.«

»Ah, oui - ich weiß. Aber nicht, warum bin ich konspirativ.«

»Das weiß ich auch nicht. Deshalb meine Frage.«

Er lächelte tatsächlich, während wir auf das *Isartor* zu fuhren. »Bon question!«

Jetzt kurvte er ins *Tal.* So heißt die Straße.

»Das ist eine Sackgasse«, bemerkte ich.

»Was ist Sackgasse?« kam wieder die Frage.

«Cul-de-sac!«, half ich nach, jede Silbe betonend.

»Ah cul-de-sac. Kein Problem.«

Rechts parkten eine Reihe Touristikbusse. Ich schaute auf die Uhr. Gleich elf. War also wieder Vollversammlung der Gaffer auf dem Marienplatz, um das Glockenspiel zu bestaunen. Monsieur will mir doch nicht das Schauspiel zeigen?

Als hätte er meine Gedanken gelesen, fragte er: »Sie kennen sicher die tanzenden Figuren auf dem Turm?«

Ich knurrte nur.

Am Wendepunkt zog er plötzlich die Handbremse, sprang aus dem Wagen, lief durch den Torbogen zum Marienplatz und tauchte in der dicht gedrängten Menge unter. Bis ich geschaltet hatte, waren wertvolle Sekunden vergangen. Ganz schön frech, dieser Monsieur. Ich stellte den Motor ab, drückte auf den Warnblinker und sauste los. Es war hoffnungslos. Schon nach ein paar Schritten gab ich auf und ging zurück. Ein Verkehrshüter stand bereits am Wagen und schrieb die Nummer auf. Was ging's mich an. Ich grüßte ihn freundlich und fuhr los. In der Tiefgarage des Hotels stellte ich den Wagen auf den gleichen Platz wie vorher, zog den Schlüssel ab und gab ihn dem Concierge zurück. Er sollte keine Scherereien haben.

Wieder im Büro wählte ich die Telefonnummer vom Eierkopf. Nach längerem Klingeln war er dran. Offenbar gelaufen, denn sein Atem ging etwas heftig.

»Ja, im Garten - das Wetter - Sie wissen ja selbst -«, gab er mehr erschöpft als erschöpfend Auskunft.

Nach ein paar unverfänglichen Erklärungen zu den Mitarbeitern, die ich gesprochen hatte, schoss ich dann die entscheidende Frage ab: »Was für eine Rolle spielt Monsieur Lambert für SOFTWAL?«

»Das kann ich Ihnen nicht sagen.« Wieder einmal ein abgeschlossener Satz.

»Warum nicht?«

»Die Geschäftsinterna - ich meine, Kunden - die Kontakte - das geht ja weltweit. Wenn ich da einmal - nein, das ist ganz ausgeschlossen.«

»Weiß denn Herr Arvasohn von diesen Kontakten?«

»Ohne ihn - ich meine - darf ich das Gespräch jetzt beenden?«

»Danke, das können Sie mir überlassen.«

Ich knallte auf. Beide, Lambert und von Hostiz, kamen mir vor wie lebende Fische, die ich einfach nicht festhalten konnte.

Also zum anderen Fall. Dr. Haller war sofort am Apparat. Ich informierte ihn über den Stand der Ermittlungen: »Unsere Anwältin hat schon Verbindung zur Staatsanwaltschaft aufgenommen. Die spielen mit«, machte ich ihm Mut. »Uns wurde sogar Akteneinsicht versprochen. Vielleicht hilft das schon weiter.«

Doch als er die Gesamtschadenssumme hörte, stöhnte er auf. »Damit kann man ja im hintersten Winkel der Welt verschwinden. Wie wollense den denn finden?«

»Ich bleibe dran.«

»Und Spesen - noch nichts?«

»Nichts von Bedeutung.«

»Na denn, viel Glück wünsch ich!«

»Ich mir auch!«

Zischler sah gut aus, wie er das Lokal betrat. Und er wusste es. Schlank, groß, blond. Das Haar etwas ungebändigt. Kühn hätte man früher, als das Wort noch Bedeutung hatte, seine Physiognomie beschrieben. Er trug einen hellen Leinenanzug, helle Leinenschuhe und zum hellblauen Hemd eine bunte Fliege.

»Ist ja viel ruhiger hier als im alten«, begrüßte er mich.

»Hauptsache frische Luft und Schatten«, erwiderte ich und wies auf meinen Tisch unter den aufgestellten Schirmen.

»Einverstanden. Aber typisch deutsch. Ein Italiener würde sein Mahl lieber im kühlen Lokal einnehmen.

»Die haben aber auch mehr Sonnentage«, gab ich zurück.

»Ich dachte, Sie suchten Schatten?«

»Ich suche gar nicht mehr. Hab ihn schon.«

Wieso muss man mit ihm immer gleich streiten?

»Haben Sie schon einen Blick auf die Speisenkarte geworfen?« lenkte er ein. »Fantastisch. - Wenn ich nicht wüsste, dass Sie eine hohe Abfindung bekommen haben, könnte ich das gar nicht annehmen.«

»Sie erinnern mich an meine erste Flamme. Die bestellte auch immer den größten Eisbecher - und fragte dann, ob ich mir das leisten kann.«

»Oh, ich hab noch gar nicht bestellt. Aber klar: Lassen Sie uns nicht mehr über Geld reden.«

»Seien Sie mein Gast!«, sagte ich feierlich.

Beim *Carpaccio* sprachen wir über seinen geplanten Hauskauf in der Toskana. Beim *Premio* - eine kleine Seezunge - über meine Prothese und wie gut ich mit Messer und Gabel essen konnte.

»Das hab ich nicht erst in der Reha gelernt!« Ich begann, sarkastisch zu werden.

Bei der *Kalbsleber mit Backpflaumen* verdrehte er die Augen.

»Für dieses *Fegato* könnte ich eine Sünde begehen.« Dann deutete er mit der Gabel auf mich. »Aber, Urbach, ich sag´s gleich: Staatsgeheimnisse werden nicht verraten.«

»Macht nichts. Ich mag eh keine Innereien.«

»Witzbold.«

Beim *Mandelpannacotta* mit *Mirabellenmus* kamen wir langsam zum Thema: »Wie gesagt, Urbach, Staatsgeheimnisse kann ich Ihnen zu dem Fall, der Sie interessiert, nicht verraten. Aber so viel: Irgendwas ist da merkwürdig.«

So weit war ich in meinen Überlegungen allerdings auch gekommen. Dennoch zog ich es vor, zu schweigen und ihn noch ein bisschen kommen zu lassen.

»Kein Geheimnis ist ja auch, dass SOFTWAL ein bayrisches Vorzeigeunternehmen ist. Hightech vom Feinsten. Da ist jeder Imageschaden fatal. Wir brauchen hier also sehr viel Fingerspitzengefühl. Das verlangt auch die Tatsache, dass Israel in den Fall verwickelt ist.«

»Jedenfalls Israelis«, verbesserte ich.

Er ging darüber hinweg. »Unbestritten ist auch, dass Freund und Feind hinter der Software her sind.«

Ich spielte den Naiven: »Wessen?«

»Wie?«

»Wessen Freund und Feind?«

»Ach so, naja, wenn man spitzfindig sein will, ist das eine - gewissermaßen - unbayrische Sichtweise. Sagen wir also, befreundete Staaten könnten irritiert sein. Je schneller wir also den Fall klären und ein unpolitisches Motiv präsentieren können, desto besser.«

»Ein politisches Motiv käme Ihnen also sehr ungelegen?«

Er blickte von seinem Teller hoch. Ich sah richtig, wie er nach einer diplomatischen Antwort suchte.

»Urbach, Sie wissen selbst, dass wir uns vom Motiv nicht beeinflussen lassen dürfen. Tatsache ist allerdings, dass eine Ausweitung auf internationales Terrain auch leicht zu Verwicklungen und Verzögerungen führen kann. Daran ist keiner interessiert.«

»Mein Mandant und ich am wenigsten«, stimmte ich zu. »Das Motiv ist mir sogar ziemlich egal. Hauptsache, Sie erkennen, dass Arvasohn unschuldig ist. Das ist er nämlich - nach meinen Erkenntnissen.«

Und dann zählte ich die Punkte auf: »Erstens: Kein Motiv, weder privat noch politisch. Er stand ja als Nachfolger fest. Zweitens: Dilettantische Planung, wenn es so abgelaufen wäre, wie Sie unterstellen. Zischler, der Mann ist Software-Spezialist, der denkt strategisch und behandelt abstrakte Vorgänge aus dem effeff. Drittens: - «, ich hob ich meine Rechte und hielt ihm wie ein Beweisstück drei Finger entgegen. »Er hätte die Sache mit der blockierten Tür gar nicht erwähnen müssen, wenn er der Täter war. - Und viertens«, schloss ich überzeugt, »sind irgendwelche Profis hinter dem Chip her. - Nein, Zischler, das war eine Falle. Man hat Ihnen den alten Mann in die Sauna gelegt und gewartet, bis Morten Arvasohn im Haus war, dann ein Anruf bei der Polizei. Schnapp! Und nicht nur mein Klient ist rein getappt. Sie auch!«

»Und wer soll das, nach Ihrer Meinung, bewerkstelligt haben?«

Ich zuckte die Achseln. »Eher Feind.«

Er schüttelte den Kopf und zog mit der Gabel einen Strich auf die Tischdecke: »Erstens: Solange ich das Motiv nicht kenne, schließe ich auch keines aus. Wer sagt denn, dass es keinen Streit um die Nachfolge gegeben hat? Vielleicht wollte der Alte einfach noch nicht abtreten.« Bei zweitens zog er einen neuen Strich. »Zweitens: Wer sagt denn, dass es keine Strategie war, uns ein relativ dilettantisches Szenario zu bieten? Um von dem klugen Kopf abzulenken? Drittens!« Dritter Strich. »Dass jetzt andere Grüppchen aufgewacht sind und in der trüben Suppe fischen wollen, ist für mich plausibel. SOFTWAL ist ja nicht irgendeine Softwareklitsche.«

Er legte die Gabel hin und griff sich an die Nase: »Mein Näschen, Urbach, sagt mir, da stinkt was. Da kommt übler Geruch aus der Sauna. Und solange ich die Quelle nicht kenne, will ich keinen Felder machen. Fluchtgefahr ist hier nicht ausgeschlossen.«

»Also lieber gar nichts tun?«

»So könnte man es sehen!« Er schien zu überlegen. »Jetzt sag ich Ihnen mal was im Vertrauen.« Er blickte mich an. »Wirklich im Vertrauen.«

»Klar doch.«

»Sie wissen ja, dass ich ganz gute Drähte nach ganz oben habe.«

Ich blickte zum Himmel.

Er musste sogar lachen. »So weit auch wieder nicht. Aber mindestens bis ins Innenministerium. Und von dort bekam ich einen Wink.« Pause.

Ich sagte nichts.

»Israel ist ganz zufrieden mit dem, was wir tun. Erstaunlich, gell?«

Ich brauchte einige Zeit, bis ich begriffen hatte. »Erstaunlich, wirklich.«

Beim *Espresso* versprachen wir uns gegenseitig, neue Informationen und Erkenntnisse auszutauschen. Mehr war heute bei ihm nicht drin.

182,80 Euro. Ich hatte schon schlimmere Rechnungen gesehen. Ich zahlte mit Kreditkarte. »Duecento!«

»Grazie!«, sagte der Cameriere.

»Danke«, sagte Zischler, gab mir die Hand und stieg in sein Auto. Er ließ sich weder das reichliche Essen noch den guten Wein anmerken. Ich hasse Arbeitsessen. Jedenfalls am hellen Tag. Sie machen mich ausgesprochen träge und werfen mich um Stunden zurück.

Es war jetzt kurz nach zwei. Ich wollte noch in die Uni. Da ich aber schon hier draußen war, fuhr ich noch zum *Feringasee*, um mit in paar kräftigen Schwimmzügen die Lebensgeister zu reanimieren. Schon auf der Zufahrtsstraße gab ich auf. Eine mehrere hundert Meter lange Autoschlange wartete auf den nächsten freien Parkplatz.

Dagegen gab es vor der Uni Parkplätze satt. Die bauliche Geschlossenheit des streng quadratischen Platzes kam ohne die Blechkisten, die sich sonst hier drängten, plötzlich zur Geltung. Die beiden Schalenbrunnen beherrschten die Szenerie wie selten. Auf den Rändern hatten sich junge Leute ausgebreitet. Sie trugen sehr viel nackte Haut und ließen sich vom herab plätschernden Wasser besprühen.

Ich ging durch die Arkaden und betrat die beeindruckende Eingangshalle mit dem Lichthof. Eine Kathedrale für die Wissenschaften. Wunderbar kühle Luft. Ich erinnerte mich, mit welch heiligem Schauer ich als junger Stu-

dent hier zum ersten Mal durch gegangen bin. Von irgendwo kamen Laute eines übenden Klarinettisten.

Ich blickte hoch. Wusste gar nicht, dass hier auch Mu-
sik studiert wird. Dort oben auf der Galerie wurde einmal
Geschichte geschrieben, als die Geschwister Scholl ihre
Flugblätter gegen das Naziregime herunter flattern ließen.
Der Pedell hatte sie erwischt und den Henkern übergeben.
Ich verharrte nicht vor der Gedenkplatte, doch für einen
Moment hatte ich das Gefühl, dass sogar die Klarinette
schwieg.

Wo finde ich heute einen Pedell, der mir in diesem
akademischen Labyrinth eine erste Auskunft geben könnte? Der vielleicht die Geschichte umkehrt und Hinweise
auf rechtsradikale Umtriebe an seiner Uni gibt? Was wollte ich hier - mitten in den Semesterferien? Mir ein Bild
machen vom Leben eines Jurastudenten? Ein Besuch bei
den Eltern erschien mir zwei Tage nach dem Unfall etwas
deplatziert. Schon als Polizist hatte ich die Befragung der
Hinterbliebenen gehasst. Außerdem erschienen sie mir im
Fernsehen auch nicht gerade als die großen Wissenden.
Deshalb dieser vage Versuch.

Ein Wegweiser führte tatsächlich nach rechts in einen
langen Flur zur ´Hausverwaltung´. An der Wand hingen
keine ´Schwarzen Bretter´, sondern verglaste Aushänge-
kästen. An einem stand ´Die Burschenschaften informie-
ren´. Ich blieb stehen. Was diese umstrittenen Relikte aus
dem 19. Jahrhundert wohl so treiben im Internet-Zeit-
alter? Doch auch die Anschläge waren veraltet: Grillfest
an Himmelfahrt. Floßfahrt zum Semesterbeginn. Ein Vor-
trag über Nietzsche ... Und immerhin der Hinweis auf ihre
Homepage. Also doch nicht hinterm Mond.

Mein Blick blieb an einer Traueranzeige hängen. Die
war neu. Bin- go. Es war kaum zu glauben, was ich las.
Kommissar Zufall in seiner schönsten Form: Schwarz auf
weiß stand da der Name des toten Studenten. Unter einem
komplizierten Zirkel, bei dem sich die Buchstaben CFV
mit dem A verbinden, in altertümelnder Frakturschrift,
wurde hier verkündet:

»Frei in Rede. Kühn in Tat. Stud. jur. Andreas Seifert hat sein hoffnungsvolles Leben im Kampf gegen Lüge und Verrat an unserem Vaterland verloren. Er war unser. Wir werden niemals vergessen!

Beerdigung am Freitag, 10. August um 11 Uhr auf dem Nordfriedhof. Anwesenheitspflicht und voller Wichs für X und XXX.«

Und als Absender stand da ATESIA. Es dauerte nur Sekunden, bis ich die Nachricht verknüpft hatte: ATESIA war jene Burschenschaft, deren Haus ich gegenüber von SOFTWAL ausgemacht hatte. Das mit der grün-rot-weißen Fahne. Von da also wehte der Wind. Wirklich, ein toller Fund. Jetzt brauchte ich keinen Hausmeister mehr.

Jetzt musste ich zu den Atesianern.

Zunächst fuhr ich bei Hannah vorbei. Sie sichtete gerade einen Stoß Videobänder. In zwei Stunden wollte ich wieder kommen. Ich wunderte mich selbst, wie normal das zwischen uns geworden war.

In meinem Büro ging ich ans Telefon, um von Bandmann vielleicht einige Interna zu bekommen, wie der Verfassungsschutz die Burschen einschätzt. Er war nicht da.

So ging ich ins Internet, um mich noch schlauer zu machen. Sie hatten tatsächlich eine Homepage. Und was für eine. Schon im Begrüßungstext stand der schöne Satz: »In unserem politischen Auftrag richten wir den Blick zunächst auf unsere Landsleute und das konsequente Selbstbestimmungsrecht unseres Volkes mit absolutem Vorrang vor internationalen Assoziationen.« Schöner kann man das gute deutsche Ausländer raus! kaum verklausulieren. Es gab auch einen Link zu den Jungen Nationaldemokraten, wo ein Mitglied schwadronieren durfte: »Ich erlaube mir, einen klassischen und charakterisierenden Ausspruch der deutschen Soldaten des ersten Weltkrieges etwas abzuändern: Deutschland muß leben - auch wenn wir unsere berufliche Existenz lassen und wenn wir sterben müssen!!!« Tja, wenn unser toter Andreas Seifert das gelesen hat ...

Zur Sicherheit schaute ich auch noch ins Handbuch des Deutschen Rechtsextremismus: »Die ATESIA muß als rechtsextreme Kaderschmiede für den Hochschulbereich bezeichnet werden ... Ihre Mitglieder beteiligen sich an vielen zentralen Projekten des bundesdeutschen Rechtsextremismus ...«

Na Servus! Minuten später saß ich wieder im Auto.

Das ATESIA-Haus stand tatsächlich im direkten Blickkontakt zu SOFTWAL. Selbst jetzt im Hochsommer, wo jeder Baum und Strauch dicht belaubt war, konnte man das Gegenüber beobachten. Das Haus selbst stammte wohl aus der vorigen Jahrhundertwende. Die Fenster wirkten etwas kleinkariert, dagegen der barocke Scheingiebel über dem Erker theatralisch aufgeblasen. Ich fand einen Parkplatz und überlegte, wie ich vorgehen sollte. Einfach klingeln und warten, was passiert? Grüß Gott, ich ermittele in einem Mordfall? Etwas einfältig, zumal ich keinen Dienstausweis mehr zücken konnte.

Das Schicksal half in Gestalt einer Putzfrau: Die Haustür wurde geöffnet und gegen unbeabsichtigtes Zuschlagen mit einem Keil gesichert. Sie kam mit zwei Müllbeuteln heraus und ging zur Tonne. Ich machte mein selbstverständlichstes Gesicht, nickte ihr zu und betrat das Haus. Sie erwiderte Grüß Gott! und kümmerte sich nicht weiter um mich. Sie war offensichtlich Ausländerin, Türkin oder so. Der vorrangige Blick der Atesianer auf unsere Landsleute hatte hier wohl versagt.

Ich stand in einem dunkel getäfelten Flur. Eine herrschaftliche Holztreppe mit schönem Handlauf auf beiden Seiten führte nach oben. Im Haus war nichts zu hören. Es roch nach kaltem Zigarettenrauch. Ich klopfte an eine Tür, deren Raum zur Straße liegen musste. Als niemand antwortete, drückte ich sie leise auf. Dahinter lag eine Art Konferenzzimmer. Runder Tisch, acht Stühle, Fernseher, Videogerät. Ein Bücherregal mit Zeitschriften belegt. Ich ging rüber zu den Fenstern. Die Putzfrau war noch mit dem Müll beschäftigt.

»Suchen Sie etwas?«

In der Tür stand ein junger Mann. Mitte zwanzig, schlank, dunkelblond, Scheitel links. Misstrauischer Blick hinter kleiner Brille.

»Schwer zu sagen«, sagte ich. »Kannten Sie Andreas Seifert?«

Jetzt nahm er die Brille ab, hielt sie gegen das Licht, setzte sie wieder auf. Aha, Zeitschinden.

»Warum fragen Sie?«

»Mindestens doch, weil er Atesianer war. Was bedeutet der Name überhaupt?«

»Atesia ist das römische Wort für Etsch.«

»Ah, daher weht der Wind. Sie singen also gleich die erste Strophe unserer schönen Deutschland-Hymne?«

»Was soll daran verwerflich sein?«

Bleib cool, beruhigte ich mich. »Verwerflich am Singen ist gar nichts. Nur, dass Typen wie Sie an der Etsch sicher gar nicht gern gesehen werden.« Ich ärgerte mich selbst, dass ich doch so heftig geworden war.

Er schaute mich an, wie ein exotisches Insekt. »Kein bisschen stolz auf unsere Nation, was?«

»Mein Gott, jeder erbärmliche Tropf, der nichts in der Welt hat, um darauf stolz zu sein, ergreift das letzte Mittel, auf die Nation, der er gerade angehört, stolz zu sein. Wissen Sie, wer das gesagt hat?«

Er zuckte die Schultern. »Bestimmt kein guter Deutscher.«

»Nein, nein, bestimmt nicht. Nur Schopenhauer, wenn Ihnen das was sagt.«

»Es sagt mir noch nicht, ob er vielleicht Jude war?«

Es kribbelte in mir. Ich musste tief durchatmen. »Keine voreiligen Schlüsse, junger Mann. Auch in Israel gibt es viele Dummköpfe, die stolz darauf sind, Israelis zu sein. Und die den gleichen dumpfen Blut- und Bodengeist pflegen wie ihr hier. Nur lassen sie sich dort die Haare wachsen, ihr rasiert sie ab. Jüdischen Boden dem Volk Israel, schreien sie dort.«

»Hab ich nichts dagegen.«

»Das glaube ich gern. Wer von deutschem Boden faselt, als ob es so was gäbe, muss auch jüdischen Boden akzeptieren. Schwachsinn zu Schwachsinn.«

Trotzig kam die Antwort: »Leute wie Sie wollen gar nicht, dass das Deutschtum sich behauptet gegen türkische, mosaische oder andere Einflüsse.«

Ich war wieder ganz ruhig. »Warum auch? Ich seh im sogenannten Deutschtum kein schützenswertes Gut. Schließlich vertrat Herr Himmler auch das Deutschtum, oder Herr Eichmann, das Musterbeispiel eines deutschen Beamten. Nee, da können ein paar neue Einflüsse gar nicht schaden, junger Mann.«

»Und wer sind Sie?«

»Ich interessiere mich für den toten Herrn da gegenüber.«

«Polizei?«

«Privatdetektiv.«

»Andreas hat hier gewohnt. Mehr sage ich nicht.«

»Er war doch in Nymphenburg gemeldet?«

»Er verstand sich nicht mit seinen Eltern. Deshalb zog er her. Wir haben drei günstige Buden im Souterrain.«

»Kann ich die mal sehen?«

»Nein.«

»War die Polizei schon hier?«

»Nein!«

»Vielleicht sollte ich denen mal einen Tipp geben.«

»Verlassen Sie unser Haus.«

Ich lehnte mich provozierend auf die Fensterbank, verschränkte die Arme: »Verstehe! Frech in Rede, feig in Tat?«

Das saß. Er nahm die Brille ab und legte die Bügel zusammen, als ob er sich auf eine Schlägerei einlassen wollte. Doch dann besann er sich und setzte die Brille wieder auf. Disziplin hatte er gelernt.

»Wie viele Mensuren haben Sie schon geschlagen?«

Nach einem Räuspern kam er wieder ins Reden: »Wir fechten nicht, um unseren Gegnern etwas zu beweisen.

Die Tradition des Fechtens kommt aus der Selbstverteidigung.«

»Habt ihr wohl nötig«, stichelte ich weiter. Doch er ließ sich nicht mehr provozieren.

Belehrend hob er den Finger: »Es stammt aus der Zeit, als die Scholaren noch weite Wege über unsichere Straßen zu ihren Universitäten ziehen mussten. Klar, wollen wir auch unseren inneren Schweinehund besiegen. Für einen deutschen Mann sollte das eine Selbstverständlichkeit sein.«

»Ist es für einen deutschen Mann auch eine Selbstverständlichkeit, antisemitische Schmierereien an Autoscheiben zu stecken? Ich nenne das borniert, hinterhältig und feige.«

Er zuckte kurz. »Andy war getreu bis zum Tod!«

Ich lachte auf. »Heldentod auf der Flucht mit dem Motorrad?«

»Andy war nicht der Fahrer.«

»Heißt auf Deutsch: Jochen Klein war kein Atesianer?«

»Stimmt! Er war ein Prolet. Trotz des Bärtchens ein geistiger Glatzkopf, dem Grölen und Prügeln wichtiger war als Manneszucht und Disziplin. Ich hatte Andy gewarnt, doch er meinte, zum Kampf sei Jochen genau der Richtige.«

Ich hakte schnell nach: »Um was für einen Kampf ging es denn?«

Doch mein Gegenüber machte wieder zu. »Sie gehen jetzt!«

Ich ging. Er schloss die Tür hinter mir. Die Putzfrau war nicht mehr zu sehen.

Wieder im Auto, sammelte ich meine Gedanken. Ich musste umdisponieren. Übermorgen war hier Beerdigung. X und XXX waren im vollen Wichs dort - und bestimmt war niemand hier. Das wollte ich nutzen. Der Fall Haller musste auch vorangetrieben werden. Wenn ich da etwas erreichen sollte, hilft´s dem Renommee und dem Bankkonto. Kurz entschlossen rief ich Hannah an und erklärte ihr, dass ich heute Abend dienstlich nach Zürich fliegen müsse. »Und du kommst mit. Aus Sicherheitsgründen!« schloss ich mit strenger Stimme.

Nach kurzem Zögern, sagte sie einfach nur »Jawohl, mein Herr. Wenn´s der Sicherheit dient, muss ich wohl folgen.«

Um 19 Uhr landeten wir in Zürich. Wir nahmen ein ruhiges Hotel im Schatten des Münster, wanderten später am *Limmatkai* entlang, bis wir ein gemütliches Lokal fanden, gingen anschließend noch in ein Cabaret, wo gerade ein Komiker unbändige Witze riss, jedenfalls wurden wir schwallartig von Gelächter überschüttet. Verstehen konnten wir nichts. Die Nacht wurde noch lang, aber in unserem Doppelbett.

Nach einem herrlichen Frühstück im hellen Sonnenschein wollte Hannah einen Stadtbummel machen, während ich meinen Recherchen nachging. Wir verabredeten uns um 12 Uhr vorm Münster. Zur Not hatten wir ja auch unsere Handys.

Ich fand die Adresse der Euro-Finanz-Group in einer Seitengasse der Bahnhofstraße: Ein Bürobau aus den Fünfzigern. Links und rechts vom Portal reihten sich die Metallschilder der hier ansässigen Firmen. Meine EFG residierte in der IV. Etage. Ich klingelte und drückte die schwere Haustür auf. Ein Portier empfing mich mit einem freundlichen »Guete Morge! Kann ich ebbs tun für Sie?«

Ich fragte nach der EFG, worauf er bedauernd die Schultern hob und etwas wie »Nüt mer.« sagte. Auf meinen fragenden Blick setzte er noch »Liquidation!« dahinter. Und dann noch, wie um mich zu trösten: »Jedenfalls hier in Zürich. Wir müssen alle Post nachsende. Hier, lugetse.« Dabei kramte er eine Karte unter dem Tresen hervor, auf der sich ein Private Banking Management mit Sitz in Monte Carlo mit genauer Anschrift verewigt hatte. »Das isch die nüe.«

Da ich vorher schon einen Kopierer entdeckt hatte, bat ich den Portier, mir die Karte zu kopieren. Als ich ihm zehn Franken rüber schob, lüftete er seine Dienstmütze und sagte: »Merci, vielmal!« Ich fragte noch nach dem nächsten Reisebüro und raste los.

Um 13 Uhr 30 ging tatsächlich eine Maschine nach Nizza, aber für einen Rückflug am Abend nach München gab es keine Chance. Zu dumm. Ich wollte morgen unbedingt zur Beerdigung dieses Nazibuben zurück sein. Hannah hatte sicher auch Termine. Also eins nach dem andern. Ich rief sie an und erklärte ihr die neue Situation. Sie beschloss nach einigem Überlegen, wie geplant, heute Abend zurückzufliegen.

»Ist zwar schade, aber ich versteh´s«, sagte ich.

Auch Hannah war traurig über den abrupten Abbruch, sah aber ein, dass ich sofort weiter musste. Taxi. Einchecken. Einen Kaffee trinken - und schon war ich an der Riviera. Puh - ein Witzbold hätte sagen können, es war auch nicht kühler als in München. Das Hemd klebte sofort am Körper. Ich war wieder einmal sauer, dass ich wegen der Prothese lange Ärmel trug. Nicht wegen der Prothese, sondern wegen der Eitelkeit, sagte ich laut vor mich hin.

Diesmal nahm ich einen Mietwagen, lieh mir noch einen Stadtplan von Monte Carlo und fuhr direkt in die *Avenue Princess Grace*. Die Klimaanlage war ein Segen.

Diesmal ein moderner Büroturm. Viel Glas und Metall. Das Portal allerdings aus Buntsandstein. Alles wirkte edel. Nur die Masse der glänzenden Messingschilder verdarb etwas den Eindruck von Seriosität.

Aushängeschild im wahrsten Sinn war offenbar eine weltweit operierende New Yorker Bank. Ihr Logo nahm vier normale Plätze ein. Dazwischen viele Kunstnamen wie EURAMCO oder Drei-Buchstaben-Firmen wie meine EFG.

Es dauerte, bis ich dieses Banking Management fand: *6e Etage*.

Oben stand ich wieder vor einem Tresen. Dahinter eine hübsche Monegassin und jede Menge Equipment zur weltweiten Kommunikation: Fax, Fernschreiber, PC, sogar noch eine alte elektrische IBM- Schreibmaschine - mir

wohl vertraut, weil ich manche Dienstjahre mit ihr verbringen musste. Wahrscheinlich brauchte man sie hier für
den guten, alten Durchschlag mit Kohlepapier, mit dem
unsere Generation noch groß geworden ist.

Die Dame grüßte freundlich und fragte nach meinen
Wünschen. Ich grüßte freundlich zurück und wünschte jemand vom Private Banking Management zu sprechen.

»Un moment, s´il vous plaît!«

Sie senkte den Blick, drückte ein Knöpfchen und
sprach in irgendein Mikrofon. Ich hörte etwas schnarren.
Sie blickte wieder auf und sagte noch einmal: »Un moment, s ´il vous plâit!«

»Merci beaucoup, Mademoiselle!«

Links aus dem Flur tauchte ein kleiner Herr auf, im
dunklen Dreiteiler mit Fliege, getönter Brille und schma-
lem Oberlippenbart. Er gab mir die Hand, stellte sich mit
Monsieur Marrimé vor und bat, vorangehen zu dürfen in
sein Büro. Das war fast ein Saal. Vier riesige Fenster an
der Rückwand, Parkettboden, sparsam möbliert, aber vom
Feinsten. An der linken Wand prangten mindestens ein
Dutzend Firmenschilder, die wohl alle in Monsieur ihren
Repräsentanten hatten. Und für jede Firma gab es wohl
zehn Quadratmeter Bürofläche.

Ich nahm ihm gegenüber Platz, mit Blick zu den Fenstern, sodass ich zwar den blauen Himmel über Monte Carlo aber kaum meinen Gesprächspartner beobachten konnte. Seine Gestalt hob sich lediglich in Umrissen gegen das
Sonnenhell ab. Nur die gepflegten Hände lagen im Licht.
Was soll´s. Ich hätte es an seiner Stelle sicher genauso gemacht.

Als ich mein Anliegen vorgebracht hatte, erlebte ich
wieder dieses bedauernde Schulterheben. Da könne er gar
nichts machen Er sei lediglich so etwas wie ein Sekretariat.
Ohne jegliche eigene Verantwortung. Ein Verschiebe-
bahnhof sozusagen - dabei rieb er seine Handflächen seit-
lich aneinander und freute sich sichtlich über dieses Bild.
Ja - une gare de triage, wiederholte er noch einmal. Er bekäme Anweisungen über E-Mail, Fax oder Telefon und

müsste sie ausführen über E-Mail, Fax oder Telefon. Tiefes Bedauern.

»Wer gibt die Anweisungen?«

»Monsieur Ritzer.«

»Wann kam die letzte?«

Ich spürte, wie er überlegte. »Vor drei Wochen.«

»Von Monsieur Ritzer?«

»Ja!«

»Wo war der Herr da?«

»Nun, ich denke in München. Allerdings kommunizierten wir über Telefon.«

»Was sollten Sie tun?«

»Ein Geldtransfer.« Das sagte er so kurz, dass ich merken sollte, bis hierhin und nicht weiter.

Ich zog fünfhundert Euro aus meiner Brieftasche und schob sie ihm rüber. Langsam bekam die Spesenrechnung von Dr. Haller Konturen. Monsieur zog die Scheine zwischen Mittel- und Zeigefinger seiner linken Hand und sagte: »Es ist so, dass Herr Ritzer sich seitdem nicht mehr gemeldet hat. Die Konten des PBM sind praktisch leer.«

»Er zahlt also keine Miete - oder was?«

Monsieur Marrimé blieb ungerührt: »Wir haben eine Kaution über 25.000 Dollar.«

»Was war also Ihre letzte Tat für das Private Banking Management?«

Er überlegte noch, dann schob er die Franken in seine Brusttasche und sagte: »15 Millionen US-Dollar an die *Euro-Capital-Bank* auf Jersey.«

Ich pfiff durch die Zähne. »Wie heißt das Konto?«

Er schwieg.

»Sie, ich kann hier ganz schön Unruhe in Ihr stilles Büro bringen. Staatsanwälte, Beschlagnahmungen, immer wieder Durchsuchungen. Ritzer hat sein Schäfchen im Trockenen, ich weiß nicht, wie man auf französisch sagt -«

»Faire sa pelote!« kam es trocken von dem Schattenriss über dem Schreibtisch.

»Genau. Was glauben Sie, was die anderen Firmen zu diesem Theater sagen werden?«

Er schwieg. Ich stand auf und schob ihm einen seiner Schreibstifte zu. Er nahm ihn, schrieb 22-ANAĪD auf einen Zettel und erhob sich ebenfalls, um deutlich das Ende der Audienz zu signalisieren. Ich war´s zufrieden, obwohl ich mit der merkwürdigen Kontobezeichnung nichts anfangen konnte.

Auf dem Weg zum Lift kam mir noch eine Idee. Nachdem mir Monsieur versichert hatte, dass sie - naturellement - eine ISDN-Anlage hatten, bat ich ihn, seine Dame zu fragen, ob vielleicht Ritzers letzte Nummer gespeichert war. Sie ging am Bildschirm eine lange Liste durch, identifizierte schließlich einen Eintrag nach Datum und Zeit und schüttelte dann den Kopf. »No, c´est anonym!«

Zu viel Erfolg wäre ja auch unnatürlich gewesen.

»Ich denke, damit sind unsere Geschäftsbeziehungen beendet«, sagte Monsieur mit einer leichten Verbeugung. Es klang wie Spott.

»Man kann nie wissen. Bei der Vielzahl Ihrer Klienten sind weitere Konsultationen nicht ausgeschlossen«, gab ich zurück und verbeugte mich ebenfalls.

Kaum auf der Straße, rief ich Dr. Haller an: »15 Millionen habe ich vielleicht schon gefunden! Dollar!«

Schweigen.

»Sind Sie noch dran?«

»Ja, ja - aber dat hat mich doch jetzt sprachlos jemacht. So schnell.«

»Wenn wir die sichern, das wäre doch was.«

»Dat wär mehr als dat Jelbe vom Ei. Dat wär - mir fällt gar nix ein. Un dat will wat heißen. Wo sind Se denn jetzt?«

»Ich oder die Dollars?«

Er lachte glücklich. »Beide.«

Ich erzählte ihm meine Erlebnisse und Erkenntnisse von diesem Tag, bevor ich Frau Dr. Hellwig anrief, um auch sie von diesem Fund zu informieren. Sie wollte sich sofort mit dem Staatsanwalt in Verbindung setzen.

Zurück nach Nizza. Eigentlich hatte ich die Hoffnung auf einen Rückflug für heute aufgegeben, wollte aber prüfen, ob ich vielleicht noch nach Paris kam, um dann morgen gleich in der Früh einen Flieger nach München zu bekommen. Als ich die Abflughalle betrat, stand da - in weißem Hemd und dunkler Hose, Sonnenbrille, Pilotenkoffer - Rainer Brand von der Hubschrauber-Staffel. Wir kannten und mochten uns von unzähligen Einsätzen und Lehrgängen.

Umarmung. Vorstellung. »Mensch, was machst du denn hier?« - »Mensch, was machst du denn hier?« - »Ja, hab schon von deinem Rausschmiss gehört. Unerhört.« Rainer wollte traurig gucken, doch ich klärte ihn rasch auf. Und er war auch nicht mehr bei dem Laden, sondern Firmenpilot. Bei Dornier.

»Ich dachte, die sind pleite?«

Er grinste. »Hatte Glück. Die Nachfolger haben nicht nur das Know-how, sondern auch mich übernommen.«

Er musste gleich seine Chefs heimfliegen. Zu einem Werksflugplatz nach Oberpfaffenhofen bei München.

»Aber klar kannst du mit. Ist ja ein Sechssitzer. Das deichsle ich. Mann, der Larry.«

Gegen Mitternacht war ich tatsächlich wieder zu Hause. Rainer nahm mich noch mit in die Stadt. Für ein Bierchen hatte er keine Zeit mehr. Musste morgen nach Brüssel. Angemessene Ruhezeit war Pflicht.

»Das holen wir nach, Larry. Versprochen!«

Hannah hatte umso mehr Zeit für mich. Spät in der Nacht musste sie mir noch ihre Neuanschaffung zeigen. Einen silberfarbenen Hosenanzug, den sie in New York einweihen wollte. Fast war ich eifersüchtig auf diese Vorfreude. Mir hatte sie ein goldenes Halskettchen mitgebracht.

»Trägst du so etwas?«

»Wenn´s von dir kommt.«

Ich erzählte ihr von meinem Erfolg mit 22-Anaïd.

»Es gab mal eine Schauspielerin namens Anaïd. Iplican oder so. Die wird doch nichts mit der Sache zu tun haben?«

Ich lachte. »Du meinst, Ritzer war ein Theaterfan? Der hatte doch eine Frau mit Porsche.«

»Willst du sagen, dass Porschefahrer... ?«

Ich schloss ihr die Lippen. »Ich will gar nichts mehr sagen.«

Seitdem habe ich mich oft gefragt, warum ich in dieser Zeit diese Glückssträhne hatte, wo doch bald darauf alles einstürzte. Leichtgläubige oder Abergläubige führen jetzt die Sterne ins Feld. Andere glauben an Gott. Dagegen sperre ich mich. Das Universum ist mir zu groß für solchen Kleinkram. Als alter Polizist habe ich mich oft fragen müssen, warum gerade dieser Mensch das Opfer wurde. Die Antwort war immer neu. Tausend Puzzlesteine an der richtigen Stelle ergeben erst das komplette Bild. Ich habe die Steine noch nicht zusammen. Alles verläuft noch auf und ab, Hin und her, Plus und Minus. Aber vielleicht gibt es nicht mehr Sinn hinter allem. Zugegeben, ein banales Bild, aber ich muss mich daran festhalten, bis ich ein anderes finde.

5

Freitag früh. Tag der Trauer - Tag des Zorns! Statt zu joggen, fuhr ich mit der S-Bahn zum Flughafen, um mein Auto zu holen. Anschließend holte ich Hannah ab und wir fuhren in Wallachs Wohnung.

Mein Plan ging auf. Eine Stunde vor der Beerdigung von Andreas Seifert standen wir am Fenster der Bibliothek und beobachteten das Haus der Atesianer. Ich hatte Hannah um Mithilfe gebeten. Nicht nur, weil ich wirklich jemand brauchen konnte, der Schmiere stand, ich wollte sie so oft wie möglich um mich haben. Sie war ihre Termine durchgegangen und konnte eine Verabredung verschieben. »He, da will ich aber auch Spesen«, sagte sie frech.

»Setz´ ich alles auf die Rechnung!« gab ich zurück.

Jetzt stand sie mit einem Feldstecher neben mir. »Die ganzen Jahre habe ich das bunte Fähnlein dort am Mast baumeln sehen und mir nichts Böses gedacht. Dr. von Hostiz gehört doch auch zu denen.«

»Im Ernst?«

»Er ist ein sogenannter Alter Herr, wie er mir mal erzählte. Aber drüben habe ich ihn eigentlich nie gesehen.«

»Entschuldige die Frage, aber wie kommt so ein offensichtlicher Sympathisant der Rechten zu einem jüdischen Klienten?«

»Ganz einfach. Als junger Mann machte er neben der Wohnung meines Onkels seine Praxis auf. Da ergab sich dann automatisch, dass er ihn juristisch beriet. Und irgendwann war es so praktisch, weil er über alle Kunden und Geschäfte Bescheid wusste.«

»Vielleicht wussten die da drüben auch von ihm über alles Bescheid. Ich meine Sauna und so ... «

»Es hat aber doch nie Zwischenfälle gegeben.«

»Vielleicht stand dein Onkel unter dem besonderen Schutz von Hostiz - und jetzt, wo er tot ist, haben die freie Bahn? - Schau mal. Es geht los!«

Gegenüber war ein Großraumtaxi vorgefahren. Die Haustür öffnete sich und sechs Männer kamen heraus. Darunter auch mein Bekannter von vorgestern. Sie trugen alle den vollen Wichs, also Degen, Käppi und Schärpe. Als alle verstaut waren, fuhren sie los.

»Ein Käfig voller Narren«, sagte Hannah.

»Narrenfreiheit haben die bei mir aber nicht«, gab ich zurück.

Ich wartete noch einige Minuten, dann ging ich rüber. Ich war sicher, dass ich jetzt für einige Zeit ungestört war. Hannah sollte am Fenster auf Posten bleiben und mein Handy anrufen, wenn sie irgend etwas Verdächtiges wahrnehmen sollte.

Die Haustür leistete kaum Widerstand.

Im Souterrain hatte mein Gesprächspartner gesagt. Ich machte Licht und stieg die wenigen Stufen hinunter.

Ein mehrarmiger Garderobenständer und fünf Türen. Eine war deutlich eine Kellertür. An der zweiten stand *Bad*, blieben noch drei. Die erste führte in einen größeren Raum mit mehreren Feldbetten. »Wahrscheinlich schlafen die besoffenen Gäste hier ihren Rausch aus«, ging es mir durch den Kopf.

Bereits im zweiten wurde ich fündig. An der Wand ein Großfoto von Rudolf Heß. Auf dem Bücherregal Fachliteratur, der große rote *Schönfelder*, die Bibel der Jurastudenten und ein paar *Beck´sche Kommentare*. Drei Leitzordner. Auf einem anderen Brett lag ein Computer-Magazin und dann der rechte Schund: *Deutsche Stimme, Deutsche Nationalzeitung*, ein Buch mit dem hübschen Titel *Die Wehrmacht als Befreierin*. Daneben ein CD-Player. Auf dem Schreibtisch eine Kladde und ein Schreiben des Dekans an Andreas Seifert. Ich war also gelandet.

Dann ein wichtiger Fund: eine Lifestyle-Illustrierte, die schon auf dem Titel einen Hinweis auf einen Bildbericht über die Casting-Lady Hannah Braun zeigte. Ich blätterte durch. *Die Israelin mit dem Blick für Stars* war die Schlagzeile. Hübsche Fotos von Hannah. Im Artikel selbst fanden sich auch ein paar Worte über Onkel Oren, den Herrn des Zufalls. Und ein Hinweis auf SOFTWAL. Alle Namen waren mit Filzstift rot markiert. Hier also haben unsere Helden ihre Informationen gefunden. Die brauchten gar keinen Hostiz. Hannah war eine öffentliche Figur geworden - und das war der Preis. Ich warf das Blatt zurück und suchte weiter. In der Schublade zwei CD´s ohne Cover. Mit Stift hatte jemand "Boys" auf die eine und "Reden" auf die andere geschrieben. Weiter gab es Briefpapier, Fotos von einer Sauferei, Studienbuch und ein Heft mit nackten Männern. Nanu? Dennoch, seltsam unpersönlich das alles. Zum Beispiel keine Belletristik, keine Tageszeitung. Aber ein PC. Während ich ihn hochfahren ließ, griff ich routinemäßig unter die Schreibtischschublade. Da klebte tatsächlich ein Papier. Ich zog einen Brief hervor.

Als ich die Unterschrift *In Treue fest, Dein Jochen* las, war mir das Briefgeheimnis egal.

»Kamerad W. ist noch immer getreu und hört auch noch die alten Lieder«, schrieb der Kamerad J. offensichtlich seinem geistigen Wegweiser: »Ich habe jetzt ein Foto von Dir im Zimmer hängen. Als meine Mutter fragte, wer das auf diesem Bild sei, antwortete ich: Mein Führer. Um Gottes Willen, rief sie, bist du etwa ein Nazi? Ich verschluckte mich fast vor Lachen. Hahaha. Am 1. April melde ich die Maschine wieder an. Dann geht´s wieder auf Jagd. Kanaken, Juden, Bimbos. Freust Du dich auch schon? Ich grüße dich mit einem deutschen Gruß und einem schönen Zungenkuß. Nach der Unterschrift kam noch ein PS: Gleich verbrennen, damit´s keiner erfährt!«

Tja, hätte Kamerad Andreas sich an diesen Tipp gehalten. Ich faltete das Papier wieder zusammen und steckte es ein. Der Monitor fragte flimmernd nach dem Passwort. Ich versuchte mein Glück: *Rudolf / Hess / Achtundachtzig / 20. April* - alles ohne Erfolg. Was gab´s denn noch für

Reizworte? *Deutschland / Ehre / Vaterland* - nichts bewegte sich. Wäre zu schön gewesen.

Ich überflog die Rückenschilder der Ordner, die vor mir in Augenhöhe standen. FAKTEN las ich auf einem, LITERATUR auf dem nächsten. Der dritte sah doch gut aus: FLYER stand da. Ich öffnete und hatte einen schönen Packen vor mir. Gleich als erstes fielen die Fotokopien raus, die ich schon kannte. Sie waren noch nicht eingeheftet, wie die anderen Seiten. Einzelblätter mit jeweils einem Slogan der bekannten Machart: JUDEN ERBEN HIER MILLIONEN - DIE WIRD BALD DER TEUFEL HOLEN! Na bitte! Und so ging es weiter. Alles schwarz auf weiß. Ich zählte elf Blätter.

Mein Handy piepste einmal. Das Zeichen von Hannah, dass eine Person das Haus betrat. Ich verließ den Raum und trat in den dunklen Keller. Das Licht war wohl automatisch ausgegangen. Oben ging die Tür auf und ließ einen Lichtschein auf die Treppe fallen. Ein junger Mann blickte kurz nach unten, sah mich und warf die Tür wieder zu. Mit wenigen Schritten war ich oben. Kein Laut war zu hören. Raus ist er nicht, das hätte Hannah gemeldet. Leise ging ich zu dem Raum, in dem ich schon einmal stand, da hörte ich über mir knarrende Dielen. Mit wenigen Sätzen war ich ein Stockwerk höher. Eine Tür stand offen. Sie führte in eine Art Festsaal. Die ganze Breitseite war Fensterfront, dazwischen schwere Vorhänge. An den Wänden Gruppenfotos in dunklen Rahmen, Fahnen und Wimpel. Während ich lauschte, spürte ich den Luftzug. Er hatte hinter einem Vorhang gestanden. Meine Linke fuhr reflexartig schützend hoch und krachend schlug ein Säbel an meine Prothese. Ich wirbelte herum, meine Rechte schoss nach vorne und trieb dem Angreifer mit einem Leberhaken nach Lehrbuch den Atem aus dem Leib. Keuchend sank er vor mir zu Boden. Die Prothese war heil geblieben. Am Knochenansatz spürte ich einen Schmerz, doch weiter war nichts passiert.

Ich schaute mir den Gegner näher an: schlank, eher dünn, kleiner als ich. Glatzkopf, frisch rasiert, wahrscheinlich brünettes Haar. Die Augenbrauen standen merkwürdig gerade, wie ein Strich im blassen Gesicht. Die Augen selbst, momentan etwas verschwiemelt, standen eng zusammen. Die Kinnpartie unrasiert. Ring im Ohr. Das T-Shirt schwarz mit weißer Aufschrift *Wir kommen!*, Jeans, Turnschuhe mit einem großen »N« als Markenzeichen. Also die typische Uniform. Er sah ein bisschen einem Frettchen ähnlich. In der rechten Hand hatte er so einen Säbel mit schwerem Handkorb, wie ihn die schlagenden Studenten benutzen. Er stöhnte.

Ich ließ den Kämpfer am Boden und zog meine Pistole. Hier brauchte ich sie sicher nicht mehr. Aber ein bisschen Eindruck konnte nicht schaden. »Weißt du, wie die heißt?«

Er schaute hoch, schüttelte den Kopf.

«Parabellum! Das heißt *Zum Krieg bereit!* Und neun Millimeter können ganz schön tödlich sein, wenn sie einem in den dummen Schädel sausen. Okay?«

Er nickte. Meine SIG Sauer wird mir verzeihen, dass ich sie unter anderem Namen vorgestellt habe. Sie verschwand wieder im Halfter.

»Warum bist du nicht auf der Beerdigung?«

Plötzlich legte er los: »Total Scheiße. Andy war mein Freund. Bis der Jochen auftauchte. Total krass. So ein Depp. Der hat doch nichts in der Birne. Hat nur das Motorrad. Weiter nix. Vorher hat er alle Aktionen mit mir gemacht.«

»Ach so ist das. Du bist sicher der Freund, der mit »W« anfängt?«

Er stockte. »Wieso? Werner heiß ich.«

»So, Werner. Ich dachte vielleicht Waldemar! Was wolltest du denn hier, während die andern auf der Beerdigung sind?«

»Halt schauen, ob mich nix verrät. Falls die Polizei hier auftaucht. Will da nicht rein gezogen werden.«

»Worein.«

»Na, bei dem Juden drüben.«

»Warst du dabei?«

Trotziges Schweigen.

»Wie bist du rein gekommen?«

»Andy hat mir erzählt, dass die immer ein Klofenster zum Garten offen lassen. Falls nachts mal ein Klo- , ein Kolli - so ein - «

»Kommilitone«, half ich im.

»Genau. Falls der mal rein will und keinen Schlüssel hat.«

Ich zog ihn hoch und legte den Säbel auf einen der Tische. »Lass uns zunächst hier verschwinden, Werner. Drüben kannst du dich dann ausweinen.«

Ich schob ihn vor mir her, zunächst noch einmal in den Keller, nahm dort die Flugblätter, stellte den PC aus, löschte die Lichter, schloss alle Türen hinter uns und lenkte ihn über die Straße in Wallachs Haus. Er war äußerst fügsam.

Hannah empfing uns an der Wohnungstür: »Ah, der Besuch. Ich sah ihn hinterm Haus verschwinden.«

Werner verharrte an der Tür.

»Geh nur rein. Hier tut dir keiner was.«

Er druckste: »Ich will damit nix zu tun haben!«

»Hast du aber schon.« Ich packte ihn fest am Arm, führte ihn in die Bibliothek und schob ihn in einen Sessel. »Der alte Mann ist tot. Du kommst jetzt rein und erzählst alles, was du von ihm weißt. Schön der Reihe nach.«

Er verschränkte die Arme trotzig vor der Brust. »Verrat ist schlimmer als der Tod.«

»Das würde ich nicht so sehen. Und wenn du erst tot bist, siehst du die Sache garantiert auch anders.«

Hannah fragte mechanisch, ob er etwas trinken möchte. Er schüttelte den Kopf.

»Und was heißt hier Verrat? Ich weiß so ziemlich alles, was ihr getrieben habt. Wie ihr den armen Mann runter geschafft habt. Ächzend und fluchend. War ziemlich schwer so ein toter Körper, gell?«

Er schaute mich von unten her an.

»Krass. Total Scheiße!«

»Ich muss es nur genau wissen. Für die Akten. Wer hat ihn also getötet? Andy oder Jochen?«

»Niemand von uns. Das schwör ich.«

»Ist aber schwer zu glauben, dein Schwur.«

Hannah setzte sich neben mich: »Damit das klar ist: Dir droht bis jetzt eine Anklage wegen Beihilfe zum Mord?«

Das war wohl das Stichwort. Jetzt sprudelte es aus ihm heraus. Er erzählte, wie man ihn angerufen hatte, der alte Jude sei am Sonntag allein im Haus, gute Gelegenheit, ihn ein bisschen zu piesacken. Wie sie zu fünft gewesen waren. Auf ihr Klingeln habe niemand aufgemacht. Andy war sich aber sicher, dass der Alte drin sein musste. Er hatte das Haus beobachtet und nur zwei Männer rein und ziemlich schnell wieder raus kommen sehen. Sie drückten gegen die Tür. Sie ging auf. Und der alte Mann hätte schon tot auf dem Boden gelegen.

»Wo?« fragte ich dazwischen.

»Draußen im Treppenhaus. Auf dem ersten Absatz. Und es roch wie ein Krankenhaus.«

»Was soll das heißen?«

»Na, eben so ätzend. Wie's im Krankenhaus riecht.«

»Klären wir noch - wie ging's weiter?«

»Plötzlich stand ein maskierter Kerl in der Wohnungstür. Muss schon drin gewesen sein, obwohl Andy die ganze Zeit das Haus beobachtet hatte. Wir haben ihn nachher ziemlich fertig gemacht. - Und jetzt ist er tot.«

Bevor er in Trauer versinken konnte, fragte ich: »Wie maskiert?«

»So ein schwarzes Tuch vorm Gesicht. Bis hier.« Er fuhr dabei mit der Hand eine Linie über den Nasenrücken.«

»War er allein?«

»Hab niemand sonst gesehen.«

»Aber ihr ward doch zu fünft?«

»Er hatte ne Knarre in der Hand. Das zählt. Das wissen Sie ja selbst, wie es ist, wenn du so ein Ding hast. Dann bist du King.« Es klang nach Verachtung und Neid.

»Was sagte er?«

»Er befahl uns, den Mann in den Keller zu bringen. Dort unten mussten wir ihn ausziehen, in die Sauna legen und die Tür verkeilen. Der Typ legte die Kleider säuberlich auf eine Bank und befahl uns dann zu verschwinden.«

Hannah stöhnte: »Ihr habt einen Toten einfach so rum geschleppt?«

Fast treuherzig kam die Antwort: »War ätzend schwer, ehrlich! Die Leiche, mein ich.«

»Wo kam der Keil her?«

»Der lag da. Wahrscheinlich für die Kellertür. Damit die nicht zu fällt.«

»Wann hat man dich angerufen?«

Er überlegte kurz. »Ungefähr um elf.«

Hannah schaute mich an. »Wenigstens ist Morten damit entlastet.« Und weil ich stumm blieb, fragte sie nach: »Ist er doch?«

»Leider nein. Der Maskierte könnte doch - nach den Theorien meiner Exkollegen - Morten selbst gewesen sein. Da hat sich nichts verändert. Aber ich bin auch der Meinung, dass jetzt was geschehen muss. Er braucht endlich einen Strafverteidiger, der mit Haftprüfungsterminen und anderen juristischen Details umgehen kann.« Ich wandte mich Werner zu: »Der Tote lag also im Anzug auf dem Treppenabsatz?«

Er nickte.

»War der Anzug irgendwie verwühlt? Sah es nach Kampf aus?«

»Weiß nicht. Er lag einfach auf der Seite.«

»Zeig´s mir!«

Er zögerte. Ich wurde schärfer: »Zeig´s mir!«

Er legte sich auf den Boden, seitwärts, den rechten Arm ausgestreckt, auf dem der Kopf ruhte: »So!«

»Das sieht eher nach einem Zusammenbruch aus. Und es roch nach Äther?«

»Wenn Sie´s sagen. Wie Krankenhaus halt. So medizinisch.«

»Bin wirklich gespannt, was die als Todesursache feststellen. - Und ihr seid nach der Tat alle ins Atesiahaus zum Feiern?«

»Ich nicht. Und Rolf auch nicht. Nur dir drei andern.« Ihm traten wieder Tränen in die Augen. »Den Andy hab ich seitdem nicht mehr gesehen.«

»Das mit deinem Freund tut mir leid. Es war aber auch eine mörderische Fahrweise, die ihn umgebracht hat. Du kommst jetzt mit uns und wirst alles noch einmal haarklein der Polizei erzählen. Dann unterschreibst du schön und kannst nach Hause..«

»Was soll ich denn noch?«

»Einfach nur deine Geschichte erzählen. Wenn du Glück hast, glauben sie dir sogar.«

Unterwegs rief ich wieder Tillmann Hauser an. Als Strafverteidiger war er jetzt genau der Richtige für Morten. Ich erklärte ihm die Sachlage und kündigte ihm Hannah in der nächsten Viertelstunde an. »Du verteilst ja ganz schön Nebenjobs«, spottete er, versprach aber, sich den Fall anzuhören. Vor seinem Büro in der *Briennerstraße* setzte ich sie ab.

Wenig später hörte sich Zischler die ganze Geschichte des Werner Schütz noch einmal an. Das Bandgerät lief mit und er machte sich zusätzliche Notizen. Ich gab ihm die Flugblätter. Auch Namen und Adressen der Mittäter wurden notiert.

»Würdest du den Mann bei einer Gegenüberstellung wieder erkennen?«

Werner zuckte mit den Schultern. »Kann schon sein. Dunkle Augen. Haare? Weiß ich gar nicht mehr. War nicht besonders groß. Bestimmt nicht größer als ich.«

Zischler schaute mich an. Er wusste eigentlich besser als ich, ob Morten Arvasohn groß oder klein war. Er lehnte sich zurück und verschränkte die Hände hinter dem Kopf. Ich nahm unwillkürlich die Gegenposition ein, lehnte mich vor und klemmte die Unterarme zwischen die Knie.

»Was meinen Sie?«, fragte ich.

»Dieser Arvasohn ist nicht gerade ein Riese. Doch richtig entlastend ist das für Ihren Mandanten ja auch nicht. Oder sag ich was Falsches?, würde der Chef sagen.«

»Stimmt schon«, gab ich zu. »Aber was ist mit den zwei Besuchern?«

»Solange wir sie nicht kennen, können wir nur ahnen, dass Herr Wallach vor Elf noch gelebt hat.«

»Und uns fragen«, ergänzte ich, »ob diese beiden nicht sogar die Mörder waren?«

»Die Frage kann man stellen.« Er betonte das kann.

Mit den Worten *Ich muss weiter machen,* erhob ich mich.

»Wir auch«, nickte Zischler.

Auch er war aufgestanden. Er gab mir die Hand und blickte dann auf Werner Schütz herunter. »Einsicht ist der erste Schritt zur Besserung. Ich weiß nicht, wie weit es bei dir reicht, doch wenn du willst, kann ich dir eine Adresse geben. Die helfen Leuten, die aussteigen wollen.«

Ich ging.

Hannah empfing mich einer leidenschaftlichen Umarmung und den Worten: »Du bist ja ein Held!« Da wusste ich, dass Till gequatscht hatte. Sie kuschelte sich in meinen Arm. »Erzähl mir´s noch mal. Du hast zig Menschen das Leben gerettet?«

Ich küsste ihr den Nacken. »Immer diese Übertreibungen. Kein Mensch kann die Zahl wissen. Außerdem riecht´s hier köstlich. Was ist das?«

Sie lachte: »*Eternity* von Calvin Klein!«

»Mit so viel Käse?«

»Ach das, das ist *Zucchiniauflauf.*« Sie lehnte sich in meinem Arm zurück und fuhr mir mit zwei Fingern sanft zwischen die Lippen. »Gibt´s nur gegen Larrys Heldensagen.«

Sie ließ nicht locker, sodass ich ihr erzählte, wie´s war, als ich mit Tommy und zwei Schutzpolizisten eine Festnahme in einem Apartmenthaus an der *Leopoldstraße* durchführen sollte, wie plötzlich der Gesuchte in seiner Küche vor uns steht und eine entsicherte Eierhandgranate in der Faust hält, wie er sich langsam an uns vorbei ins Treppenhaus schiebt, wie er plötzlich die Granate vor meine Füße wirft und die Treppe runter rennt, wie ich instinktiv das Ding nehme und zum Fenster springe, und wie mir gerade als ich es rauswerfen will, einfällt, dass unten ein Straßencafé in vollem Betrieb ist. »Ich packte also die Granate mit der Linken fest umklammert und hielt sie aus dem Fenster. Eng an die Wand gedrückt. An den Schmerz kann ich mich nicht erinnern. Nur an den Knall, den Staub und an Tommy, der mich zurückkriss, den blutenden Armstumpf sah und sofort mit dem Abbinden begann. Dann verlor ich kurz das Bewusstsein. Später lag ich auf einer Trage und hörte immer nur: Wahnsinn. Der Larry. Wahnsinn.«

»War ja auch Wahnsinn«, sagte sie.

»Was sollte ich denn machen? Mir blieb gar keine Wahl. Das Loch im Putz an der Häuserwand ist heute noch zu sehen.«

Hannah schaute mich lange an: »Und sonst ist nichts zurückgeblieben?«

Ich hob meine Prothese. »Es ist zwei Jahre her. Ich habe mich daran gewöhnt.«

Sie küsste mich, während sie mein Hemd aufknöpfte. »Oder wolltest du vorher essen?«

»Ich nehm´s, wie´s kommt«, sagte ich.

Sie stellte den Herd ab. Dann versank ich in ein köstliches Duftgemisch, bei dem *Eternity* sich immer mehr durchsetzte. »Um Drei kommt ein Mädel, mit der muss ich Schauspieler raus suchen«, warnte mich Hannah noch. Es war gerade erst Eins.

Als es dann klingelte, öffnete sie einer jungen Frau. Mit Karottenkopf, einem Glitzerding im Nasenloch und im Bauchnabel, der deshalb wohl freigelegt war. Sie gab Hannah ein Küsschen, lief an mir vorbei und sagte: »Hi, ich bin Susanne, die Regieassistentin vom Volker.« In einem Ton, als ob jeder wissen müsste, wer Volker ist und als ob sie hier Zuhause wäre.

Mir entfuhr nur ein verdutztes »Hi!«

Hannah folgte ihr ins Videozimmer an einen großen Tisch auf dem sie einen Stapel Bänder und Dutzende von

Fotos vorbereitet hatte. Alles Männer. Einige, glaubte ich sogar, zu erkennen.

Während ich meine Sachen zusammensuchte, hörte ich von nebenan: »Hier, den würde ich noch mitnehmen.«

»Klasse Typ, aber ist der nicht zu jung?«

»Sieht nur auf den Fotos so aus. Auf dem Video sieht man, wie der Fotograf geschönt hat. - Was ist mit dem?«

Susanne zeigte Begeisterung. »Den mag ich. Richtig sexy.«

Ich rief hinüber: »Wer entscheidet denn am Ende, ihr oder der Regisseur?«

Beide lachten laut auf. »Weder, noch«, erklärte Hannah. »Es sei denn der Regisseur ist sehr prominent und möglichst auch noch Produzent. Also dann kann er ziemlich viel entscheiden. Beim normalen Fernsehen schlage ich dem Regisseur vor, der schlägt dem Produzenten vor und der schlägt dem Sender vor. Und am Ende kann der Sender immer noch nein sagen, wenn er glaubt, das neue Gesicht oder die großartige Schauspielerin, auf die wir so stolz waren, bringe nicht genug Quote.«

»Verstehe. Deshalb sieht man immer die gleichen Typen.«

»Exakt!«, sagte Hannah.

In diesem Augenblick klingelte es wieder. Hannah winkte mir zu und ich ging zur Tür. Draußen stand ein Fahrradkurier. Er reichte mir einen Umschlag ohne Beschriftung und sagte: »Für Frau Braun, persönlich!«

»Bekommen Sie Geld?«

Er schüttelte den Kopf und war schon wieder unterwegs.

Ich brachte den Umschlag ins Zimmer.

»Mach ihn auf«, sagte Hannah, während sie weiter in einem Stapel Fotos blätterte. »Wahrscheinlich die Dispo! Hätten sie ja auch faxen können.«

Ich schlitzte den Umschlag auf und zog ein paar Zeitungsartikel und ein loses Blatt mit wenigen Zeichen heraus. Die Artikel waren, das sah ich sofort, Berichte vom Tod des alten Herrn, wie ich sie auch gelesen hatte. AZ und TZ traulich vereint. Hannahs Bild war in beiden Boulevardblättern mit rotem Filzstift eingerahmt. Ihr Name war unterstrichen. Das Blatt war mit Filzstift bemalt. Etwas kindlich, aber klar war zu erkennen: Eine Statue über einer Treppe. Ein Viereck mit den Buchstaben SOFTWARE. Eine Uhr. Eine durchgestrichene Pistole und - auch durchgestrichen - das Wort POLIZIA. Und dann noch größer das Wort CASUS.

Ich versuchte locker zu bleiben: »Ich weiß zwar nicht genau wie bei euch eine Dispo aussieht, aber das hier sieht eher nach einem Bilderrätsel aus.«

Ich legte Artikel und Blatt offen auf den Tisch. »Da kann einer kein Deutsch und will uns trotzdem etwas sagen. Hannah, jetzt haben sie dich gefunden.« Ich umarmte sie, doch sie löste sich und schüttelte den Kopf, als wollte sie einen bösen Traum verscheuchen.

»Können die denn nicht endlich Ruhe geben?«

Wir beugten uns alle drei über die rätselhafte Botschaft.

Susanne zeigte diesmal, dass ihr Köpfchen doch ein bisschen mit Inhalt gefüllt war: »Das ist der Friedensengel«, behauptete sie. »Die Uhr steht auf »6«. Was das ist, Casus, weiß ich nicht. Um sechs Uhr am Friedensengel. Keine Pistole. Keine Polizei. Mann, das ist krass. Geht ja in keinem Drehbuch besser. - Aber was soll´s bedeuten?«

Ich schaute auf meine Uhr, dann zu Hannah. »Wie Sie schon sagten, soll um sechs Uhr Casus am Friedensengel sein. Hannah erklärt ihnen später, was das heißt. Das wären noch gute zwei Stunden Zeit. Ich mach das. Du solltest die Polizei anrufen?«

Hannah fuhr sich mit dem Handrücken über die Stirn. »Es kommt mir immer mehr wie ein böser Traum vor. Was soll ich denen sagen?«

«Ruf Zischler an und erzähl ihm von der Botschaft. Er wird dir eine Streife schicken und sie abholen. Und sag ihm, ich kümmere mich. Warte aber noch, damit er mir am Friedensengel nicht dazwischen funkt.«

»Wie willst du so schnell an den Chip kommen?«

»Lass mal. Zwei Rückschlüsse darf man doch aus dieser Botschaft ziehen: Unser Gegner ist ziemlich naiv und er spricht kein Deutsch.«

»Larry, du darfst sie aber auch nicht unterschätzen.«

»Wie kommst du darauf, dass es mehrere sind?«

Sie konnte schon wieder lächeln: »Großer Detektiv, du hast so Recht!«

»Ts, ts, ts - hätte mein alter Chef gesagt.«

Die beiden wollten ihre Arbeit zu Ende zu machen und hier in der Wohnung bleiben, bis sie von mir hören. Susanne fand es natürlich echt geil und wäre am liebsten selbst zum Friedensengel.

Ich rief meinen Freund Florian an, der als freier Programmierer arbeitet und mir schon zu Polizistenzeiten mit seinem Computerwissen geholfen hat. Er hatte sich angewöhnt, ein halbes Jahr zu jobben und die andere Hälfte zu bummeln. Zur Urlaubs- und Oktoberfestzeit, die nur noch kurze Zeit entfernt war, weil es ja Mitte September beginnt, bummelte er am liebsten in München. Er war Zuhause. Sein Domizil war zum Glück in Haidhausen, also nicht am anderen Ende der Welt. Er hatte einen ehemaligen Tante-Emma-Laden gemietet. Onkel-Floris-Software-Laden stand jetzt quer über dem Schaufenster. Dahinter konnte man ihn wirken sehen. Sogar die alte Ladenklingel schepperte noch, als ich eintrat. Er kam mir entgegen. Wie immer groß, schlaksig, in Jeans und mit Jesuslatschen.

Wir schlugen uns freundschaftlich vor die Brust. »Mit deiner harten Linken ist das unfair«, lachte er.

Ich erklärte ihm mein Problem. Er überlegte.

»Wenn ich´s recht verstehe, brauchst du irgendeine Steckkarte oder so was, die was hermacht. Die auf den ersten Blick rätselhaft erscheint, die Zeit frisst, bis man hinter ihr Geheimnis gekommen ist?«

Ich war erleichtert. »Exakt das möchte ich von dir.«

Er grinste in Erwartung eines großen Vergnügens: »No problem. Ich werde dir einen Hexensabbat zusammenstellen.«

Er setzte sich auf einen Barhocker, hinter dem sich Rechner, Notebooks und Monitore türmten. Irgendwie schienen sie auch noch nach einem genialen Plan miteinander verkabelt zu sein.

»Ich hab da ein sehr lustiges Erotikspiel, also lustig für den, der´s mag. Um es vor unerlaubtem Zugriff zu schützen, haben die Programmierer sich allerhand Tücken einfallen lassen. Deshalb hab ich das Ding in meiner Sammlung, verstehste?«

»Klar«, sagte ich. »Versteh ich.«

Er nahm eine *CD-Rom* aus einem Etui und legte sie ins Laufwerk seines PC. Der Apparat fing an, leise zu summen.

»Der Witz ist, dass man zuerst gar nicht kapiert, was das für ein Programm ist. Kein *setup*, kein *install*, kein *Start*. Wenn man lange genug gefingert hat, friert das Programm ein - und wenn man jetzt, nach alter Gewohnheit, mit den drei Tasten *Strg/Alt/Entf* das Programm abbrechen will, geht´s erst los. Verstehste? Was bei anderen das Ende bedeutet, ist hier der Start. Toll, gell?«

Ich bestätigte, obwohl ich das Geniale nicht begriff. Wollte aber lange Erklärungen vermeiden. Heimlich oder sogar offen bewundere ich sowieso die Leute, die absolut sicher mit so einem Computer umgehen können. Persönlich kann ich immer nur dem Handbuch folgen. Und da das meistens sehr sparsam ist, bleiben meine Fälligkeiten auch beschränkt.

»So. Das Ganze jetzt auf einen USB-Sticker. Und dann schreib ich denen noch eine schöne Zeile rein: *This program needs* - wie heißt dein Programm, um das es da geht?«

»Casus!«

»*This program needs CASUS to run.* Ist das schön!« lobte er sich selbst. »Schade, dass man nicht dabei sein kann, wenn die dran rumpopeln. Denken, sie haben das große Geheimnis gelüftet - und haben nur nackte Weiber.« Er kam ins Grübeln. »Naja - is ja auch ein großes Geheimnis.«

Noch ein paar Tastengriffe. »Das war´s«, sagte er, zog den USB-Stick raus und überreichte ihn mir. »Damit können deine Freunde ein bisschen spielen. Honorar zahlst du auf der Wiesn - in Maß.«

»Klaro - hab ja ein Spesenkonto.«

»Solche Jobs liebe ich«, sagte er. »Mindestens zwei Maß!«

Ich versprach prompte Zahlung.

Was heißt *am Friedensengel*? Er steht als dominierendes Denkmal auf dem rechten Isarhochufer, krönt die Prinzregentenstraße, deren Fahrbahnen nach der Brücke in zwei großen Kurven die Steigung nehmen und dabei eine Terrassenanlage mit zweiläufiger Freitreppe und einem Brunnen mit Fontäne umarmen. Der vergoldete Engel selbst steht auf einer 23 Meter hohen korinthischen Säule, die sich aus einem Sockelbau mit Reliefs und Mosaiken erhebt. So steht´s im Reiseführer, aber kein Wort, wo man hier Post deponieren soll.

Ich parkte - verbotenerweise - oben auf dem Rondell, stieg aus und ging zur Brüstung am Ende der Treppen, von der aus man hinunter auf den Brunnen und die *Prinzregentenstraße* schauen konnte. Unten standen ein paar Touristen und versuchten, mit der Sonne im Rücken, Fontäne und Engel auf ein Bild zu bringen. Jetzt kriegen sie sogar noch einen Schnüffler dazu. Die Luft war dunstig vom Smog und flimmerte im Gegenlicht.

Zum letzten Mal stand ich mit Freund und Kollege Tommy Bandmann und seiner Frau an Sylvester dort unten, jenseits der *Isarbrücke* und schaute hoch zum Engel. Es ist ein beliebter Treffpunkt und Tausende Münchner schießen hier um Mitternacht ihre Raketen ab. Damals war ich gerade aus der Reha gekommen und wusste noch nicht, wie´s mit mir weitergehen sollte. Wir warteten gespannt auf meine Reaktion bei den ersten Krachern. Es ging gut. Und die Champagnerflasche konnte ich schon mit der Linken halten und rechts entkorken. Zum Jahreswechsel keimte Hoffnung auf einen Neubeginn - als Polizist.

Ich schaute auf die Uhr. Es war fünf Minuten vor der Zeit. Links kurvte der Verkehr nach oben, stadtauswärts, rechts rollten wesentlich weniger nach unten zur Innenstadt. Ich wartete. Deutlich sichtbar hielt ich einen Umschlag in der Hand.

Plötzlich hielt ein Radfahrer neben mir. Er hatte eine rote Basketballmütze mit der Aufschrift Fahrradkurier. »Haben Sie etwas für mich?«

Ich zeigte den Umschlag.

»Den soll ich abholen.«

»Und wohin?«

»Weiß ich selbst noch nicht. Zunächst zur *Tivolibrücke*, dann krieg ich über Handy weitere Befehle.«

Er nahm den Umschlag und radelte los.

»Halt! Moment!« brüllte ich. Doch da er sofort auf der Gefällstrecke war, hatte er im Nu ein Tempo, dem ich zu Fuß gar nicht erst folgen musste. Ich raste zu meinem Auto und bog in die Kurve talwärts ein. Ich sah gerade noch, wie der Kurier nach rechts in den Park bog, wo sich ein schmaler Rad- und Fußweg an der Isar hinzog. Ich war wieder einmal abgehängt. Mit der BMW wäre das nicht passiert. Eines Tages werde ich sie wieder fahren. Bis ich außen rum zur Tivolibrücke kam, war natürlich kein Kurier mehr zu sehen.

Ich fuhr auf einen Parkplatz, griff zum Handy und ließ mir die Nummer des Kurierdienstes geben. Nach meiner Beschreibung war man dort der Meinung, dass es sich nur um Norbert handeln könnte. Der Auftrag zum Friedensengel sei zwar von einer Kollegin ausgestellt, aber Norbert habe sich tatsächlich vor kurzem von der *Tivolibrücke* gemeldet. Er habe jetzt einen Auftrag zur *Franz-Josef-Straße*.

Geschickt. Das musste ich zugeben. Die neue Adresse lag jenseits des *Englischen Gartens* - ein Park, den ich mit dem Auto nicht durchqueren durfte. Immerhin fuhren Busse. Vielleicht hatte ich Glück. Ich parkte am Eingang beim *Chinesischen Turm*. Einen Moment überlegte ich sogar, mir von einem der vielen Radfahrer eins auszuborgen. Doch dann rannte ich zur Bushaltestelle, weil gerade ein 54er um die Ecke bog.

Wir waren fast am andern Ende, in der *Martiusstraße*, als ich meinen Kurier vor uns strampeln sah. Beim Überholen sah ich, dass er tatsächlich noch den Umschlag bei sich hatte. Ich stieg bei nächster Gelegenheit aus und wartete.

Als er mich erkannte, war es zu spät. Ich hatte ihn bereits fest am Arm gepackt.

»Wohin des Weges, guter Freund?«

Er schnaufte noch etwas, als er mir wortlos den Umschlag hinhielt. Es war ein Umschlag. Aber nicht meiner. Der neue war für das Restaurant *Adria*.

»Was ist passiert?«

Er holte noch einmal tief Luft, lüftete seine Kappe und berichtete in abgehackten Sätzen, dass er auf der *Tivolibrücke* von einem Volvo überholt worden sei. Aus einem Seitenfenster forderte man wortlos den Umschlag, gleichzeitig gab man ihm 50 Euro und diesen Umschlag. Dann raste der Wagen wieder los.

»Wo hat man dir denn den ersten Auftrag, den zum Friedensengel, gegeben?«

»Die Zentrale. Sie rief an, ich sollte Punkt sechs am Engel einen Umschlag abholen und damit zur *Tivolibrücke*. Eventuell kämen neue Anweisungen. Bezahlung bei Lieferung.«

Ich gab auf. Die Kerle waren wirklich nicht ungeschickt. Der Kurier strampelte wieder los.

Vielleicht spielen die nur so naiv. Das sah alles professioneller aus als das komische Bilderrätsel. Aber auch das hat ja seinen Zweck erfüllt. Vielleicht kommen die auch schneller hinter das schöne Täuschungsmanöver, das Florian für sie ausgedacht hat.

Enttäuscht kam ich zurück zu Hannah. Nachdem ich ausführlich meinen Misserfolg geschildert hatte, wurde mir von beiden Frauen bestätigt, dass ich keine Chance hatte. Ein schwacher Trost. Susanne machte sich auf. Sie nahm einen Stapel Umschläge mit, auf denen außen die Namen der Rollen standen. Drinnen waren wohl die Bilder der Schauspieler.

»Wusste gar nicht, wie spannend das wirkliche Leben sein kann«, sagte sie beim Abschiedsbusserln.

»Wenn Sie mal eine Geschichte brauchen.« Ich klang aber nicht überzeugend.

Dann waren wir allein. Ich erklärte Hannah, dass wir nur Zeit gewonnen hätten und noch längst nicht die Partie.

»Diese Nacht werden sie sich mit Florians Chip beschäftigen. Er hat mir versichert, dass auch gewiefte Experten daran knabbern, weil sie alle sehr vorsichtig an solche Sachen rangehen. Wahrscheinlich schicken sie das Ding sogar erst mit Kurier nach Hause. Wo sollen die denn hier in Deutschland ein Labor haben? Glaub ich einfach nicht. Dann hätten wir einige Tage gewonnen, bis die den Betrug gemerkt haben. Aber morgen müssen wir uns was überlegen ...«.

Sie gab sich weiter unerschrocken. »Was sollen die mir schon antun? Ich weiß doch nichts von SOFTWAL. Das müssen die doch auch merken.«

»Ich hoffe ja auch, dass Morten schnellstens raus kommt, damit du hier nicht noch Stellvertreter spielen musst.« Und damit sie gar nicht erst in dunkle Gedanken verfiel, fragte ich locker: »Wann gibt´s hier eigentlich mal Zucchiniauflauf? Ich hab ganz schön -.«

Sie verschloss mir den Mund. Nach einer wunderbaren Balgerei nahmen wir uns die Freiheit, den Zucchiniauflauf nur mit einem Handtuch um die Hüften zu uns zu nehmen.

Nachdem ich das niedergeschrieben hatte, musste ich noch lange darüber nachdenken, wie stolz wir damals auf die gewonnene Zeit waren - und wie sinnlos dann doch jedes Hinausschieben wurde. Was wäre denn geschehen, wenn das verdammte Ding gleich in die Hände der Gangster gefallen wäre? Hätte sich alles beschleunigt? Wäre der Fall vielleicht ein paar Tage früher aufgeklärt worden? Wenn ich ehrlich bin: nein. Erst die dramatische Zuspitzung führte dann auch zum Ende. Wir jedenfalls beschlossen am nächsten Tag, uns nach einem kleinen Hotel im Umland umzusehen und Hannah versprach mir, noch vorsichtiger zu sein.

Irmgard, die Sprechstundenhilfe, kommt herein. Sie sagt, dass es spät geworden ist. Ich kann jetzt nicht aufhören. Nur nicht mit diesen Erinnerungen in die Nacht gehen. Draußen beraten sie. Schließlich bringt man mir einen Schlüssel, mit dem ich die Tür zum Treppenhaus abschließen soll. Wenn ich fertig bin. Frau Doktor hat ausdrücklich gesagt, dass ich so lange bleiben kann, wie ich will. Ich will. Ich muss. Der Bericht über den Besuch bei Morten wird die Gefüllte wieder zähmen, klare Gedanken zulassen.

Tillmann Hauser, sein neuer Anwalt, kam an jenem Samstagmorgen direkt vom Termin in mein Büro. Das war so verabredet, denn ich wollte unbedingt den Reisebericht für die Anwältin fertigstellen.

Till warf seine Aktenmappe in einen Sessel und tigerte wütend auf und ab. »Bei Abwägung der Rechtsgüter«, ahmte er die Richterin nach, »Steht hier der Aufklärung eines Mordes die sehr hohe Verdunkelungs- und Fluchtgefahr entgegen. Der Antrag auf Haftentlassung wird deshalb abgewiesen.«

»Ich hab´s geahnt«, tröstete ich ihn.

»Blödsinn. Wer wird denn ein florierendes Unternehmen einfach im Stich lassen?«

»Das ist der Punkt: sein Know-how kann Morten Arvasohn überall auf der Welt erfolgreich nutzen. Er ist nicht an München oder Deutschland gebunden.«

»Du bist ja entzückend zu deinen Klienten.«

»Nur ehrlich. - Ich hab aber auch eine gute Nachricht: Noch heute Vormittag ist eine Gegenüberstellung mit Schütz. Muss gleich wieder hin. Und auch das endgültige Obduktionsergebnis wird heute noch erwartet. Außerdem habe ich dir eine Besuchserlaubnis besorgt. Halbzwölf in Stadelheim.«

Ich rief Hannah an. Natürlich kam sie mit.

Als Morten Arvasohn ins Besucherzimmer geführt wurde, machte er einen geknickten Eindruck. Orientalischer Typus. Ziemlich blass die Gesichtshaut. Man konnte eine dunklere Färbung nur ahnen. Ansonsten: schlank, sportlich, größer als Hannah, aber kleiner als ich. Fast schwarze Augen, die unruhig hin und her wanderten. Die Beschreibung des Jungnazi von dem Mann mit der Knarre passte wirklich in keiner Weise. Wieder ein Pluspunkt. Das wellige Haar, auch schwarz, war zurückgekämmt. Goldrandbrille. Sein Drei-Tage-Bart über Kinn und Wangen war keine Folge der Haft, sondern gepflegtes Outfit. Zusammen mit der scharf gezeichneten Nase wirkte er leicht verwegen.

Die Geschwister umarmten sich. »Langsam wird die Luft hier drinnen stickig«, sagte er tonlos. »Ich möchte raus.«

Hannah streichelte ihm die Wange. »Es kann nicht mehr lange dauern. Die Haftrichter arbeiten auch am Wochenende. Wird schon alles gut.«

Er schüttelte den Kopf und schien resigniert zu sein: »Da ist nichts mehr gut zu machen.«

Hannah stellte mich vor. Er musterte mich kühl, doch nicht unfreundlich. »Freut mich, dass Sie Hannah zur Seite stehen.«

Während wir uns die Besucherstühle zurechtrückten, blieb ich kühl: »Ich bin eigentlich engagiert, um Ihnen zu helfen.«

»Klar. War nicht so gemeint.«

»Wie war die Gegenüberstellung?«, fragte ich.

Er wurde lebhafter: »Negativ. Der Kerl konnte offensichtlich weder mich noch eine der Testpersonen, oder wie man die nennt, identifizieren.«

»Ist doch schon was.«

Er sah mich an. »Das Wichtigste: Wo haben Sie den Chip versteckt?«

Als ich den Kopf schüttelte, meinte ich, einen Schatten über seine Augen huschen zu sehen. Heute weiß ich, dass es nicht so war. Ein Blitzen vielleicht, kein Schatten.

Hannah sagte: »Keine Angst! Ich habe dir doch erzählt, dass er absolut sicher aufgehoben ist. Selbst ich weiß nicht, wo er steckt!«

Er sah mich fragend an.

»Ich kann das erklären«, fing ich etwas unbeholfen an: »Bei meinen ersten Recherchen stellte ich schnell fest, dass verschiedene Leute ausgesprochen scharf auf diesen *Golden-Key* sind. Es erschien mir also äußerst riskant, mit dem Ding herumzulaufen. Zu Recht, wie sich bald zeigte, denn sowohl Hannah als auch ich wurden verfolgt. Ich habe sie also verschwinden lassen. Unauffindbar - bis Sie wieder darüber verfügen können. Das ist sichergestellt. Keine Angst.«

Er lächelte. »Ich habe keine Angst. Es ist nicht so wichtig.«

Ich war leicht verärgert über seine coole Show. »Es sollte Sie immerhin von einer Mordanklage entlasten.«

»Wird schon werden. Sagt Ihr Anwalt auch.«

»Es ist Ihr Anwalt. Ich brauche keinen.«

Hannah vermittelte: »Wir wollen doch alle, dass du möglichst schnell wieder freikommst. Weißt du, dass wir jetzt einen Zeugen haben, der dabei war, als sie Oren in die Sauna gelegt haben?«

Er sah mich an: »Mein Anwalt hat mir die Geschichte erzählt«, betonte er frech. »Im Moment weiß ich gar nichts. Kann mir einfach nicht erklären, wer diese Nazis dazu gezwungen hat. Irgendjemand will SOFTWAL was anhängen. Oder mir«, fügte er nachdenklich hinzu.

»Was halten Sie eigentlich vom Mossad?«

Er schaute mich lange an. »Ich halte viel vom Mossad.«

»Die scheinen auch an dem Fall interessiert zu sein.«

»Die sind an allem interessiert - was Israel betrifft«, korrigierte er mich.

»Was ist mit Ihrem Justiziar?« Ich erzählte meine Begegnung mit dem Franzosen im Hotel.

Arvasohn wirkte nachdenklich, sagte aber dann: »Bin eingeweiht. Das geht in Ordnung. Verrat bei Hostiz können Sie ausschließen.«

»Wusstest du, dass er zu dieser rechten Verbindung gehört?« hakte Hannah nach.

»Der Mann ist doch die Korrektheit in Person. Kannst du dir vorstellen, dass Hostiz jemand mit einer Pistole bedroht?«

»Vielleicht ist die Bedrohung ja ein rechtes Märchen, was die Bande sich zusammen mit dem Alten Herrn ausgedacht hat.«

Arvasohn griff sich mit beiden Händen an die Brillenbügel und rückte sie zurecht. »Sein Eierkopf ist ja unter jeder Verkleidung nicht zu übersehen. Vergessen Sie´s!«

»Vielleicht sollte Hannah ihn einfach mal fragen, was er mit Lambert für Geschäfte macht?«

Er wurde unwillig: »Glaubt mir, wichtig ist, wer Oren in die Sauna geschafft hat. Wer konnte davon wissen? Von der Sauna meine ich.«

»Herr von Hostiz«, sagte ich ruhig.

»So kommen wir nicht weiter. Glauben Sie mir. Sie müssen woanders suchen.«

Ich wollte ihm glauben.

Er stand auf und umarmte Hannah: »Sei stark, Liebes. Bald ist es vorüber.«

Zu mir sagte er: »Machen Sie ruhig weiter, bis alle Hintergründe aufgedeckt sind.«

Wir standen wieder vor dem Gefängnistor. Hannah musste weiter zur CINEVISION. Ich wollte noch einmal zurück ins Büro, um endlich meinen Reisebericht fertigzustellen, und später nach Murnau in die Reha-Klinik zu meinem Professor, der das Zusammenspiel zwischen altem Arm und neuer Hand überprüfen wollte. Wir verabredeten uns für den Abend am *Staffelsee* und wollten das Wochenende dort verbringen.

121

Sie blieb an ihrem Auto stehen. »Morten schien mir ziemlich deprimiert.«

»Jedenfalls am Anfang unseres Gesprächs«, stimmte ich zu. »Später war er ja eher aggressiv.«

»Das mit Onkel Oren hat ihn mehr mitgenommen, als ich hoffte. Aber schließlich war er sein Mentor.«

»Apropos Mentor. Wie kommt er denn zu dem Namen Morten? Den kenn ich nur aus den *Buddenbrooks*.«

»Genau. Morten Schwarzkopf, der beinahe was mit Tony Buddenbrook gehabt hätte. Der stand auch Pate.« Sie lachte. »Ich bin dran schuld, denn gerade, als er sich eindeutschen wollte, las ich die Buddenbrooks.«

»Eindeutschen?«

»Ulkig, gell. Die deutschen Juden haben damals ihre Namen hebräisiert - kann man das sagen? Und nun kam Mordechai - so heißt er auf hebräisch - und will, nach ein paar Monaten hier in der Schule, deutscher klingen. Er wollte Martin oder so draus machen. Da hab ich ihm Morten vorgeschlagen.«

»Klingt doch gut«, lobte ich.

»Weißt du, was bei Thomas Mann steht?«

Ich musste passen.

»*Hübsch!* - Ich kann die Stelle fast auswendig, so oft habe ich sie Morten vorgelesen: Tony trifft da den jungen Studenten, bei dessen Eltern sie Ferien macht: Ich heiße Morten, sagt der und wurde ganz rot. - Morten? Das ist doch hübsch! Und als er unsicher war, sagte sie noch: hübscher, als wenn Sie Hinz oder Kunz hießen. Er erklärt dann, dass sein Großvater Norweger war und Morten hieß. - Was hab ich Morten damit aufgezogen, weil er ja auch so leicht rot wurde. Morten - hübscher, als wenn er Hinz oder Kunz hieße.«

»Bin ich ja fast verwandt mit ihm. Lars kommt auch aus dem Nordischen. Doch mein Vater war nur Austauschschüler in Dänemark. Lars hieß sein Freund dort.«

»Auch hübsch, die Geschichte.«

»Da hast du es mit Hannah ja einfacher gehabt.«

»Ich hab´s immer einfacher gehabt. Morten nimmt alles schwerer. Er hat seinen Wehrdienst sogar in Israel geleistet. Kam dann doch wieder zurück. Onkel Oren hat ihn dann etwas an die Kandare genommen. Trotzdem denke ich manchmal, er weiß heute noch nicht genau, wo er hingehört.«

»Ist ja auch verständlich - bei dieser ungewissen Herkunft.«

Ich nahm sie in den Arm. »Du gehörst jedenfalls im Moment zu mir.«

Sie löste sich nach einem langen Kuss. »Ich muss los. Heute Abend holen wir alles nach.«

Tillmann Hauser erreichte mich, bevor ich losfuhr: »Der Obduktionsbericht liegt vor. Eindeutig Herzversagen. Leichte Blutergüsse an den Oberarmen und in den Kniegelenken. Wird vom Medizinmann als typisch für unsachgemäßen - hat er wirklich geschrieben - unsachgemäßen Transport der Leiche zurückgeführt. Also, wie du es geahnt hast, die Sauna war nur dazu da, den Todeszeitpunkt zu vernebeln und dem Täter ein Alibi zu verschaffen. Als Zeitraum kann tatsächlich nur plus/minus drei Stunden angegeben werden. Also absolute Scheiße.«

»Oder gerade kein Alibi«, warf ich ein.

»Wie meinst du?«

»Wenn es gar kein Mord oder Totschlag war, sondern nur ein Vertuschen, bleibt auch nur die Fallentheorie übrig. Jemand wollte, dass unser Mandant verdächtigt wird.«

»*Quod erat demonstrantum!*«, sagte Till. »Ich rufe den Staatsanwalt an. Die Leiche ist übrigens freigegeben. Die Beisetzung kann terminiert werden.«

»Danke, Till. Ich melde mich, wenn ich mehr weiß.«

Vom Büro aus wählte ich Zischler an. Er war nicht da. Klar. Samstag Nachmittag. Sein Assi konnte nichts sagen. Langsam wurde ich ungeduldig. Bereits über eine Woche vergangen und nur ein klitzekleiner Fortschritt - wenn ich von meiner Liebesbeziehung absehe. Schließlich spendete ich mir selber Trost mit der Einsicht, dass es zu meiner Zeit bei der Kripo meistens auch nicht schneller ging.

Also zurück zum Fall Haller. Bei der Kontobezeichnung kam ich noch einmal ins Grübeln. Anaïd. Das klang nach Orient. Weiblicher Vorname. - Ob Ritzers Frau so hieß?

Ich rief Dr. Haller an.

»Nö. Die Dame hatte - wat heißt hatte - den hat se ja immer noch: Nen janz treudeutschen Vornamen. Gleich hab ich´s. Waltraud. Waltraud Ritzer. Er rief immer Trudel. Meine Frau hat noch -.«

»Moment mal«, unterbrach ich. »Ich werd verrückt!«

Das Blatt aus Monte Carlo, auf dem Monsieur Marrimé mir diese dubiose Kontobezeichnung aufgeschrieben hatte, spiegelte sich, leicht gewölbt, in dem chromglänzenden Fuß meiner Schreibtischlampe.

»Tschuldigung, Herr Dr. Haller, aber ich habe etwas Unglaubliches entdeckt.«

»Nun spannen Sie mich mal nicht so auf die Folter.« Er sprach plötzlich hochdeutsch.

»Wissen Sie, was raus kommt, wenn man 22-ANAĪD rückwärts liest?«

»Nun sagen Se schon!«

»DIANA-22. Ganz klar. Nur der Akzent auf dem I hat uns verwirrt.«

Dr. Haller schnaufte. »Jetzt werd ich verrückt. Ritzer wohnt *Dianastraße* 22. Ich hab doch gesagt, er ist mein Nachbar. Ich wohne 24 er in 22.«

»Das ist wirklich der Hammer. Jetzt können wir Ritzers Verbindung zu dem Konto eindeutig beweisen. Da glaubt kein Richter mehr an Zufall. Selbst wenn er vier Anaïds aus dem Hut zaubert.«

Nachdem wir noch ein bisschen im Siegesrausch geschwelgt hatten, rief ich auch Frau Dr. Hellwig an. Bei ihr lief das Band. Ich bat um Rückruf. Diese Neuigkeit wollte ich ihr direkt übermitteln.

Danach war Felix bei der *Süddeutschen* dran. Er machte sich eifrig Notizen.

»Du, das bringe ich groß raus. Mit deinem Namen. Münchner Detektiv sichert Millionen. Das wird die beste PR für dich. Und verdient!«

»Danke, danke - aber warte noch, bis die Zugriff haben!«

Auch mein Bericht wurde noch fertig, bevor sich Hannah meldete. Sie konnte nun doch nicht nach Murnau. Musste sich um die Beerdigung kümmern, die bereits für Montag angesetzt war. Nach jüdischem Brauch muss es sehr schnell gehen. Es war ihr unmöglich zu warten. Und ich musste einsehen, dass es auch noch ein Leben ohne mich gab.

»Macht nichts«, gab ich nach. »Das Wetter ist eh nichts für Bootsfahrten. Ich komm dann auch zurück.«

6

Heute früh hat mich Irmgard geweckt. Ich war über meinem Schreibblock am Tisch eingeschlafen, obwohl eine Ärzteliege an der Wand steht. Sie bot mir einen Kaffee an, empfahl aber, die Straße runter in ein kleines Café zu gehen, das jetzt schon auf habe. Dort bekäme ich richtiges Frühstück. Ich folgte dem Rat, knabberte lustlos an einer Laugenbrezel, nahm noch einen Kaffee und kam dann schnell zurück. Das permanente Weihnachtsgedudel ging mir ziemlich an die Nerven. Weiter also im Text:

Der Mossad. Was wusste ich über diesen Geheimdienst? Unerbittlicher Verfolger. Gnadenlos, wenn es um Israels Feinde geht. Was man halt so weiß. Ich schaute ins Internet: "Seit 1963 hat der Dienst die alleinige Befugnis zur Agentenführung im Ausland. Er verfügt über Auslandsresidenturen, die sowohl unter diplomatischem Schutz stehen als auch geheim sein können. Wichtig ist auch der Austausch mit befreundeten ausländischen Diensten, so auch dem deutschen BND. Anders als die deutschen Nachrichtendienste aber, denen solche Vorgehensweisen ausdrücklich untersagt sind, arbeitet der Mossad auch mit Mitteln der Sabotage, verdeckter und psychologischer Kriegsführung und u.U. mit Tötungskommandos, wie einige bekannt gewordene Fälle der letzten Jahrzehnte belegen. Die für solche Spezialoperationen zuständige Abteilung ist die *Metsada*. Die absolute Geheimhaltung war schon immer ein Markenzeichen dieses wohl bekanntesten israelischen Dienstes: Bis 1996 war selbst der Name des Leiters Staatsgeheimnis." So also die offiziöse Darstellung.

War vielleicht solch ein Tötungskommando hier in München unterwegs? Wie kommt man an diese Agenten heran?, habe ich mich damals gefragt. Und einen genialen Plan entwickelt. Dachte ich wenigstens.

Hannah war etwas erstaunt, dass ich nicht auf die Beerdigung kommen würde, sah dann aber meine Gründe ein. Stattdessen saß ich bei Joe im Taxi etwa fünfzig Meter in der *Grafinger Straße*, jenseits der *Domagkstraße*. So hatte ich die Zufahrt zum Friedhof, die gegenüber abzweigte, gut im Blick. Ich hatte den Volvo bereits hinfahren sehen, jetzt wartete ich auf seine Rückkehr. Er kam als erster. Zwei Silhouetten zeichneten sich ab. Wahrscheinlich haben sie registriert, dass mein Wagen, den sie ja kannten, nicht dabei war. Ich gab Joe das Zeichen. Unser Taxi fuhr langsam auf die Kreuzung zu, während sich der Volvo von der anderen Seite näherte. Er blinkte nach links. Wir folgten. Ein VW-Bus schob sich zwischen uns. Mir war es recht. Nächste Kreuzung ging´s stadteinwärts. Plötzlich blinkte der Volvo rechts. *Ungererbad* stand auf einem Hinweisschild.

»Das Wetter ist ja herrlich, aber baden wollen die Herren doch kaum?«

Joe wusste es besser. »Tippe auf *Marriott*.« Tatsächlich fuhren die Agenten in die Auffahrt des noblen Hotels. Ein Bell-Boy sprang heraus, riss den Schlag auf und übernahm dann den Wagen, um ihn in die Tiefgarage zu fahren. Ich wartete bei Joe, bis die beiden wohl im Aufzug verschwunden waren, und betrat dann die Lobby. Den Concierge kannte ich nicht. Ich stellte mich hinter einen Postkartenständer und beobachte. Der Bell-Boy kam zurück, legte den Wagenschlüssel auf den Tresen und sagte »Zu 441!«.

Ich ging zum Fahrstuhl und fuhr nach oben. Vor Zimmer 441 zog ich meine Pistole. Konzentrieren. Die nächsten fünf Schritte noch einmal im Kopf durch gehen. Eins, zwei, drei. Ohne anzuklopfen, riss ich die Tür auf und sprang in den Raum, die Waffe im Anschlag. »Hands up!« Langsam hatte ich darin wieder Routine.

Auch Agenten lassen sich überraschen. Der eine warf sich zwar noch hinter die Couch, sein Kollege war nicht schnell genug. Er riss die Arme hoch.

»Sprechen Sie deutsch?«

Achselzucken. Ich winkte mit dem Pistolenlauf: »Er soll hochkommen. Wir wollen hier keinen Western drehen, sondern reden. Okay?«

»Okay! Nix Deutsch.«

Der andere tauchte auf. Zwei relativ junge, schlanke Männer. Fast zierlich. Scharfe Züge. Dunkle Haare. Der eine hatte zusammengewachsene Brauen über dem Nasenrücken. Ich winkte beide auf die Couch. Merkwürdig, dass der Mossad zwei Agenten nach Deutschland schickt, die nicht einmal die Sprache verstehen. Spätestens hier hätte ich verstehen müssen.

Ich hielt meine Pistole hoch. »Can I take this away?«

Sie nickten.

»Well - I´m clear, that you hav´nt killed the old man. You were at the place, while I was there. And you will be clear, that also Mr. Arvason wasn´t it. But who have done it? That´s the question.«

Sie sahen sich an. Überlegten wohl, was sie mir anvertrauen konnten und was nicht. Was dann geschah, konnte ich später nur mühsam rekonstruieren: Ein Messer flog auf mich zu. Ich warf mich zur Seite, doch einer der Kerle begrub mich bereits unter sich. Ich fühlte einen Schlag an die Schläfe. Dann nichts mehr.

Mein Schädel dröhnte. Meine Arme schmerzten, weil sie auf dem Rücken gefesselt waren. Ich lag seitwärts im Dunkeln. Schon wieder reingelegt worden. Larry, Larry, du musst dich ändern. Hast nicht mehr die polizeiliche Immunität, die dich früher relativ unantastbar gemacht hat. Ein greller Schein fiel durch den Türspalt. »Hier ist er!« hörte ich. Augen und Ohren funktionierten also. Die Tür ging ganz auf. Ich erkannte Joe und Tommy Bandmann.

Als es Joe zu lange gedauert hatte, war er zur Rezeption gegangen. Dort waren weder ein noch zwei Israeli registriert. Dafür aber zwei Iraner - und die hatten just vor dreißig Minuten gezahlt und das Hotel verlassen. Das war für Joe Grund genug, Bandmann zu alarmieren.

Als sie meine Fesseln lösten, grinste Bandmann. »Interessanter Fall: Du warst also hinter zwei Mossad-Agenten her, die gar keine waren. Dabei hatte ich dich gewarnt.«

Ich konnte schon wieder scherzen: »Eben. Du hast mich auf eine falsche Spur gelockt. Doch jetzt kommt Licht ins Dunkel.«

»Verwechselst du das auch nicht mit dem Flurlicht?«

»Tommy, hör zu: Du musst die zwei Iraner zur Fahndung ausschreiben. Sie waren hinter mir her, vielmehr hinter dem Code-Stick. Wahrscheinlich haben sie auch mit dem Tod des alten Mannes zu tun.«

»Klingt interessant. Ich werde Zischler Bescheid sagen. Aber bist du in Ordnung?«

»Völlig. Bis auf den Schädel. Da brummt´s.«

Er konnte es nicht lassen: »Solltest dir vielleicht einen weniger riskanten Job suchen.«

»Einer muss doch etwas tun. Zischler will doch die Sache nur aussitzen.« Ich hatte meinen Humor noch nicht zurück gewonnen.

»Also gut. Willst du Anzeige erstatten?«

«Quatsch. Du musst dir beim Concierge Namen und Personenbeschreibung geben lassen. Ein paar Einzelheiten kann ich auch beitragen.«

»Jetzt mal langsam, Larry. Hat man dir´s so auf die Birne gegeben, dass du glaubst, ein gestandener Kriminalhauptkommissar wüsste nicht, was zu tun ist?«

»Entschuldige, Tommy. War nicht so gemeint. Bin wirklich ein bisschen bekloppt. - Und danke, Joe, für deine Hilfe.«

»War doch so besprochen, Kumpel.«

Nachdem Bandmann den Concierge noch einmal eindringlich befragt hat, rief er bei Zischler an und riet zur Fahndung.

Joe und ich mussten dann selbst noch hin und unsere Aussage machen. An meinem Büro machte ich kurz Halt. Frau Dr. Hellwig hatte versucht, mich zu erreichen.

Sie reagierte über meine Entdeckung des Kontonamens genau so euphorisch wie Dr. Haller und ich: »Damit haben wir doch das wichtigste Glied in der Kette. Toll!«

Dann erzählte sie: »Der Staatsanwalt hat noch am Donnerstag beim Justizministerium Amtshilfe beantragt, um das Konto in Jersey zu sperren. Es wird ein bisschen schwierig, weil Jersey zwar zum *United Kingdom* gehört, doch steuerlich autark ist und seit Jahren auf der Liste der schwarzen Schafe steht. Wir sind schon zum ersten Arbeitsgespräch verabredet. Sie kennen das ja: was weiß die, was weiß der?«

Ich kannte das und wir wünschten uns weiter viel Erfolg.

Ich fuhr zur Totenfeier. Hannah hatte mir erklärt, dass sie nach deutschem Brauch einen Leichenschmaus in einem Lokal in der Nähe organisieren würde. »Seine Bekannten und Freunde sollen sich unbeschwert an ihn erinnern und nicht durch irgendwelche Riten irritiert werden. Außerdem bin ich mir der jüdischen Bräuche gar nicht mehr sicher.«

Ich erzählte kurz von meinem Misserfolg mit dem Mossad, dann war wieder Oren mit seinen Meriten und Marotten das Hauptthema. Hannah wollte in dieser Nacht allein bleiben. »Verstehst du das, Larry? Das hat nichts mit dir zu tun. Aber ich möchte mich einfach auf mich und meine Erinnerungen besinnen. Und morgen habe ich einen anstrengenden Vormittag bei der CINEVISION: Sei nicht böse!«

Ich war nicht böse. Lieferte sie brav in ihrer Wohnung ab und wollte nach Hause, rief dann aber doch Tommy an, um noch gemeinsam ein Bierchen zu schlucken. Wir verabredeten uns in einer der letzten echten Kneipen Schwabings. Trotz Rauchverbot verräuchert, verlebt, verschmuddelt. Aber gemütlich und ohne Touristen. Ich stellte den Wagen bei mir Zuhause ab und nahm ein Taxi.

Tommy wartete schon. Wir kamen richtig ins Tratschen. Über den und die und dies und das. Über den Mossad und die Iraner, die wohl doch durch das Fahndungsnetz geschlüpft waren. Doch je mehr Bier ich intus hatte, desto mehr erzählte ich dann von meiner neuen Beziehung.

Zum Abschied umarmte mich Tommy und sagte: »Mein armer, armer Larry!«

Da verstand ich gar nichts mehr.

Bis eben war Frau Doktor Dorer bei mir. Wahrscheinlich wollte sie nach der vergangenen Nacht ausloten, ob ich die Kraft habe, weiter zu machen. »Sie haben etwas verschwiegen«, sagte sie freundlich.« Weil es nur einen Stuhl gab, setzte sie sich mit meinen Aufzeichnungen auf die Liege. »Am Samstag sind Sie nach Murnau gefahren. Am Montag war die Beerdigung. Den Sonntag haben Sie völlig übergangen. Was ist passiert?«

Was ist am Sonntag passiert? Nichts ist passiert. Vielleicht wollte ich nicht daran erinnert werden. Hannah rief ständig Leute an, wegen der Beerdigung. Endlich gab sie meinem Betteln nach und wir sind noch raus gegangen. Glücklich spazierten wir durch den Englischen Garten. Dann, bei einem Weißbier, sagte Hannah: »Am 21. August, rate, was da ist?«

»Sieben Tage vor Goethes zweihundertpaarundsechzigstem Geburtstag!«

Sie lachte: »Ewiger Literaturstudent. Noch mal darfst du raten.«

»Der 233. Tag des Gregorianischen Kalenders oder acht Tage und fünfzig Jahre nach dem Bau der Berliner Mauer.«

»Ich geb´s auf. Du musst nicht mehr raten: Wir haben gestern bei der CINEVISION beschlossen, dass deine Hannah am 21. August in New York landet. Natürlich immer vorausgesetzt, dass Morten dann wieder ein freier Mann ist.«

131

Obwohl ich damit rechnen musste, war ich doch betroffen von der plötzlichen Erkenntnis des Abschieds. Nur noch zwei Wochen. Trotzdem sagte ich, so locker es ging: »Solange Morten sitzt, ist für mich also alles gut. Du zwingst mich ja damit, gegen meinen Auftrag zu handeln.«

Ich nahm einen großen Schluck aus dem Glas. Sie fuhr mir mit den Fingerspitzen über die Lippen und streifte den Schaum ab. Dann kam der Satz: »Komm doch einfach mit. Wenn du unseren Fall gelöst hast, kannst du doch dein Büro mal vierzehn Tage dichtmachen. Den andern hast du doch auch schon ziemlich klar. Du bist doch Freiberufler.«

Und ich habe nein gesagt. Habe alle möglichen Gründe aufgezählt: Gerade erst angefangen. Noch nicht etabliert. Bei den ehemaligen Kollegen noch präsent. Im Fall Haller konnte ich nicht einfach verschwinden.

Ich sah zur Frau Doktor hinüber: »Es waren wirklich stichhaltige Argumente. Keine Ausreden. Und doch frage ich mich immer wieder. Was wäre geschehen, wenn ich wirklich mit geflogen wäre? Was hätte ich verhindern können?«

Sie stand auf und streichelte mir über die Haare. »Das einzige, was ich sicher sagen kann, dass Sie dann nicht hier sitzen würden!«

Sie ging jetzt im Zimmer auf und ab. »Als Studentin erlebte ich einmal eine Dichterlesung des jungen Günter Grass. Davon blieb mir ein kleines Gedicht haften. Das geht ungefähr so: Als ich gestern ans Paris zurückkam, fand ich auf meinem Schreibtisch meinen Aschenbecher. Ungeleert. - So etwas läßt sich nicht nachholen. Ich finde das immer noch eine kluge Erkenntnis. Denken Sie einmal darüber nach.«

Ich habe darüber nachgedacht. Aber es brachte mir keine Befreiung. Höchstens die Einsicht, dass man auch über Geistesblitze von Nobelpreisträgern nicht ewig nachdenken soll.

Als sie dann kamen, war ich doch überrascht. Ich saß am Morgen nach dem Besäufnis wieder in meinem Büro. Heftiges Joggen, ein Aspirin und viel Kaffee hatten mich einigermaßen fit gemacht. Trotzdem störte mich das Geräusch der Eingangsklingel. Unangemeldeter Besuch. Im Spion war noch niemand zu sehen, doch der Fahrstuhl summte. Zwei unbekannte Männer stiegen aus, blickten sich suchend um, kamen dann den Flur entlang. Beide Ende dreißig. Beide nur in Jeans und blau-weiß gestreiften Hemden. Offener Kragen, aufgekrempelte Ärmel. Sie wirkten wie Touristen. Neugierig, entspannt, zufrieden. Völlig undramatisch. Ich öffnete.

»Lars Urbach - suchen Sie mich?«

»Suchen ist das falsche Wort. Besuchen - wir möchten Sie besuchen, weil wir hörten, dass Sie uns suchen.«

Aha, ein Witzbold. Und das am frühen Morgen. Ich machte eine einladende Handbewegung: »Aus Israel - nehme ich an? *Schalom Metsada!*«

Er lächelte etwas gequält. »Jedenfalls haben wir die Staatsbürgerschaft. Joel Reichmann - und mein Kollege heißt Benny Cohn. Er spricht wenig Deutsch. Wir sollten trotzdem einmal miteinander reden.«

»Ich bin schon einmal mit Mossad-Agenten reingefallen, die wenig Deutsch sprachen.«

Er grinste unverschämt und zückte einen israelischen Pass: »Überzeugt?«

»Nehmen sie Platz. Nehmen sie einen Espresso? Und nehmen sie das Wort.«

Sie setzten sich, während ich die Maschine in Gang setzte.

»Oren Wallach stand natürlich ständig mit uns in Verbindung.«

»Natürlich?«

»Es ist für einen Israeli in der Tat natürlich, seinem Staat zur Verfügung zu stehen.«

»Dem Staat Israel oder einem jüdischen Staat?«, fragte ich provozierend. Dabei konnten die beiden wirklich nichts für meine Reizbarkeit. Es war die Panne im Hotel und der Kater.

»Sie haben recht«, sagte er ruhig. »Das Problem haben wir bis heute nicht gelöst.«

Ich wechselte das Thema. »Also Herr Wallach hat für den Mossad gearbeitet?«

»Direkt nicht. Aber er nahm Rücksicht auf unsere Interessen. Fragte bei kritischen Kunden, ob wir einverstanden sind, wenn er ihnen seine Produkte liefert.«

»Auf gut deutsch: Die Feinde Israels waren auch seine Feinde?«

Er verzog sein Gesicht, als ob er Zahnschmerzen hätte. »Jedenfalls nicht seine Freunde. Er verhielt sich loyal, würden Sie wohl sagen.«

Der andere saß daneben mit einem Gesicht, das man ein klassisches Pokerface nennen konnte. Als ich den Espresso servierte, nickte er nur kurz. Sie nahmen beide viel Zucker. Ich ließ ihnen Zeit.

»Ist das alles nicht ein bisschen kleinkariert? Böse Buben kriegen unser Spielzeug nicht?« fing ich wieder an.

Er stand auf und ging im Raum auf und ab, schaute dann mit auf dem Rücken verschränkten Armen aus dem Fenster. Ich dachte schon, er sei beleidigt, als er sich umdrehte und eine kleine Rede an seinen unbelehrbaren Schüler begann: »Israelis und Palästinenser bekämpfen sich nicht nur mit Granaten oder Steinen. Auch im Internet tobt der Krieg.«

»Das wissen wir ja seit der NSA-Affäre«, warf ich ein.

»Ach, Peanuts!«, Er hob jetzt beschwörend den Zeigefinger: »Nicht nur die Homepages der Knesset oder des israelischen Premierministers wurden bereits Opfer virtueller Attacken. Auch Server werden lahm gelegt, Webseiten gecrackt und Chatrooms angegriffen. Auf einer Pro-Palästinensischen Webseite werden Viren zum Einsatz gegen Israel angeboten. Bisher hat allerdings noch keine Partei zu derartigen Mitteln gegriffen«, beruhigte er sich selbst wieder. Er rammte beide Hände in die Hosentaschen.

»Was hat das aber mit SOFTWAL zu tun?«

Er schaute mich an und sein Blick fragte, ob ich das wirklich nicht verstehe? »Nicht nur die Deutschen kennen das Wort Wissen ist Macht! Und hier geht´s um Wissen. Ich kann nur eine Software angreifen, deren Struktur ich erkenne. Wenn also unsere Feinde CASUS verstehen lernen, können sie vielleicht auch einmal lernen, das System zu knacken.«

»Mir hat man gesagt, das sei schier unmöglich?«

Er zuckte die Achseln. »Vielleicht ist knacken nicht das richtige Wort. Aber bei einem Einsatz von Viren oder Trojanischen Pferden wären dann erhebliche Verluste nicht mehr auszuschließen. Eine besonders aktive muslimische Extremistenorganisation drohte vor Kurzem in diese Richtung. Auf ihrer Homepage fand sich der Hinweis auf Phase vier des Cyberwar gegen Israel.«

»Das Internet also nicht als internationales Informationsmedium, sondern als Waffe.«

»Sie sagen es.«

Der Polizist in mir erwachte: »Und was sagen die internationalen Gesetze dazu?«

Er zog seine Hände wieder hervor und zeigte mir seine leeren Handflächen. »Die völkerrechtlichen Grundlagen für die Bewertung eines Cyberwar sind höchst unterschiedlich. So sind - damit Sie mal sehen, in welche Dimensionen das führt - sämtliche Einwirkungen auf Funkverbindungen aufgrund Internationaler Verträge unzulässig. Weil aber Spionage völkerrechtlich nicht geregelt ist, ist auch das bloße Anzapfen fremder Daten- und Informationssysteme mit einem Computer nicht verboten. Das ist halt nur Spionage.«

»Da braucht man also eine ganz neue Form der Spionageabwehr.«

Jetzt lächelte er wieder ob meines schnellen Verstehens. »Genau das ist es. Begrenzen sich die Handlungen im Cyberwar auf Störung oder Ausschaltung der Informationssysteme, darf leider noch nicht mit Waffengewalt vorgegangen werden.«

Er hob wieder beide Hände, wie jemand der seine Unschuld beteuert: »Die internationalen Spielregeln sind da etwas hinter der Zeit. Deshalb sitzen aber bereits Wissenschaftler, Geheimdienste und Militärs in vielen Staaten zusammen, um sich mit den Bedrohungen des Cyberwar zu befassen. In den USA werden schon Kurse an den Militärakademien zu diesem Thema angeboten. Auch China, Frankreich, Indien und Russland beschäftigen sich intensiv mit dieser Form der Kriegsführung.«

»Und Israel natürlich auch?«

»Und wir natürlich auch«, sagte er ohne Selbstironie und setzte sich wieder hin. Ich verstand es als Zeichen, dass das Thema beendet war. Ich deutete fragend auf die leeren Espressotassen, doch sie winkten ab.

»Und was gab es für Schwierigkeiten?« fing ich wieder an.

Er schaute jetzt auf seine Schuhspitzen, hob sie an und ließ sie wieder auf den Boden sinken. »Indirekte. Das heißt, ein Franzose tauchte als potenzieller Käufer auf. Ein bekannter Global-Player, der überall mitmischt, wo das Big-Money zu holen ist. Wir fanden bald heraus, dass er diesmal als Strohmann für einen besonders aparten Kunden fungierte. Sie hatten bereits das Vergnügen.«

»Die Iraner? - Oh. Schlimmer geht´s nimmer. Und der Franzose heißt Monsieur Lambert!«

»Korrekt. Wir schickten also unsere Warnung los. Das Problem war nur, dass wir keine Beweise liefern konnten. Offiziell kaufte er für eine *Pacific-Australian-Bank* mit Sitz irgendwo zwischen Polynesien und Melanesien. Also dort, wo das viele schmutzige Geld weiß gewaschen wird oder endgültig versickert. Logisch, dass die gute Software zum Verschlüsseln brauchen. Doch wir konnten die Spuren der Hintermänner verfolgen - bis zum Iran. Es gab aber Meinungs-Verschiedenheiten zwischen Herrn Wallach und seinem designierten Nachfolger, der von Herrn von Hostiz unterstützt wurde. Schließlich ging es um viel Geld. Die beiden wollten hieb- und stichfeste Beweise. Und die sind in diesem Milieu schwer zu beschaffen.«

»Also halfen Sie ein bisschen nach?«

Er schaute zum ersten Mal mit großem Ernst. »Es wurde kriminell. Lambert informierte seine Auftraggeber. Die schickten wohl ein Rollkommando los. Sie sollten nach unseren Erkenntnissen Oren Wallach einschüchtern. Wahrscheinlich wollten sie ihn sogar als Geisel entführen. Jedenfalls brach der alte Herr während des Besuchs tot zusammen. Bevor sie aber das Haus auf den Kopf stellen konnten, waren wir zur Stelle. Leider sind sie entwischt.«

»Also auch der Mossad macht Felder«, sagte ich süffisant.

»Hauptsache, wir geben immer unser Bestes«, kam es zurück.

»Einer der rechten Typen sagte aus, dass es nach Klinik gerochen habe?«

Er nickte. »Äther! Deshalb glauben wir an Entführung.«

»Und wer hat dann die Leiche manipuliert?«

Sein Gesicht wurde eine starre Maske: »Für das, was ich Ihnen jetzt sage, werden Sie niemals einen Zeugen haben: Wir waren es. Dabei kamen uns diese rechten Idioten gerade recht. Wir zwangen sie, den Leichnam in die Sauna zu bringen.«

»Warum das?« Meine Begriffsstutzigkeit war nicht gespielt.

»Wir wollten tatsächlich Morten für eine Weile aus dem Verkehr ziehen.«

»Ihr geht ja wirklich über Leichen.«

Seine Züge lockerten sich wieder. »Schließlich lauerte Lambert *ante portas*. Zusammen mit von Hostiz hätten die vielleicht gleich nach der Beerdigung und noch vor dem Urlaub das Geschäft gemacht. Wir brauchten Zeit, um die Zusammenhänge deutlich zu machen. Wenn Sie eine Situation nicht mehr im Griff haben, gilt nur eine Regel: so viel Verwirrung wie möglich, damit auch ihre Gegner die Übersicht verlieren.«

»Das ist Ihnen ja auch gelungen!«

Er nickte. »Jetzt wollen wir aber langsam wieder an die Schalthebel.«

»Wieso sprachen die Nazibengel nur von einem Vermummten?«

»Wie gesagt, so viel Verwirrung wie möglich.«

»Woher kannten Sie die Verhältnisse dort so gut?«

Fast mitleidig sagte er: »Herr Detektiv! Wir haben natürlich das Haus schon mehrmals auf Wanzen und ähnliches Spielzeug untersucht.«

»Was machten Sie denn am Tatort, als ich dort war?«

»Wieder falsch. Auch das waren Ihre Freunde, die Iraner. Sie sind übrigens gestern noch mit dem Auto nach Wien und dann mit dem Flieger nach Teheran. Als sie merkten, dass nichts läuft, wollten sie unbedingt an den Code-Stick ran, um die Firma zu erpressen.«

Ich überlegte. »Dann ist der ganze Fall also wirklich kein Mordfall, sondern lediglich Nötigung oder versuchter Raub mit Todesfolge?«

»So könnten es die Juristen nennen.«

»Mein Auftrag lautet, Beweise für Morten Arvasohn Unschuld zu beschaffen. Würden Sie mitkommen und bei der deutschen Polizei eine Aussage machen?«

Er schaute mich ganz freundlich an: »Bedaure! Wir wollen stets jedes Aufsehen oder gar internationale Verwicklungen vermeiden.«

Ich tat empört: »Wollen Sie nicht einen israelischen Staatsbürger aus deutscher U-Haft befreien?«

Jetzt lächelte er boshaft. »Wenn er in Israel sitzen würde, hätte ich Bedenken. In Deutschland sollen die Verhältnisse doch sehr erträglich sein.«

»Warum erzählen Sie mir das alles?«

»Damit Sie Ihre werte Aufmerksamkeit einzig und allein auf Frau Braun konzentrieren. Sie hat es verdient. Am besten, Sie verreisen mit ihr eine Weile. Je weniger Figuren im Spiel sind, desto klarer wird die Partie. Arvasohn wird bald frei sein. Wir behalten ihn weiter im Auge. Im Übrigen können Sie die deutsche Polizei ruhig machen lassen. Die sind ganz tüchtig«, setzte er noch gönnerhaft drauf.

Ich stand auf. Mit mir erhob sich der große Schweiger mit dem Pokerface. Er ging zu meinem Regalschrank, machte die Tür auf und betrachtete die dort installierte Anlage.

»Nur eine Vorsichtsmaßnahme«, sagte der Wortführer. Der andere nahm meinen Recorder aus dem Schrank, drückte einen Knopf, ließ das Band ein Stück zurücklaufen und drückte wieder.

»Nur eine Vorsichtsmaßnahme«, quäkte es aus dem kleinen Lautsprecher. Er nahm die Kassette heraus und steckte sie ein.

»War auch nur eine Vorsichtsmaßnahme«, sagte ich etwas übertrieben locker. In Wirklichkeit hatte ich eine Stinkwut auf diese Kerle.

Der Schweiger nahm inzwischen meinen Schlüsselbund vom Schreibtisch und ging zur Tür.

»Außerdem erlauben wir uns, Ihren Büroschlüssel zu nehmen und von außen abzuschließen. Keine Angst, wir lassen ihn stecken. In wenigen Minuten wird Sie jemand erlöst haben. Das reicht uns.«

Der andere hatte inzwischen den passenden Schlüssel vom Ring genestelt und warf den Bund zurück. Sie verbeugten sich und verschwanden. Ich hörte, wie abgeschlossen wurde. Sofort rief ich bei Hannah an. Sie war nicht da. Das Handy meldete, dass der Teilnehmer zur Zeit nicht erreichbar sei. Ich versuchte es beim Bistro unten im Haus. Sie wollten jemand schicken.

Nach sieben Minuten hörte ich das erlösende Geräusch. Ein Kellner von unten öffnete und grinste breit. Ich gab ihm fünf Euro. Da wurde er ernst und verschwand ebenfalls mit einer leichten Verbeugung.

Ich wählte Tills Nummer. Er hörte sich meine Geschichte an, glaubte aber nicht an das Gute in einer deutschen Haftrichterin. »Wie soll die denn eine solche Wildweststory schlucken? Noch dazu, wo Israel rein gezogen wird. Und deine Zeugen eh nicht aussagen werden.«

»Versuch´s halt. Ich beeide das Gespräch.«

»Mach dir keine Sorgen: Nach allem, was wir haben, ist ein Tatverdacht gegenüber unserem Mandanten nicht mehr zu halten. Ich denke, heute Mittag ist er frei.«

»Eine gute Nachricht. Doch im Moment kann ich Hannah nicht erreichen, um es ihr zu sagen. Zur Not musst du ihn allein abholen.«

»Kein Problem. Ich bring ihn dann zu dir.«

Er brachte ihn nicht. Mit den Worten »Ich frage mich langsam, ob das nicht schon Antisemitismus ist«, stürzte er in mein Büro.

»Wie hat sie denn die Ablehnung der Freilassung begründet?«

Er sprach jetzt wieder eine Tonlage höher: »Solange die gesamten Umstände des Tathergangs, der vom Tod bis zum Auffinden in einer versperrten Sauna reicht, nicht geklärt sind, muss ich von einer Straftat ausgehen. Fluchtgefahr besteht also weiter in sehr hohem Maße. Abgelehnt.«

Ich musste ihm gestehen, dass mir unser lieber Morten im Moment ziemlich egal war, denn seit unserem Telefonat heute früh hatte ich keinen Kontakt mehr zu Hannah. Ich hatte den ganzen Nachmittag versucht, sie zu erreichen. Bei der CINEVISION hatte ich mich bis zu ihren Gesprächspartnern durchgefragt. Sie waren alle der Meinung, dass sie gegen Mittag nach Hause gefahren sei. Sogar die Dame am Empfang konnte ihre Abfahrt bestätigen.

Ihr Handy nervte mit der immer gleichen Botschaft: Der gewünschter Gesprächspartner ist zur Zeit nicht erreichbar.

Hilflos saß ich im Büro, war unfreundlich zu dem einzigen fremden Anrufer. Er wollte wissen, ob ich ein Auto nach Polen fahren würde und Tag und Nacht bewachen. Keine Zeit, sagte ich ziemlich knapp. Der ersehnte Anruf kam um zwanzig Minuten nach sechs. Als es dann klingelt und Hannahs Handy-Nummer auf meinem Display erschien, griff ich erleichtert zum Hörer.

»Wo steckst du?«

Statt einer Erklärung hörte ich: »Da Urbach?«

Ein Mann, ein Ausländer, ein Iraner nahm ich mal an - und clever, auf ihrem Handy anzurufen. Ich spürte, wie mir der Schweiß ausbrach. Geistesgegenwärtig stellte ich den Rekorder an.

»Hier Urbach!«

»Only english!« herrschte die Stimme.

Dann war Hannah dran.

»Larry, we must speak english«, sprudelte sie los. »I am okay, I feel me near heaven´s gate, you know? Please, do what the men say -«

Offenbar wurde ihr das Handy abgenommen. Die Männerstimme war wieder dran. »The lady is okay - you heard it. She will be free against the code. The original code, you understand?« Dabei belegte er original mit einem drohenden Unterton. Ich verstand sofort, keine Frage.

»I understand very well.«

»And - «, er wurde noch drohender: »One hundred thousand Dollars!«

»One hundred thousand Dollars - that´s okay!« stammelte ich, »but can I speak once more with the lady?«

»Okay. Thirthy seconds.«

Hannah sprach wieder: »Larry. I feel good. Do it and think, how I feel: Near -»

Dann kam wieder die Männerstimme: »To morrow in the morning. I will call back.«

Es dauerte, bis ich wieder klar denken und handeln konnte. So persönlich betroffen war ich noch nie. Meine Geliebte in der Hand von Verbrechern. Ich, der Polizist, am Zugriff gehindert. Zum Abwarten gezwungen. Nur langsam gelang es mir, meine Gedanken wieder in die richtige Spur zu zwingen. Nach zig Telefonaten hatte ich zusammen mit von Hostiz noch am Abend einen Termin bei Morten Arvasohn im Gefängnis. Es war so weit: Ich brauchte eine Kopie des Originalsticks. Den aus dem Trierer Krankenhaus-Tresor konnte ich so schnell nicht beschaffen. Ich drohte aber, ihn notfalls einzusetzen.

Er schaute erschrocken, blieb aber ruhig, als ich von Hannahs Geiselnahme berichtete. Ich glaubte sogar, ein Lächeln zu erkennen: »Für solche Fälle haben wir vorgesorgt. Ich habe es Ihnen neulich nicht gesagt, aber es gibt keinen einzigartigen Originalstick. Es gibt einen Quellcode, mit dem wir arbeiten. Der ist aber für sich genommen wertlos. Und das mit den Sticks muss man nicht so eng sehen.«

Offenbar war mein Verstand blockiert. »Was heißt das? Ich habe ihn doch neulich selbst in der Hand gehabt.«

»Das heißt, es gibt ihn. Aber er kann für sich genommen eigentlich keinen Schaden anrichten. Wer so ein Ding ergattert, kann es gerade einmal starten, aber keine unbefugten Daten entschlüsseln. Wenn er nicht den Zugangscode eingibt, löscht sich das Programm von selbst. Wir haben diesen sogenannten Codestick so wichtig gemacht, um für Hacker und andere Softwarepiraten eine falsche Fährte zu legen.«

»Also, das Ding, wie Sie sagen, das ich in Sicherheit gebracht habe, ist praktisch wertlos?«

Jetzt griff von Hostiz ein: »So können Sie nicht sagen: Es erfüllt ja - alle sind hinter ihm her. Während wir - .«

In mir stieg Wut auf. »Der Zweck heiligt die Mittel - wie? Während Sie in Ruhe hier sitzen, schwebt Hannah in Lebensgefahr!«

Er schaute betreten auf seine Hände, die vor ihm auf dem Tisch verschränkt lagen. »Das habe ich nie gewollt. Es tut mir leid, dass sie da hineingezogen wurde.«

»Einige Leute haben ihr Leben schon riskiert und Ihnen tut es leid. Was also jetzt?«

Er blickte zu von Hostiz: »Zeigen Sie ihm den Rechner im Sitzungsraum. Heute ist Dienstag. Das ist auch das jeweilige Passwort, das Sie eingeben müssen. Aber nicht in Buchstaben, sondern mit den Zahlen, die Sie drücken würden, wenn Sie das Wort auf dem Handy eingeben würden. Verstanden?«

Ich nickte.

»Kopieren Sie aus dem Ordner namens *Safe* die Datei *Datapress Alpha*. Neue Sticks liegen in der Ablage neben dem alten Fernschreiber.«

Hostiz schaute unsicher zu mir rüber: »Kennen Sie sich aus mit dem Zeug?«

»Also, wenn ich drin bin, komme ich auch zurecht.«

»Das Geld bringt Ihnen von Hostiz morgen früh.« Der nickte.

Wir erhoben uns. Er hielt mir die Hand hin. Ich nahm sie nicht und ging zur Tür.

»Tun Sie bitte alles, um Hannah freizubekommen«, rief er mir nach.

»Jedenfalls soll es an mir nicht scheitern.«

Ich war froh, als ich wieder an der frischen Luft war. Irgendwann hätte ich ihn geohrfeigt. Diesen Spieler.

7

In the morning haben sie gesagt. Doch davor lag eine endlose Nacht. Immer wieder musste ich an Hannahs Verzweiflung bei ihren letzten Worten denken. Sie fühlte sich schon an der Himmelspforte. Wie viel Todesangst muss sie ausstehen. Um halb sieben saß ich wieder in meinem Büro. Die Kerle sollten keine Ausrede haben. Wenig später war Bandmann mit Semmeln gekommen. Er hatte mir versprochen, sich zunächst raus zu halten. Auf seine Verantwortung.

»Also eines ist schon mal gut«, wollte er mich ablenken. »Früher hätte es an einem Feiertag in München keine frischen Semmeln gegeben.«

Ich hatte ganz vergessen, dass die Katholiken heute Marias Himmelfahrt feierten. Mehr automatisch als bewusst machte ich uns Kaffee.

Um halb neun kam von Hostiz mit einem Alukoffer. »Hier hunderttausend Dollar.« Und mit einem Blick auf Tommy Bandmann: »Vor Zeugen!«

»Da müsste ich aber nachzählen«, gab Tommy zurück, während ich den Überbringer sinnend betrachtete. Ob er etwas mit der Bande zu tun hat? Sowohl Hannah als auch Morten hielten ihn für korrekt.

»Bitte quittieren Sie mir den Empfang«, sagte er.

Ich schrieb auf einen Briefbogen *100.000 US-Dollar ungeprüft von Herrn von Hostiz als Lösegeld für Hannah Braun erhalten,* setzte Datum und Unterschrift darunter und gab ihm das Blatt.

»Soll ich hier - falls Sie Hilfe brauchen? Ich meine die Stellung - am Telefon bleiben?« bot er sich an. Er hatte seine gewohnte Sprechweise wieder gefunden. Ich hatte immer noch Vorbehalte und lehnte dankend ab. »Herr Bandmann ist Polizist und wird hier sein.«

Er zögerte noch einmal: »Bitte seien Sie vorsichtig - das Geld - Frau Braun - Sie wissen -«

Ich nickte.

Er wünschte mir gutes Gelingen! und ging.

Um zehn nach neun rief ein nervendes Weib aus Tutzing an. Sie wollte sich nicht abwimmeln lassen. Sie brauchte einen guten Mann, der ihren Lover - so nannte sie ihn tatsächlich - zurück brachte. Sie konnte mir genau sagen, wo ich ihn - heute am Feiertag - aufgabeln könnte, wenn ich den Job gegen ein Erfolgshonorar bei Wiedervereinigung annehmen wollte. Ich lehnte freundlich ab.

Um zwanzig vor zehn riefen die Kerle an. Wieder mit Hannahs Handy:

»Urbach!«

»Listen what I say!« Ich hatte laut gestellt, damit Tommy mithören und eventuell mitschreiben konnte.

»I understand you very well!«, sagte ich.

»Airport Unterhaching - you know?«

»Yes, I know.«

»On the runway. One hundred thousand Dollar and the Software at three o´clock, you know?«

»One hundred thousand and the Software. Three o´clock. Airport Unterhaching!« wiederholte ich brav.

»Listen: whitout accompaniment!«

»I understand: Whitout accompaniment. But can I speak again with -«. Er brach das Gespräch ab.

Ich blickte hilflos auf den Hörer. Tommy stand schon an meinem Recorder und ließ das Band zurücklaufen. Wir hörten jedes Wort noch einmal ab, kamen aber zu keinen neuen Erkenntnissen. Ich sollte also um drei Uhr nachmittags mit der Software und den Dollars auf dem ehemaligen Flugplatz Unterhaching stehen. Allein! Bandmann hatte große Bedenken. Er wollte wenigstens in der Nähe sein. Doch aus Sorge um Hannah gab er nach.

»Was wollen die da mitten auf dem Platz? Da werden sie doch von allen Seiten gesehen«, fragte er.

»Umgekehrt aber auch. Sie können mich genau beobachten. Wahrscheinlich rast einer mit dem Motorrad zu mir hin - und weg ist er wieder. Selbst, wenn ich euch einschalten würde, hätte er eine gute Chance.«

Tommy runzelte die Stirn. »Ringfahndung -.« Er ließ offen, was er meinte. Doch er versicherte mir, dass er nichts unternehmen würde. Bis ich einverstanden wäre.

»Hier ist im Moment nichts zu tun, Larry. Ich gehe jetzt an meinen Schreibtisch zurück. Ruf sofort an, wenn sich irgend etwas ergibt. Versprochen?«

»Versprochen!«

Wir umarmten uns.

Die nächsten Stunden verbrachte ich in meinem Büro. Ablenken half nichts. Immer wieder kehrten meine Gedanken zu Hannah zurück. Hatte sie bei dieser Hitze genug zu trinken? Konnte sie sich waschen? Lebte sie überhaupt noch? Das Denken war zwecklos, aber es begann immer wieder von vorne. Ich konnte nur warten, bis es endlich los ging. Um zwölf ging ich ins Bistro, nahm einen Sommersalat mit nach oben. Um zwei rief Tommy noch einmal an und wünschte mir viel Glück.

Ich machte mich auf.

Auch an diesem Tag knallte die Sonne wieder fast ungefiltert vom blauen Himmel. Auf dem Weg nach Unterhaching kam ich an der Forschungsbrauerei vorbei. Der Biergarten war bis zum letzten Platz gefüllt. Links und rechts am Straßenrand parkten wild die Autofahrer, die keinen offiziellen Parkplatz mehr ergattern konnten. Hier konnten meine Beschatter relativ unbemerkt auf mich lauern. Aber auch Tommy, wenn er mich hintergehen sollte. Er war Polizist.

Ich schaute in den Rückspiegel. Keine Verfolger.

Links tauchte das ehemalige Flughafengelände auf. Weites Land, könnte man sagen. Ich schätze den Platz auf zwei Kilometer Länge und etwas weniger breit. Früher standen wohl an die Hundert der kleinen *Pipers* und *Cessnas* hier herum. Jetzt lag er im Wartestand, bis ein Zukunftsplan für ihn erstellt war.

Nach Unterhaching hin waren bereits Wege und Hecken angelegt worden, um zunächst eine parkähnliche Landschaft zu gewinnen. Dahinter aber lag noch immer die geteerte Rollbahn.

Vor dem Ortseingang war ein Verkehrskreisel. Wer links raus fuhr, landete bei einem Supermarkt oder in einer Sackgasse. Ich fand problemlos einen Parkplatz. Der Zaun um den Flugplatz war hier unterbrochen und das blaue Verkehrszeichen signalisierte Rad- und Fußweg. In der Mittagshitze war auf dem freien Gelände niemand zu sehen. Über dem Asphalt der Rollbahn flimmerte die heiße Luft. Da sollte ich hin. Ich schaute auf die Uhr. Es war zehn Minuten vor Drei.

Ich nahm meinen Koffer, tastete nach dem Stick in meiner Gesäßtasche und tappte einfach Schritt für Schritt zur Platzmitte. Nach wenigen Minuten klebte mir das Hemd am Körper.

Der Gedanke, dass Hannah bei dieser Hitze in irgendeinem Kerker litt, machte mich rasend. Ich musste mir ständig ein baldiges Ende einreden, um klaren Kopf zu behalten. Wie werde ich sie wieder sehen? Ich versuchte, mich zu erinnern, was sie zuletzt angehabt hat. Mir fiel nichts ein. Irgendwann werden die Kerle das bereuen. Ich schwor es.

Immer noch niemand zu sehen. Ruhig Blut Larry. Im Osten hörte ich einen Flieger knattern. Jetzt tauchte er am linken Platzrand im Hitzedunst über dem Gelände auf. Er zog eine Kurve, kam zu mir herüber, flog in etwa siebzig Metern über mich hinweg und verschwand wieder im Dunst Richtung Süden. Nach wenigen Minuten näherte er sich erneut. Diesmal flog er am rechten Platzrand, kurvte wieder über mich und verschwand. Ganz unpassend fiel mir plötzlich Cary Grant ein. Der stand mal in einem Film von Hitchcock genauso dumm wie ich jetzt in der Wüste und über ihm kreiste ein Flieger, der plötzlich anfing, ihn zu beschießen. Cary Grant landete damals auf der Nase von George Washington oder Thomas Jefferson, in den mächtigen Felsporträts am *Mount Rushmore*. Dieses Schicksal bleibt mir wohl erspart.

Diesmal kam die Maschine von Westen und flog direkt auf mich zu. Die dürfen hier doch gar nicht landen, schoss es mir absurderweise durch den Kopf. Der Pilot scherte sich offensichtlich nicht darum. Er setzte einige hundert Meter vor mir auf, raste auf mich zu, wurde langsamer und kam ziemlich genau neben mir zum Halten.

Dann ging alles ganz schnell. Die Tür schwang auf. Ein Mann winkte mich heran. Ich lief hinüber. Ich kannte ihn nicht. Ein zweiter saß hinter dem Piloten und drückte ihm eine Pistole ins Genick.

Ich hielt den Koffer und den Stick hoch und schrie: »Where is Hannah Braun?«

Er winkte wieder. Der Pilot fasste ihn an der Schulter und zeigte nach vorne. Der Mann schüttelte den Kopf und hielt mir die Hand Hin: »At first we will proof it, then the lady will be free!«

»This is original!« schrie ich.

»We will see!« kam es zurück.

Natürlich blieb mir keine Wahl. Er sah auf den Stick, steckte ihn in seine Hemdtasche und wollte nach dem Koffer greifen, als die Tür wieder zugezogen wurde. Der Motor heulte auf. Die Maschine rollte. Ich lief verärgert noch ein paar Meter mit dem Koffer hinterher. Und dann sah ich es auch: Von vorne näherte sich ein Hubschrauber, hielt direkt auf das Flugzeug zu, das jetzt schon wieder mit hoher Geschwindigkeit gen Osten raste. Sind die verrückt? Noch ist Hannah nicht frei. Von meinem Standpunkt und verzerrt durch das Hitzeflirren sah es aus, als ob die Maschine unter dem Hubschrauber hindurch jagen wollte. Dann versuchte der Pilot, nach links auszuweichen. Er kam mit dem linken Rad von der Asphaltbahn ab, schleuderte herum, blieb mit der linken Tragfläche am Boden hängen. Die rechte richtete sich steil auf - für mich sah es aus, wie ein rächender Arm, der zum Himmel fuhr - und streifte den Hubschrauber am hinteren Rumpf, dort wo der Heckrotor saß. Er fiel senkrecht nach unten, direkt auf sein eigentliches Opfer, wandelte sich explodierend in einen rot glühenden Feuerball. In Sekunden war alles in Brand. Das Feuer fraß sich an den Metallteilen entlang, der Rauch wurde immer schwärzer, quoll zunächst sich überschlagend am Boden entlang und stieg dann fast senkrecht nach oben. In der Ferne hörte ich eine Feuersirene aufheulen. Offenbar war auf diesem toten Flugplatz doch noch etwas in Takt.

Ich musste mich auf den Boden setzen. Spürte, wie ausgetrocknet mein Mund war. Diese Verrückten vom Mossad. *Schaffe Verwirrung, wenn du die Situation nicht im Griff hast.* Jetzt waren fünf oder sechs Menschen tot. Und nichts mehr im Griff. Dieser Wahnsinn, mit dem sie alle Feinde Israels glauben verfolgen zu müssen. Bis zum Tod. Und auch ihr Gott hat doch gesagt, du sollst nicht töten. Hannah. Was passiert jetzt mit Hannah? Wenigstens das Geld ist gerettet. Ich schämte mich sofort für diesen Gedanken. Alles Geld könnten sie haben, wenn ich Hannah wieder bekomme.

Von zwei Seiten näherte sich Blaulicht. Fünf rote Löschfahrzeuge, zwei von der Polizei und ein Sanitätsauto. Das wurde hier bestimmt nicht mehr gebraucht. Sie bildeten einen Kreis um die Flammen und begannen professionell mit ihren Aufgaben. Ein Polizist entdeckte mich. Er stellte sein Blaulicht ab und rollte langsam auf mich zu. Ich erhob mich und ging ihm entgegen. Er hielt an, stieg aus und griff an seine Pistolentasche. Ich hob die Hände. »Alles okay!«

Die Zunge klebte fast am Gaumen, doch er verstand mich.

»Wer sind Sie?« Ich sah noch Schreckensflimmern in seinen Augen. Jetzt nur keinen Fehler machen.

»Alles okay. Urbach, Privatdetektiv. War früher selbst bei der Truppe. Werde Ihnen einen genauen Bericht geben. Hab aber wenig Zeit. Es geht um Leben und Tod!«

»Möchte trotzdem noch Ihren Ausweis sehen!«

Jetzt keine Hektik. Ich blieb vorsichtig gespannt: »Der ist aber hinten in der Gesäßtasche.«

Noch einmal verengte sich sein Blick, dann nickte er und nahm den Ausweis entgegen. Jetzt war er endgültig beruhigt.

»Was ist mit dem Koffer?«

»Lösegeld. Hauptkommissar Bandmann weiß Bescheid. Den können Sie kontakten. Nachdem die Übergabe gescheitert ist, bringe ich das Geld zurück.«

»Sie sind also Augenzeugen des Vorfalls hier?«

»Bin ich.«

»Kleinert, mein Name. POM. Kommen Sie bitte mit zu meinen Kollegen.«

»Sie, eine Bitte hätte ich noch: seit vierzig Minuten stehe ich hier in der prallen Sonne, könnten wir nicht da drüben unter den Bäumen reden?«

»Einverstanden!«

»Und einen Schluck Wasser, bitte.«

Er griff in seinen Wagen und zog eine Wasserflasche hervor.

»Becher habe ich leider nicht.«

Noch beim Ansetzen ermahnte ich mich, schluckweise zu trinken. Dann war ich wieder okay.

Wir fuhren zusammen zu den Wracks. Fast nur noch die Stahlteile waren übrig geblieben. Jetzt überzogen von einer grau-weißen Schaumschicht. Mein Polizist stieg aus und erklärte seinen Leuten die Lage. Ich wählte Bandmanns Handy und berichtete kurz. Er wollte sofort raus kommen. Ich widersprach. Hier war für ihn nichts zu tun. Der Hausmeister soll ihn in mein Büro lassen. Damit jemand da ist, wenn die sich melden. Ich informierte den Hausmeister. POM Kleinert kam zurück: »Der Doktor will wissen, wie viele Menschen hier verbrannt sind? Er glaubt mindestens fünf?«

»Denke ich auch. Vom Flieger weiß ich´s. Drei. Beim Hubschrauber nehme ich an, dass mindestens zwei drin saßen. Mehr erfahren Sie sicher vom israelischen Botschafter in Berlin«, fügte ich gepresst hinzu.

Er kam mit einem Kollegen zurück und dann fuhren wir endlich in den Schatten. Wir stiegen aus. Ich setzte mich auf eine Baumwurzel. Kleinert stellte ein Diktiergerät vor mich. Der Fahrer lehnte sich an seinen Wagen.

»Ich werde schnell machen. Damit sie wissen, was hier überhaupt los war. Dann muss ich aber weg. Wirklich. Es geht immer noch um Menschenleben.«

Sie hörten schweigend zu.

»Sie ist also immer noch in höchster Gefahr«, schloss ich meinen Bericht, der eine Gruselstory geworden war. Sie entließen mich fürs erste. Deutlich beeindruckt. Ich ließ mich zu meinem Auto bringen und raste in mein Büro.

Tommy Bandmann schüttelte sofort den Kopf. Er hatte bisher vergeblich auf ein Lebenszeichen oder eine Nachricht gewartet. Wer sollte auch anrufen? Selbst wenn Hannah ihr Handy in Reichweite gehabt hätte, war sie sicher gefesselt. Oder als Geisel sogar - ich wollte den Gedanken nicht zu Ende denken. Um Mitternacht war Tommy gegangen. Er war sicher, dass man ihm erlaubt, am Vormittag zurückzukommen.

Der Block ist zu Ende. Ich habe schon die Kraft, hier abzubrechen. Morgen werde ich mit dem neuen Block und dem nächsten Tag beginnen.

3. Block

8

Donnerstag. Was ist mit Hannah? Während der Nacht war ich kurz an meinem Schreibtisch eingenickt. Um vier war ich wieder wach. Ich stellte mein Telefon auf Handy um und lief in das noch dunkle München. Die Fußgängerzone, wo es sonst so wuselte, gähnend leer. Wenige Nachtschwärmer trafen auf die ersten Frühaufsteher. Am Stachus grölten ein paar Touristen und versuchten, sich gegenseitig in den Brunnen zu stoßen. Langsam wurde es im Osten hell. Zwei Betrunkene fragten mich, wo es hier noch eine Kneipe gäbe? Ich war zu ausgelaugt, um zu antworten. Sie schickten mir ein paar Schimpfworte nach. Am Marienplatz hasteten zwei Stewardessen in ihren Uniformen zur S-Bahn. Das Knallen ihrer harten Absätze auf den Bodenplatten peitschte durch die Stille. Mehrmals hatte ich inzwischen versucht, Hannahs Handy anzurufen. *The person you are calling is not available at present. Try it again.* - Die Nummer, die Sie angewählt haben, ist zur Zeit nicht erreichbar. Versuchen Sie es zu einem späteren Zeitpunkt.

Immer wieder murmelte ich diese Botschaft vor mich hin. Am *Isartor* deckte ich mich mit allen Münchner Zeitungen ein. Alle hatten Fotos von den ausgebrannten Maschinen auf der Titelseite. Alle schrieben von ungeklärten Umständen. Das schuf Raum für Spekulationen. Die BILD- Zeitung schrieb in riesigen Lettern: LUFTKRIEG ÜBER MÜNCHEN. Auch TZ und AZ schrieben vom Gangsterkrieg. Man vermutete eine Story unter Verbrecherbanden. Die wahre Geschichte hatten sie noch nicht erfahren. Ich fuhr mit der S-Bahn die zwei Stationen zurück.

Erneut hörte ich die Meldung auf Hannahs Handy ab. Um acht Uhr kam Tommy wieder. Ich war froh, jemand um mich zu haben, obwohl er nicht still sitzen konnte und ständig von Wand zu Wand lief. Wir spielten immer neue Möglichkeiten durch, ohne einen einzigen beruhigenden Tatbestand zu finden. Alle Gedanken führten zu Leid und Angst und Schrecken.

Um zehn nach Neun klingelte das Telefon. Auf dem Display sah ich tatsächlich die vertraute Nummer vom Chef. Ich stellte auf ´Mithören´.

»Larry, die Zeitungen san ja voll von deinem Abenteuer«, quäkte es aus dem Lautsprecher. Ein Luftkrieg über deim Schädel. Tommy hat erzählt, dass du dabei warst.« Es war Gaby, die Sekretärin vom Alten. Ein liebes Mädchen. Gaby hat den Spruch *sich nach der Decke strecken* für sich total in die Waagrechte verlagert. Es gab wohl keinen ledigen Polizisten, vom Hauptkommissar aufwärts, mit dem sie sich nicht unter einer Decke gestreckt hat. Alle mochten sie. Auch ich machte da keine Ausnahme - aber in diesem Moment hatte ich keine Gedanken für sie.

»Gaby-Liebes, ich kenne deinen Hang zum Dramatischen, aber -«

»Is net von mir. Steht in da Bildzeitung.«

»Dann lies was Anständiges und sei jetzt lieb und leg auf. Ich erwarte einen dringenden Anruf.«

Sie kicherte und sprach jetzt hochdeutsch. »Ist doch auch dringend - und sogar dienstlich. Der Chef will dich sprechen!«

»Er ist nicht mein Chef«, wurde ich lauter als ich wollte.

»Weiß ich doch. Aber er will dich bei der Pressekonferenz präsentieren.«

»Ohne mich.«

»Soag´s ihm selbst. I verbinde!«

Tommy hob erklärend die Hände. Doch eh ich mich versah, hörte ich schon das bekannte »Ts, ts, ts - Urbach, guten Morgen. Was für Sachen. Und ich dachte, Sie schwimmen jetzt in ruhigerem Fahrwasser.«

»Ich hab mir den Schauplatz nicht ausgesucht.«

»Spektakulär. Oder sag ich was Falsches?«

»Chef, in allen Ehren -.«

»Ich brauche Sie!«

»Um mich der Meute zum Fraß vorzuwerfen?«

»Ts, ts, ts - meine Leute waren leider nicht dabei.«

»Es geht nicht. Wissen Sie, dass die noch eine Geisel haben?«

»Weiß ich doch.«

»Und den israelischen Geheimdienst haben Sie auch am Hals.«

Tommy hob den Daumen.

Jetzt war er still. »Das wusste ich nicht. - Ich werde das mit Zischler besprechen. Sie hören von mir.«

Er hatte aufgelegt. Bei dem Gedanken, dass ich vor laufenden Fernsehkameras von Hannahs Geiselnahme berichten sollte, lief mir eine Gänsehaut über den Rücken.

Bandmann erklärte mir, dass er heute Morgen Gaby kurz gebeten hatte, den Chef zu informieren und dass er, Bandmann, dran bleiben werde.

Ich nickte. »Ist doch klar.«

Er lief wieder auf und ab: »Wir wissen einfach zu wenig über unsere Gegner, über die Umstände unter denen sie hier in München verbracht haben. Seit ihrer Abreise aus dem Hotel waren sie spurlos verschwunden. Selbst die Firma, die ihnen den Volvo vermietet hatte, konnte uns nicht weiter helfen. Aber es muss ja noch mehr als die zwei gegeben haben. Die vom Mossad wussten offensichtlich genaueres. Ob wir noch einmal versuchen, über die Botschaft - ?«

Er ließ die Frage offen. Hannahs Worte fielen mir ein: »I feel me near heaven´s gate«, sagte ich laut.

»Was sagst du?«

»Schrecklich. Hannah beschrieb so ihren Seelenzustand in der Hand der Kerle: *I feel me near heaven´s gate.*«

»Vielleicht hat sie auch an Marias Himmelfahrt gedacht.« Tommy sagte das ganz ernst. »Ist die nicht sone Himmelsleiter hoch?«

«Quatsch. Hannah ist doch Jüdin.«

»War Maria auch - oder?«

»Mensch, Tommy, hab keine Nerven für Witze.«

»Tschuldigung. Wir sollten nur einfach alles, was uns einfällt, aufgreifen und prüfen. Keine Tabus - du verstehst?«

»Klar, Tommy, mach weiter.«

»Vielleicht wollte sie etwas ganz anderes sagen. Da gab´s doch mal einen Film mit *Heaven´s door*. Sie ist doch aus der Branche.«

Der Gedanke war elektrisierend. »Erinnere mich. War aber nicht drin. Was könnte das bringen?«

»Weiß ich noch nicht. Soll ich mal einen Filmkritiker anrufen?«

»Sie hat aber deutlich *gate* gesagt. Warte, ich hab´s aufgezeichnet.«

Ich stellte den Recorder an und ließ das kurze Gespräch noch einmal ablaufen.

»Hörst du? - *Heaven´s Gate*, nicht *door* -. - Tommy, Mensch, das ist die Lösung!« Ich war aufgesprungen.

»Was?«

»Heaven´s Gate!«

Er verstand immer noch nicht.

»*Bongo Bar* - nein, die gibt´s nicht mehr, aber *Rafael, Metropolis, Tonhalle* - «, zählte ich auf.

»*Matador, Cohibar, Heavens´s Gate* ...«, fuhr er fort.

»Mensch, Tommy, dass ich nicht früher drauf gekommen bin. Die Szene in der Kultfabrik. Kommt davon, wenn man in einem Fall persönlich betroffen ist. Hannah wollte mir mitteilen, dass sie irgendwo in diesem Chaos gefangen gehalten wird und ich Rindvieh denke an die letzte Reise.«

Tommy war schon am Telefon und wählte den Staatsanwalt, um ihm unsere Erkenntnisse mitzuteilen. Er wollte sich um den Durchsuchungsbefehl kümmern, Tommy sollte das Personal auftreiben. Sie vereinbarten, in drei Stunden eine Razzia auf dem Gelände.

Kultfabrik - ein durchaus treffender Name für eine Ansammlung der verschiedensten Etablissements, die sich auf dem Gelände einer ehemaligen Knödelfabrik niedergelassen haben. Jede Halle, jeder Schuppen, jeder Winkel des Grundstücks wurde zur Szene, belebt von Diskotheken und Clubs, Bars und Spielhallen, Werbe- und Kreativagenturen. So kann man auch in einem ehemaligen Siloturm einen Kletterclub namens *Heaven's Gate* besuchen und die Wände hochgehen.

Fiebrig flimmerndes Neon wetteifert mit grellem Graffiti, vergammelter Putz bröckelt auf den übrig gebliebenen Müll der vergangenen Nacht, funktionslose, rostige Rohrleitungen führen auf Stelzen von Haus zu Haus und beherrschen zusammen mit neu glänzenden Alurohren den Luftraum. Früher war hier auch noch an Wochenenden ein reges Treiben von Flohmärkten und Antiquitätenhändlern in und zwischen den Hallen, die das Chaos vollkommen machten. Erst die Anlieger haben dem Treiben ein bisschen Einhalt geboten. In den nächsten Jahren soll hier ein neues Stadtviertel entstehen. Solange herrscht gepflegtes Chaos.

In diesem Mekka für Vergnügungen jeder Art, in diesem gärenden Nährboden für die schnelle Mark sollen wir Hannah finden?

Ich fuhr sofort hin. Das Nachtleben war noch in geschäftiger Vorbereitung. Hier und da luden LKWs ihre Getränkekisten ab. Ich lief durch die alten Werksstraßen und pfiff »b-a-c-h«. So laut ich konnte. In diesem Trubel glaubte ich wohl an Wunder. Schon wieder fiel mir ein Hitchcockfilm ein: Doris Day singt in der Botschaft »Que sera?« und hofft auf ein Echo. So pfiff ich »b-a-c-h« - diese wundervollen vier Töne, um die Bach stundenlang improvisieren konnte, und hoffte, Hannah würde mich hören. Natürlich war es sinnlos. Ich war dankbar, dass Tommy mich erreichte und zum Kommandobus rief. Es ging los.

Es war sicher das Spektakulärste, was das Areal je gesehen hat. Heute kann ich so ausführlich darüber schreiben. Damals hatte ich andere Gedanken.

Zwanzig Beamte und fünf Suchhunde durchkämmten das Gelände, ließen lichtarme Bars öffnen, durchwühlten mit Trödel vollgestopfte Schuppen, leuchteten in dunkle, urinstinkende Winkel und klopften verdächtige Brandmauern ab, ob sich dahinter vielleicht ein Verlies befindet. Die Menschen, die hier schon zugange waren, blickten neugierig oder irritiert. Der Polizeilautsprecher bat immer wieder um Hinweise. Über allem kreiste ein Hubschrauber, um die Dächer abzusuchen.

Ich saß mit Tommy im Kommandobus. Jeder Funkspruch, jedes Kommando, jedes Lichtsignal bohrte sich in mein Hirn, immer in Erwartung, ein Lebenszeichen von Hannah zu erhalten. Endlich, nach einer guten Stunde, kam die erlösende Durchsage. Sie war gefunden worden. Gefesselt, geknebelt - aber lebend.

Wir rasten hin. Ein Kellerraum in einer der Hallen. An der Eingangstür hing ein Schild mit undefinierbarem Alter: *Auch ich liebe die Sonne und das Meer - Auf Wiedersehen am 9. September. Euer Antikenemil.* Daneben brummte ein Kompressor mit der Aufschrift *Mobil-Light* und dicke Kabel verschwanden in einem Kellerfenster.

Eine breite Treppe führte steil nach unten in ein riesiges Tonnengewölbe. Wahrscheinlich war hier früher der Kartoffelkeller für die Knödel-Produktion. Gerade wurde der Raum taghell erleuchtet. Schnell installierte Scheinwerferbatterien tauchten ein Gewirr von alten Radios und Highfidelty-Tunern, Nierentischen und Schlafsofas, Schallplatten und Silberbesteck, Musicbox und Zahnarztstuhl in gleißendes Licht, bildeten zugleich kräftige Schatten, die der Szene noch mehr Unwirklichkeit verliehen. Dazwischen wuselten Menschen.

Die große Besetzung traf nach und nach ein. Fotograf, Spurensicherung, Arzt, sogar der Kantkopf vom BND. Hannah saß an einem kleinen, schmutzigen Teetisch, von dem nicht klar war, ob er zur Einrichtung oder zum Angebot von Antikenemil gehörte. In der Hand hielt sie ein Glas mit einer milchigen Flüssigkeit. Der Arzt legte gerade wieder sein Stethoskop zusammen. Als Hannah mich erkannte, sprang sie auf und fiel mir um den Hals. Ein tiefes Schluchzen brach aus ihr heraus. Ich drückte sie sanft.

»Wird alles wieder. Wird alles wieder.«

»Larry, es war so schrecklich. Nicht rühren und ...«. Sie brach ab.

Ich blickte zu Zischler, der gegenüber einen Tisch heranzog, um sich dort zu einem ersten Verhör niederzulassen.

»Jetzt geht hier aber nichts!«, rief ich.

»Ein paar Fragen sind aber nötig!«

Eine Protokollantin kam und setzte sich neben ihn.

»Muss denn die Freiheitsberaubung nahtlos fortgesetzt werden?«

»Nana, Urbach. Sie wissen doch selbst, dass frisch gebackene Brötchen am besten schmecken.«

»Ich weiß aber auch, wie ein Schock therapiert werden muss. Was sagt denn der Doc?«

»Ich melde meine Bedenken an. Und mehr als ein Beruhigungsmittel gibt´s ohne richtige Untersuchung von mir nicht.«

»Also, Kollege Zischler, ich verspreche, morgen mit Frau Braun in Ihrem Büro zu sein.«

Zischler war etwas säuerlich, aber was soll´s. Er musste einsehen, dass hier die Gesundheit Vorrang hatte. Er stand auf, nickte uns zu, murmelte noch etwas von mangelnder Zusammenarbeit, gab der Protokollantin einen Wink und ging. In der Tür drehte er sich noch einmal um und sagte wichtig: »Außer Fingerabdrücken werden wir hier wohl keine Spuren finden.« Und dann direkt zu uns: »Bevor wir Ihre Aussage haben, können wir natürlich auch nicht weiter arbeiten. Wer weiß, wer uns da noch durch die Lappen geht.«

Hannah gab sich einen Ruck. »Was wollen Sie wissen?«

Zischler kam zurück. »Heute nur noch, ob Sie auf Archivfotos einen Täter wieder erkennen. Den gesamten Tatverlauf können wir morgen abklären.«

Hannah erwiderte: »Einverstanden. Fotos anzuschauen ist mein Beruf. Das mach ich tagtäglich. Viel hab ich aber nicht gesehen. Meistens waren mir die Augen zugebunden. Im Liegen konnte ich aber unten raus schielen.«

Zischler nickte: »Umso besser!«

Der Arzt nahm noch einmal Hannahs Handgelenk. »Sieht schon besser aus. Soll ich Ihnen noch ein Schlafmittel mitgeben?«

Sie schüttelte den Kopf. »Ab jetzt bin ich in guten Händen.«

»Na denn. Zur Sicherheit gebe ich Ihnen meine Karte. Bis acht bin ich erreichbar.« Er reichte uns die Hand und ging.

Zischler winkte nach oben. »Im Bus werden sie direkt auf den Monitor gespielt.«

Im Polizeiwagen stellten sie ein Laptop auf den Tisch und begannen Befehle einzugeben. Plötzlich erschien das erste Männergesicht. Hannah setzte sich und begann es genau zu betrachten. Zischler und der Herr vom BND stellten sich neben sie. Ich hielt mich zurück. Sie schüttelte den Kopf. Immer wieder. Vierundzwanzig Mal. Dann kam die Meldung: »Das waren die von der Islam-Liste.«

Zischler blickte mich an.

»Mein Verdacht geht schon lange in eine andere Richtung. Als ob da jemand sein eigenes Süppchen kocht«, sagte ich.

Zischler rief ins Mikrofon: »Spielt mal die Russen-Mafia ein.«

Wieder erschienen Bilder. Schon beim vierten verweilte Hannah länger, dann nickte sie. Beim neunten reagierte sie sofort. »Die beiden!«

Zischler ließ den Vierten noch einmal kommen. »Sicher?«

»Absolut!«

Jetzt schaute ich genauer Hin: »Den einen kenn´ ich auch: Er saß im Flugzeug und nahm den Stick in Empfang«, bestätigte ich. »Den hinter dem Piloten konnte ich kaum sehen.«

Zischler las laut den Namen vor: »Alexander Boras, genannt Schutzgeld-Sascha und Iwan Tschevtschenko. Beide werden der Nachfolgebande des ermordeten Efim Laskin zugerechnet.

Auch der BND-Mann nickte: »Wir dachten, die Kerle hätten sich im Bandenkrieg selbst eliminiert. Von beiden hatten wir lange nichts gehört.«

Zischler rief seinem Assi zu: »Fahndung!«

»Moment, Kollege,« wagte ich einzuwenden, »Meines Erachtens sind die beiden verbrannt.«

»Auch wieder wahr«, kam die trockene Antwort. »Fahndung gestorben.«

»Es gab aber noch einen Dritten«, meldete sich Hannah.

»Ein dritter Mann?«

Sie nickte: »Er blieb zunächst bei mir und verschwand dann auch, nachdem er mit seinem Handy mehrmals telefoniert hat. In einer Sprache, die ich nicht verstand. Könnte aber russisch oder polnisch gewesen sein. Auf den Fotos habe ich ihn nicht entdeckt.«

»Irgendwelche Merkmale?«, fragte Zischler.

Hannah überlegte: »Vom Typ ähnlich. Grober gebaut. Vielleicht etwas ungepflegter als die anderen. Pockennarbig - ja, seine Wangen waren sehr zerfurcht. Trug immer eine Sonnenbrille. Und - jetzt fällt´s mir ein - er trug auffällig spitze, schwarze Cowboy-Stiefeletten. Mit silbernen Spitzen und gekreuzten Pistolen am Schaft. Sie passten gar nicht zu ihm. Wie ein Fremdkörper.«

Zischler sah zu dem BND-Mann. Der schüttelte seinen Kantkopf: »Sagt mir nichts!«

Diese Aussage sollte ihr dann doch noch einmal das Leben retten.

»Können wir gehen?«, fragte ich.

Zischler nickte.

Ich kletterte aus dem Bus. Hannah folgte, drehte sich aber noch einmal um: »Vielen Dank an alle. Ich meine, für den ganzen Einsatz hier.«

»Morgen bei mir«, sagte Zischler. Ich hob den Daumen.

»Morgen ist Sonntag«, sagte jemand.

»Dann am Montag. Aber bitte möglichst früh«, rief Zischler noch. »Möchte meinen Bericht schnellstens abschließen.«

Am Sonntag fuhr ich mit ihr in ein Wellness-Hotel am Tegernsee. Unter Massagen, Masken und ätherischen Dämpfen konnte sie am schnellsten vergessen. Wir redeten in den Pausen bald nur noch über Amerika und die Möglichkeiten, sie dort zu besuchen.

Am Montagmorgen gab Hannah noch einmal zu Protokoll, was ich schon in der Nacht von ihr erfahren hatte: Als sie das CINEVISION-Gelände verließ, standen kurz vor der Einfahrt in die *Münchner Straße* zwei Männer. Der eine hob eine verbundene Hand nach oben und winkte heftig. Sie dachte noch, warum gehen die nicht die paar Schritte zum Pförtner und rufen eine Ambulanz. Aber der Samariter in ihr siegte. Sie hielt an. Der eine öffnete die Tür und murmelte etwas von Hospital, da fuhr die verbundene Hand schon über ihr Gesicht, getränkt mit Äther. Als sie wieder zu sich kam, lag sie auf der Rückbank, gefesselt und mit verbundenen Augen. Wenn sie den Kopf ganz nach hinten bog, konnte sie durch das Tuch etwas erkennen. So war es ihr möglich, den Kunstpark Ost zu identifizieren.

»Heaven´s Gate erschien mir am ungefährlichsten.«

»War genial von dir. Nur ich war zu blöd, deine Nachricht sofort richtig zu erfassen. Tommy hat sogar an Marias Himmelfahrt gedacht.«

Dann wurde sie in diesen Schuppen gebracht.

»War da der dritte Mann schon anwesend?«, fragte Zischler.

»Ja, er war kurz vorher, vielleicht beim Ostbahnhof, dazu gestiegen, schien sich dort auszukennen. Aber sie redeten immer in einer fremden Sprache. Keine, die mir irgendwie vertraut vorkam.«

Zischler ließ noch einmal alle Fotos der Verdächtigen mit arabischem Background vorlegen. Umsonst. Hannah konnte den dritten Mann nicht identifizieren.

Gerade als wir gehen wollten, erschien Tillmann Hauser mit seinem Mandanten Morten. Er war frei. Die Geschwister fielen sich um den Hals. Hannah sprach vor Aufregung und Freude in schönstem Neuhebräisch, *Iwrith*, wie die Israelis es nennen. Da war ein Mortenleben und Hannahlein, als hätten sie sich Jahre nicht gesehen. Ich wurde ein bisschen eifersüchtig. Schließlich war die Freilassung doch zu erwarten. Mir blieb dann nur noch gute Miene zu bösem Spiel, als Hannah sich an mich wandte: »Larry, Lieber, du bist nicht böse, wenn ich heute mit Morten gehe? Ich muss ihm einfach helfen. In dieser verwüsteten Wohnung kann ich ihn doch nicht allein lassen.«

Was blieb mir übrig. »Mach nur«, sagte ich lasch. »Habe sowieso noch einiges aufzuarbeiten, was in den letzten Tagen liegen geblieben ist.«

Am meisten ärgerte mich Zischlers Grinsen, mit dem er den Herrschaften allseits frohes Schaffen wünschte. Tillmann brachte die beiden in Mortens Wohnung. Ich fuhr ins Büro.

Am Nachmittag tauchten zwei Herren von der israelischen Botschaft in Berlin bei mir auf. So wiesen sie sich jedenfalls aus. Wahrscheinlich waren es Mitarbeiter des Mossad. Smarte junge Männer, die sogar Krawatten trugen. Sie wollten sich nach dem genauen Verlauf des spektakulären Flugzeugunfalls erkundigen. Ich war ziemlich aufgebracht:

»Sagen Sie ruhig ihren Leuten, das war kein Ruhmesblatt. Alles oder nichts ist keine gute Strategie. Mit welcher Bedenkenlosigkeit hier Menschenleben geopfert wurden, hat mir Angst gemacht. Fünf oder sechs Tote - für was? -

Für ein bisschen Know-how, für das Prestige des Staates Israel.«

Sie zeigten wenig Einsicht: »Natürlich ist jeder Tote einer zu viel«, sagte der Wortführer. »Auch für Israel. Bedenken Sie aber, welche Folgen sich aus jedem Nachlassen der Wachsamkeit für unseren Staat ergeben können.«

Ich schüttelte den Kopf. »Warum bindet ihr so viel Kreativität, so viel Energie in diesem Herumreiten auf den Prinzipien aus der Gründerzeit. Wann kommen denn endlich einmal bei euch Politiker hoch, die Kreativität und Energie in Zukunftsstrategien investieren, die Pläne für den Nahen Osten entwickeln, mit denen alle leben können. Palästinenser, Araber, Juden, Moslems, Christen. Nur hier liegt doch die Chance auf Frieden.«

Er wirkte etwas blasiert, als er antwortete: »Ich glaube nicht, dass ich einem Deutschen die Daseinsberechtigung eines jüdischen Staates plausibel machen muss.«

»Müssen Sie nicht. Wirklich nicht. Nur die Staatsidee - darüber sollte man mal nachdenken. Das müssen wir Deutsche ja auch immer wieder. Und die Staatsbürgerschaft aus dem Blut zu definieren ist doch genauso hirnrissig, wie den Staatsanspruch von Altvater Abraham herzuleiten.«

Das Telefon unterbrach meine Philippika.

Morten war dran.

»Ich habe gerade etwas mit Hannah besprochen und Sie sollten natürlich auch dabei sein.«

Er lud zu einem Abschiedsessen für seine Schwester, übermorgen, also am Mittwoch. Im kleinen Kreis. Treffen am späten Nachmittag. »Sie verschwindet ja früher als ich gedacht habe und sie soll es noch einmal so richtig bayrisch erleben, damit sie uns drüben nicht vergisst. Ich dachte ans Kloster Andechs. Bis dahin wird ja der Weihrauch verflogen sein. Was halten Sie davon?«

Wie eine Woge schlug plötzlicher Schmerz auf mein Gemüt. Der Abschied von Hannah, der sich bisher nur als melancholischer Grundwert bei mir eingenistet hatte, war jetzt fest fixiert. Trotzdem versuchte ich einen Scherz:

»Gute Idee. Ich frage mich aber, wie ich unbeschadet nach Hause komme?«

»Für Sammeltaxis wird gesorgt«, sagte er locker. Ich sagte zu. Und hatte jetzt keine Lust mehr, mit den Israelis zu diskutieren.

»Meine Herren, weder sie noch ich werden die Probleme lösen. Wahrscheinlich können sie nicht einmal mehr SOFTWAL kontrollieren. Ihre Vorgänger saßen hier genauso selbstsicher wie Sie. Sogar mein Tonband haben sie einfach kassiert.«

Ich stand auf und öffnete meine Anlage. »Hier. Ich geb´s freiwillig.«

Sie standen gleichfalls auf. »Danke. Wir sind ja keine Agenten, die sich zu illegalem Handeln gezwungen sehen. Wir danken für Ihre Mitarbeit. In unseren Akten werden Sie nicht ungünstig beschrieben.«

»Da bin ich aber froh«, höhnte ich und öffnete ihnen die Tür.

»Schalom!«

»Grüß Gott!«, antwortete der eine mit breitem Grinsen. Der andere nickte dazu.

Ich knallte die Tür hinter ihnen zu.

Auch am Dienstag hatte ich Hannah nicht richtig für mich, weil sie doch noch einige Vorbereitungen treffen und an Besprechungen mit ihren Auftraggebern und ihrer Vertreterin teilnehmen musste. Spät in der Nacht konnte ich sie endlich in meine Arme schließen. Erst am Mittwochvormittag gehörte sie mir fast allein.

Dann das Abschiedsfest: Im Kleinbus war ich zusammen mit Morten, Hannah und ihren beiden besten Freundinnen, wie mir versichert wurde, raus nach Andechs gefahren. Von Starnberg kommend, wirkte der hochgiebelige Bau wie eine Burg auf steilem Berg. Nur der schlanke Turm deutete auf einen Kirchenbau.

Die Damen stritten über die Form der Turmhaube. »Zwiebel«, sagte Hannah.

»Aber da ist doch noch was drauf«, kam die Antwort.

»Also Frühlingszwiebel.«

Mir war längst nicht so albern zumute. Plötzlich erklärte der Fahrer: »*Zwiebelturm mit Laterne und Spitzaufsatz* - das ist die fachmännische Beschreibung.«

Wir waren beeindruckt und schwiegen, bis er erklärte, dass er Kunstgeschichte studiere und oft auch als Fremdenführer arbeite.

Andechs, der Heilige Berg der Bayern, zählt zu den beliebtesten und volkstümlichsten Wallfahrtsorten, denn er befriedigt im wahrsten Sinne Leib und Seele: Fromme Christen bitten um Gnade für ihre Seele, frohe Zecher finden ihr Heil bei einer Maß Bier aus der Klosterbrauerei. Auf dem Weg vom Parkplatz nach oben machte sich Hannah über die Mönche lustig, weil man zuerst zum Bräustüberl und dann erst zur Kirche kommt.

Hier feierten wir also Abschied. Auf der Terrasse mit Blick über das Land. An einem langen Tisch, den wir in den Schutz einer Mauer gerückt hatten, um zunächst noch etwas Schatten zu finden. Es versprach, ein wirklich gelungener Abend zu werden. Ein paar Filmfritzen nebst Anhang waren in einem zweiten Kleinbus vorgefahren. Die Küsschen schmatzten zur Begrüßung, die Krüge knallten fröhlich aneinander. Prosit hier und Prosit da. Nur ich war irgendwie unzufrieden. Warum eigentlich? Morten hatte mir zur Begrüßung einen Scheck überreicht. Als ich die Summe sah, war ich fast erschrocken. »Das sieht ja aus wie Schweigegeld«, entfuhr es mir.

»Sie haben sich um SOFTWAL verdient gemacht«, sagte er. Und es klang fast spöttisch. Oder war ich nur so empfindlich?

Hannah stupste mich: »Nimm´s. Er hat genug davon. Nichtmal Lösegeld musste er zahlen.«

Er wurde ernst: »Das wäre wirklich ein Schlag gewesen. Aber wir haben Banken, die uns vertrauen.«

Hannah zog mich weg. »Los, lass uns vor dem Absturz in die Bierseligkeit noch einen Blick in die Kirche werfen. Sie gefällt mir, weil sie eine gewisse Heiterkeit ausstrahlt.«

Ihre eigene Heiterkeit wirkte überhaupt nicht aufgesetzt und war deshalb ansteckend. Wir liefen die steilen Stufen hoch.

Im Augenwinkel glaubte ich, eine Gestalt hinter einer Mauer verschwinden zu sehen. Doch meine Sinne waren nicht auf Gefahr eingestellt. Auch nicht, als oben am Berg jemand ungewöhnlich hastig in der Kirche verschwand.

Mächtiger Orgelschall empfing uns. Hannah führte mich zunächst auf die rundum laufende Empore und interpretierte mir die Wandgemälde. »Ich war schon auf Schulausflügen hier oben«, erklärte sie mir ihre erstaunliche Sachkenntnis. »Und dann immer mal wieder.«

Ein Mönch saß an der Orgel und bediente sehr sicher Manuale und Pedale. Eine Toccata. Er nickte uns zu. Der Ur-Bach in mir erwachte. Das war die Musik eines Vorläufers des großen Johann Sebastian. Ich ging dicht an sein Ohr und fragte: »Frescobaldi«?

Er nickte erfreut. Ich zog Hannah in eine ruhigere Ecke und konnte jetzt auch einmal glänzen, als ich ihr erklärte, dass diese Musikstücke mit ihren schnellen Läufen ursprünglich zum Prüfen einer neuen Orgel geschrieben worden waren. »Man wollte nur ausprobieren, ob die Technik funktioniert und ob in allen Pfeifen genügend Luft vorhanden ist. Erst später hat man eine eigenständige Kunstform daraus gemacht. Bach hat sie dann zum Gipfel geführt.«

Wir lauschten noch einige Minuten, dann fasste Hannah mich an der Hand.

»Komm, jetzt musst du noch die Reliquien in der Hedwigskapelle bestaunen.«

»Reliquien finde ich abscheulich. Der kleine Finger vom Heiligen Geist und so ... Ne, zeig mir die Votivtafeln. Die haben in ihrer Naivität noch etwas Anrührendes.«

Die Sonne stand schon tief über dem Ammersee und ließ die Kirche in einem bläulichen Dämmerlicht zurück, in die einige Lichtpfeile schossen. Etwas zog meinen Blick in das untere Kirchenschiff. Ein Schatten war über den

Fußboden geflogen. Zu hastig für einen Andachtsraum. Mein Instinkt für Gefahr war endlich hellwach.

Ich flüsterte Hannah ins Ohr, mir ohne Fragen leise zu folgen. Sie war zwar erstaunt, aber brav. Wir tasteten uns die Treppe runter ins Erdgeschoss und schlichen dann nach rechts in einen Gang. Die Musik übertönte zum Glück jedes andere Geräusch. Vor uns war das Wachsgewölbe mit seinen riesigen Kerzen. Gestiftet von Wallfahrern, die manchmal ihr Lebendgewicht in Wachs aufgewogen hatten. Mit der gefühlvollen Rechten zog ich Hannah tiefer in den Raum und drückte sie hinter eine der mächtigen Kerzen. Die würde ersten Schutz bieten.

«Pst!«, hauchte ich. »Bleib hier und warte, bis ich dich raus hole.« Sie nickte und kauerte sich tief hinter einen mannshohen Wachszylinder. Maria hat geholfen!, stand in großen Zierbuchstaben rund um den oberen Teil. Ich ertappte mich bei dem Gedanken, auch eine Kerze zu spenden, wenn die Dame es noch einmal tun würde. Schalt mich aber dann doch des schnöden Opportunismus. »Alle Sinne wach!«, befahl ich mir und huschte wieder ins Hauptschiff. Langsam schlich ich von Kapelle zu Kapelle. Immer noch hallte die Orgel durch den Raum, doch ich erkannte das Finale. Noch sieben Takte, dann wird der Mönch dort oben einige Sekunden seine Hände auf den Tasten ruhen lassen, um dann abrupt abzubrechen.

Jetzt! Stille - nein, in der Nähe der Sakristei war ein Scharren zu hören, das sofort verstummte. Der Fremde war also genau gegenüber meiner Position irgendwo im Schatten.

Ich glitt zu Boden und kroch zu den Bänken, die im Mittelschiff aufgestellt waren. Zentimeter für Zentimeter schob ich mich vor. Es war grotesk, aber in diesem Moment musste ich an *Old Shatterhand* denken, den Helden meiner Kindheit. Er wäre jetzt auf Finger- und Zehenspitzen gepirscht. Eine Übung, die ich auch in der Reha nicht konnte. Ich verließ mich lieber auf den ganzen Unterarm und die Prothese. Leider hatte ich diesmal keine Waffe dabei. Wer nimmt schon eine Pistole zum Sauffest mit? Auf der Gegenseite angekommen, legte ich meinen Kopf auf den Fußboden und schob ihn zwischen dem Gestühl ins Freie. Sorgfältig musterte ich den Raum vor mir.

Da war er. In einem Beichtstuhl. Pater Erasmus stand auf einem Schildchen über der Kabine. Das Licht, das die Anwesenheit signalisieren sollte, war aus, doch unter dem Vorhang, der den Eingang verdeckte und der nicht ganz bis auf den Boden reichte, sah man ein paar Schuhe. Sie gehören mit Sicherheit nicht Pater Erasmus: Spitze, schwarze Cowboy-Stiefeletten mit silbernen Spitzen - die gekreuzten Pistolen am Schaft konnte ich mir denken. Schon die Spitzen glänzten obszön in diesem Ambiente.

Ich überlegte. Der merkwürdige Beichtvater beobachtete wahrscheinlich aus dem Gitterfenster, an dem sonst die Gläubigen murmelnd hingen, das Kirchenschiff. Damit war ich im Augenblick in einem toten Winkel. Schnelles Handeln war angesagt. Von der Empore kamen jetzt Schritte. Der Mönch hatte seinen Arbeitsplatz verlassen. Das war meine Chance. Er würde den Kerl im Beichtstuhl ablenken. Alles lief in Sekunden ab. Ich war von hinten an den Beichtstuhl gekommen, nahm die letzten zwei Schritte Schwung und warf mich gegen den roten Vorhang. Der riss aus seiner Verankerung und umschloss wie eine Zwangsjacke die Gestalt, die ich jetzt auch unter dem Stoff fühlte. Das war meine Absicht. Nicht beabsichtigt war, dass sich offensichtlich ein Schuss löste. Denn ich hörte einen dumpfen Knall und im selben Moment sackte die Gestalt unter meinem Gewicht zusammen. Wie sich später herausstellte, hatte er sich in den Oberschenkel getroffen.

Als alles untersucht war, konnte in die Akten geschrieben werden, dass der Täter mit entsicherter und schallgedämpfter Pistole auf Hannah oder mich oder beide gelauert hatte. Vermutlich, um den Tod seiner Kumpane zu rächen. Da er ohne Pass unterwegs war, konnte seine Identität nicht festgestellt werden. Keine der Botschaften, an die das Foto geschickt wurde, wollte den Herrn kennen. Ausdrücklich gestanden hat er nichts. Im Gegenteil: Er schwieg beharrlich, gab keinen Namen und keine Nationalität an, so dass auch kein Dolmetscher zur Verfügung gestellt werden konnte. Nach Andechs war er mit einem Taxi gekommen. Der Fahrer hatte sich gemeldet und berichtet, dass er einfach einem Kleinbus folgen sollte. Gezahlt hatte der Fahrgast großzügig. Zweihundert Dollar. Rückfahrt nur, wenn er in der nächsten halben Stunde auftauchen würde.

»Wenn´s nicht so makaber wäre, könnte man von einem Himmelfahrtskommando sprechen«, bemerkte Bandmann später. Der Mann sitzt immer noch in U-Haft und niemand weiß so recht, wie´s weiter gehen soll. Eines Tages wird er wohl ausgetauscht oder freigepresst werden. Mich interessiert er nicht mehr.

Das Fest an jenem Abend war jedenfalls gelaufen. Selbst den Filmfritzen, die ja dramatische Szenen gewohnt sind, war das Feiern vergangen. Wir saßen in einer Ecke im Bräustüberl und machten unsere Aussagen. Der Abt persönlich kam, um sich bei mir zu bedanken, dass ich schlimmeres Unheil von der Kirche abgewendet habe. Mir war nicht ganz klar, was er meinte. Wie zum Trost sagte er dann noch, dass die Kirche in den letzten Monaten gründlich restauriert worden war. Der Sachschaden beschränke sich ja nur auf den Beichtstuhl, sei also relativ gering. Er lachte: »Und zum Beichten hat der Herrgott überall Platz geschaffen!«

Nach drei Stunden entließen uns die Ermittler aus Starnberg.

Am nächsten Tag dann der Abschied am Flughafen. Ich schenkte ihr eine CD mit Bachs *Toccata und Fuge in d-moll.* Gespielt von verschiedenen Interpreten auf berühmten Orgeln.

»Wenn du mal ganz doll Heimweh hast, leg die auf!«

Eine letzte Umarmung. Hannah hatte Tränen in den Augen. »Ach, Scheiße, ich hab´ mich so auf die Reise gefreut - jetzt steh´ ich hier und flenne.«

Jetzt sitze ich hier und flenne. Ist das schon die Katharsis? Einfach heulen, wie ich es seit dem Unfall nie mehr gemacht habe. Frau Dr. Dorer meinte gestern schon, mein Schreibstil sei ein gutes Zeichen. »Er lässt eine gewisse Distanz zu sich spüren.«

»Und für was spricht das?«

Sie lächelte: »Das wissen wir erst am Schluss. Entweder haben Sie sich wieder gefunden. Oder -«. Sie wurde ernst.

»Oder?«

»Es gibt gar kein Oder. Sie sind auf dem Weg zur Selbstfindung. Gehen Sie ihn zu Ende.«

Das werde ich. Ich könnte meinen Bericht über den Fall SOFTWAL hier abschließen und einen Sprung, einen Zeitsprung machen. Ich will nicht. Ein paar Rachegefühle müssen sich auch noch austoben dürfen. Morgen werde ich mit Lust von meinen weiteren Ermittlungen berichten. Morgen.

Morgen beginnt es mit einem herrlichen Septembermorgen, der alles infrage stellte ...

September

9

Alles sträubt sich in mir, das Wort zu schreiben, aber es war tatsächlich ein herrlicher Septembermorgen. Er gab mir den entscheidenden Kick. Kürzlich hatte ich einen Fahrbericht über eine neue BMW, also quasi eine Cousine meiner Maschine, gelesen. »Komm, lass uns endlich abhauen!« hatte der Testfahrer seine Elogen überschrieben. Der Satz blieb bei mir hängen. Heute war es so weit. Mit klopfendem Herzen ging ich in die Tiefgarage. Angemeldet und auf Hochglanz gebracht hatte ich sie bereits wieder. Aufsitzen. Zurechtruckeln. Den linken Hebel ziehen und loslassen, ziehen und loslassen. Es musste gehen. Schlüssel umdrehen. Ziehen, Gang eindrücken, rechts drehen - der Motor heulte, nein, er jauchzte auf. Langsam loslassen. Ich fuhr. Zunächst ein paar Runden in der Tiefgarage, dann die Rampe hoch. Ich fuhr auf Münchens Straßen. Statt zu schreien, sang ich: Joe Denvers *Take me home.*

Durchs *Würmtal*, am *Starnberger See* entlang und über *Iffeldorf* war ich nach Murnau zu meiner Reha-Klinik gegondelt. Zwischen den ärztlichen Anweisungen *Jetzt fest zupacken und - lösen!* oder *Daumen spreizen und - ran ziehen!* erzählte ich dem Professor von meinem Glückserlebnis und dann vom Mord, der keiner war.

Während er seine Messungen studierte, fragte er: »Und der Tote hatte bereits einen Herzinfarkt gehabt?«

»Die Nichte sprach von Herzanfall, ob's ein Infarkt war, kann ich nicht sagen.«

Er stand auf, nahm seine Brille ab und massierte seinen Nasenrücken zwischen Daumen und Zeigefinger. Unwillkürlich ahmte ich die Bewegung mit meiner künstlichen Hand nach.

Er lachte. »Nein, so war das nicht gemeint. Ich denke nur nach. Der Auslöser einer Asystolie - also plötzlicher Herzstillstand - ist *post mortem* schwer feststellbar. Meistens sind meine Kollegen zufrieden, wenn sie eine organische Ursache finden. Ausgelöst kann so ein Herztod aber auch durch eine ganz äußerliche Einwirkung werden. Da reicht beispielsweise schon ein Schlag in die Magengrube. Doch wie wollen Sie den nachweisen?«

Ich war elektrisiert. Die Nazis, ja sogar die Männer vom Mossad hätten diesen Schlag ausführen können. Doch er dämpfte meine Gedankenspiele, während er seine Brille wieder aufsetzte.

»Andererseits kann man so einen - im wahrsten Sinne - Totschlag ja nicht planen. Nichtwahr? Sie können ja nicht einfach sagen, dem hau ich in die Magengrube und dann ist er tot. Letztlich ist der Tod dann doch wieder als Unglücksfall zu werten. - Ihre Reflexe sind übrigens toll geworden. Gratuliere.«

Ich hing noch meinen Gedanken nach. Und als ich ihm von dem Klinikgeruch, den die Nazis festgestellt hatten, berichtete, nickte er zustimmend: »Wenn ich Zeit hätte, würde ich auch Äther nehmen. Einfach solange Vorhalten, bis Herzstillstand eintritt. Das ist bei der Obduktion nicht mehr nachweisbar. Und in der Sauna lag die Leiche? - Na bitte, da ist nach dreißig Minuten alles verdampft. Sie riechen nichts mehr. Genial!« Er freute sich selbst über seinen perfekten Mord. Doch es half mir nicht weiter. Oren Wallach war zwar betäubt worden. Aber um ihn zu töten? Juristisch greifbar war nur Körperverletzung mit Todesfolge. Doch mir blieben die Beweislast und die Frage nach dem Täter.

Für die Rückfahrt wählte ich die relativ leere Autobahn, um mich weniger um´s Fahren kümmern zu müssen, während ich die Maschine mit 100 Sachen vor sich hin summen ließ. Den Kopf wollte ich frei haben und noch einmal über alle potenziellen Mörder nachdenken:

Den Nazis wäre zwar der Schlag zuzutrauen, aber nicht der geplante Mord mit Sauna und allem Drum und Dran. Das sprach schon mehr für die Iraner, die ja direkte Nutznießer des Todes geworden wären. (Wenn man die Aussagen der Mossadleute glaubte). Und die selbst? Totschlägen würden sie nicht. Zeitweise aus dem Verkehr ziehen schon eher. Verwirrung stiften, wie sie es nannten. Dazu würde der Äther passen. Also ein ungeplanter Mord. Ein Affekt? Was soll´s? Selbst wenn es Mörder gäbe, wären sie tot. Oder unerreichbar. Der Fall bleibt unbefriedigend. Für einen Polizeibeamten genauso wie für einen Privatdetektiven.

An der Abfahrt Wolfratshausen verließ ich die Autobahn und fuhr zurück zum Starnberger-See. Ich wollte das Fahren wieder genießen, jede Kurve auskosten. In Münsing bog ich nach Süden, um den See völlig zu umrunden. Erst in Bernried drehte ich bei und genehmigte mir eine Kaffeepause in dem In-Lokal dort. Auf der Terrasse sitzt es sich traumhaft. Vor den Augen bayrische Bilderbuchkulisse. Ohne Mühe nahm ich mit der Linken das Kaffeekännchen und schenkte ein - da - beinahe hätte ich doch etwas vergossen: Vom Parkplatz nebenan kam hastig ein Mann, den ich kannte. Er hatte keinen Blick für die schöne Aussicht, sondern verschwand sofort im Haus: Monsieur Lambert. Ein richtiger Zufallshammer.

Nach einigen Minuten beschloss ich einen Gang zur Toilette und spähte dabei vorsichtig in die Geträume. In einer Art Wintergarten wurde ich fündig: von Hostiz, Arvasohn und Lambert saßen in traulicher Runde über Papiere gebeugt. Was würde der Mossad dazu sagen?

Ich kam unbemerkt zu meinem Platz zurück, zahlte und verzog mich. Auf der Rückfahrt sank meine Stimmung trotz des beruhigenden Tuckerns aus dem Auspuffrohr. Irgendwas störte mich. Der Fall war durch und durch Murks. Ein manipulierter Toter, aber keine Täter. Die Guten blieben gut, die Schlechten schlecht, keine Sühne, keine Reue, nichts. Was sollte der ganze Aufwand.

Hinter Starnberg nahm ich wieder die Autobahn Richtung München. Diesmal mit ziemlich viel Gas. Mein Handy meldete sich. Ich fuhr auf den nächsten Parkplatz und prüfte, von wem der Anruf war und ließ mich verbinden. Tillmann Hauser war aufgeregt.

»Wo bist du gerade?«

»Auf dem Heimweg, kurz hinterm Starnberger Abzweig.«

»Wir müssen uns treffen. Habe heiße Neuigkeiten!«

»Ich auch!«

Wir trafen uns gegen fünf im Bistro bei meinem Büro. Noch konnte man draußen sitzen. Till hatte wirklich eine sensationelle Nachricht: Der Staatsanwalt hatte letzte Woche seiner Kollegin Akteneinsicht im Fall des flüchtigen Anlagebetrügers Ritzer gewährt. Sie kopierte sich die Liste der bekannten Geschädigten, um eine Sammelklage zu erreichen.

»Und jetzt kommt´s!« bereitete Till mich vor. »Als sie die einzelnen Namen auf der Liste durchging, um mit ihrer Sekretärin die Briefe zu formulieren, findet sie mit einem Schaden von Euro Vierhunderttausend - na wen? Du rätst es nicht!«

»Mach´s nicht so spannend.«

»Morten Arvasohn!«

»Is nich wahr!«

»Is wohl wahr! Sie kam sofort zu mir rüber und fragte, ob das nicht mein neuer Klient sei.«

Das saß. Der Spieler Morten auch ein Spekulant. Ein Glücksritter, der sich vergaloppiert hat. Einer, der sich cool gab - und dem das Wasser bis zum Hals stand.

»Eine Spielernatur war er ja schon immer«, beendete ich unser Schweigen. »Ob Onkel Oren davon gewusst hat?«

Till sagte: »Sieht jedenfalls nicht gut aus. Ist es Mandantenverrat, wenn wir damit zu Zischler gehen?«

Ich schüttelte den Kopf. »Wir haben doch unser Honorar bekommen. Also sind wir frei.«

Zischler war ungnädig. »Der Mann ist beerdigt. Die Schuldigen tot. Ich bin froh, das heiße Eisen los zu sein, da kommen sie mit neuen Theorien.«

»Unbestritten kam da doch einem gewissen Herrn der plötzliche Herztod sehr, sehr gelegen«, gab ich zu bedenken. Und schlagartig wurde mir klar, was mir vorhin im Lokal Unbehagen bereitet hatte:

»Wieso hat Arvasohn - von mir aus auch von Hostiz - den Franzosen in der Urlaubszeit bestellt? - Hat er schon gewusst, dass sein Onkel aus dem Weg war?«

»Oder im Urlaub!« warf Tillmann ein.

Ich gab nicht auf. »Aber nach Aussage von Hannah wollten alle nach jener Sitzung in den Urlaub.«

Zischler schlug auf den Tisch. »Dann ist es ein Fall für Bandmann. Fragt ihn, ob er ihn wieder aufnehmen will. Ich kann euch mein Material geben. Von Arvasohn haben wir zwar die Kopie seiner Festplatte, aber niemand kann sie lesen. Total wirr. Unsere Experten sind noch ratlos.«

Tillmann stichelte: »Wie beim Filius vom alten Strauß selig.«

»Der hat doch gelöscht, während hier noch alles drauf ist«, wagte ich einzuwenden.

Zischler ging nicht darauf ein: »Wir müssten mal ´nen Profihacker ansetzen. Vielleicht hat der neue Ideen.«

Plötzlich hatte ich die Lösung: »Hacker finden bei CA-SUS nur die einzelnen Blätter.«

»Was sagst du?« Till und Zischler sahen mich fragend an.

»Ich zitiere. So hat Hannah das Softwareprogramm ihres Onkels beschrieben. Hacker haben ohne den Codestick keine Chance.«

»Sehr erfreulich«, sagte Zischler trocken.

»Ist es auch«, meine Stimme jubilierte fast. »Ich habe nämlich solch einen Codestick. Ich müsste ihn nur noch etwas bearbeiten lassen. Florian muss wieder ran.«

»Im Ernst?«

»Anruf genügt! Darf ich mal Ihr Telefon benutzen? Ist ja dienstlich.«

Er schob es rüber und ich gab meiner Schwester in Trier den Auftrag, das bewusste Päckchen an mich zurückzuschicken. Schnellstens!

In leicht gehobener Stimmung beschlossen wir, uns alle wieder in der KTU zu treffen, wenn das Ding angekommen ist.

Ein Lob der Post. Das Ding kam bereits am nächsten Tag. Ich fuhr damit sofort zu Florian, der schon vorgewarnt war und sich bereithielt.

»Ist ja so ein neues superflaches Steckmodul«, stellte er fachmännisch fest.

Ich erklärte ihm das Problem mit dem selbstzerstörerischen Programm, wenn man es nicht mit dem Code füttert.

Wieder ruckelte er sich vor seinen Geräten zurecht. Er schob den Stick in einen Schlitz, gab ein paar Tastaturbefehle und die Apparate begannen wieder ziemlich lautlos ihre Arbeit. Nur kleine grüne Lichter blinkten ab und zu. Dabei erklärte er mir, dass er an einem tollen Projekt sitze: »Stell dir vor, ich arbeite an einer Methode, Tondateien extrem zu komprimieren. Ich packe einfach jeweils zehn Signale über statt hintereinander, verstehste?« Dabei schichtete er seine Handflächen abwechselnd die untere auf die obere.

»Ich verstehe nichts, Florian, aber ich denke, es ist genial.«

»Das wollte ich hören. Jetzt zu deinem Problem. Ich mach erstmal eine Eins-zu-Eins-Doublette, verstehste, damit wir eine Arbeitskopie haben. Falls was passiert«, erklärte er. »Dann schau ich mir das Programm mal an.«

Ein Tonsignal ertönte.

»So. Das wäre anscheinend geschafft. Keine Probleme erkennbar. Jetzt lass mal sehen. Aha. In *Cobol* geschrieben. Das macht´s einfach. Cobol ist nämlich die verbreitetste höhere Programmiersprache. Da gibt es für den Programmierer viele Werkzeuge und Möglichkeiten der Manipulation, verstehste.«

Ich sagte nichts.

Wieder ein paar Tastengriffe.

»Aha. Hier siehst du die Falle.«

Ich sah nichts, außer Hieroglyphen.

»Hier fragt er nach dem *key*. Das werden wir jetzt einfach überbrücken. - Wir legen hier oben einfach einen neuen Pfad.«

Er hämmerte in die Tastatur.

»Exakt bis hierhin. - Ha, da staunst du, was?«

Ich wusste nicht, ob er mich oder den Rechner meinte.

»So. jetzt kommt die Probe aufs Exempel.« Wieder gab er Befehle ein. Gebannt schauten wir auf den Monitor. Das übliche Vorspiel mit bewegten Frames - aber keine Frage nach einem Passwort. Das Programm ist selbst das Passwort, hatte Hannah gesagt. Dann kam die Aufforderung Bitte Laufwerk eingeben: Florian tippte C:\ Unwillkürlich hielt ich den Atem an. *Bitte warten, Laufwerk c wird gelesen* beruhigte uns die Maschine. Eine dampfende Kaffeetasse erschien auf dem Bildschirm und ein blaues Band zeigte den Fortgang der Arbeit in einem Fenster mit Prozentzahlen. Dann ein akustisches Signal und die Meldung: *Kein assoziiertes Programm in Laufwerk c gefunden!*

»Das war's«, sagte Florian stolz. »Claro. Wo nix is, kann er nix finden.« Er griff in eine Schublade, wo ähnliche Sticks lagen. »Auf diesen grauen hier kopiere ich dir das manipulierte Programm. Verwechsle nachher nicht Original und Fälschung. - Viel Spaß. Deine Schulden in Maß sind kaum noch bei einem einzigen Wiesnbesuch abzugelten.«

Er gab mir die beiden kleinen Elektronikteile. Ich versprach ihm einen zweiten Abend, Brathendl inklusive. Schulden, die ich bis heute nicht eingelöst habe. Doch sie sind nicht vergessen.

Punkt 15 Uhr waren wir in einem Raum voller Computer-Equipment und Verkabelungen im KTU versammelt. Tillmann Hauser, Zischler, Tommy Bandmann, zwei Spezialisten, eine Sekretärin.

177

Zischler begann ziemlich hölzern: »Gewissermaßen als Gastgeber für diese Runde möchte ich zunächst Folgendes zu Protokoll geben: Da dieser Fall jetzt offensichtlich weniger politische Komponenten beinhaltet, sondern zu einem - gewissermaßen - banalen Tötungsdelikt mutiert, gebe ich mit Freuden die Zuständigkeit wieder ans Dezernat 11 ab. Tommy Bandmann hat also ab jetzt die Federführung.«

Mit Freuden war sicher ehrlich, denn hier konnte er sich nicht mehr wichtig tun oder besonders profilieren. Das hier war jetzt Facharbeit.

Als alle Tommy anschauten, legte er seinen Stift auf den Block vor sich und sagte: »Gut. Ich schlage vor, dass unser ehemaliger und auch heute noch geschätzter Kollege Larry uns zunächst einen Überblick gibt. Denn er hat den Fall sozusagen von allen Seiten durchlebt. Larry, bitte!«

Ich stand auf. Irgendwie konnte ich im Stehen besser denken.

»Danke. Ja, es stimmt. Den Fall habe ich beruflich und privat sehr intensiv erlebt. Nicht nur, weil er mein erstes großes Ding als Freiberufler war. Und mich treibt es genauso wie euch um, dass wir keinen Täter haben. Deshalb frage ich heute noch einmal, was wir tatsächlich wissen. Da bleibt: Morten Arvasohn. Er wollte unbedingt ein Geschäft mit einem Monsieur Lambert durchziehen. Das ist ein Franzose, der angeblich im Auftrag einer *Indic Pacific Bank* mit Sitz in *Nauro* handelte. Nauro gilt als Geldwäsche-Paradies und liegt irgendwo zwischen Polynesien und Melanesien. In Wirklichkeit aber sollte dieser Franzose für den Iran die wertvolle Software beschaffen. - So jedenfalls stellte es mir der israelische Geheimdienst dar.«

»Die können aber auch mit Lügengeschichten Desinformation betreiben«, warf Tillmann ein.

Ich ging darüber hinweg. »Der Mossad war es auch, der Oren Wallach vor diesem Geschäft gewarnt hat, sodass dieser darauf verzichten wollte. Die beiden anderen Geschäftsführer, von Hostiz und Arvasohn, verlangten aber Beweise. Gleichzeitig begannen die Empfänger, wer auch immer, wahrscheinlich von Lambert über die Störungen informiert, Druck auszuüben. Schließlich versuchte man, Oren Wallach zu entführen. Dabei erlitt der alte Herr einen tödliche Herzanfall. Das war bisher meine Theorie. Nach neustem Stand kann man sogar prüfen, ob nicht Morten selbst seinen Onkel umgebracht hat. Im Kontext zu den hohen Schulden, von denen wir vorgestern erfahren haben, ist es jedenfalls nicht ausgeschlossen. Aber es wird schwer sein, das nachzuweisen.

Die Männer des Mossad, die den Entführern - Iraner wahrscheinlich - auf der Spur waren, kamen auf jeden Fall zu spät. Sagen sie jedenfalls. Und wir sollten es zunächst mal glauben. Sie waren es aber, die dann mithilfe der rechten Schlägerbande die Leiche manipulierten - und Arvasohn in dringenden Tatverdacht brachten. So haben sie es mir jedenfalls versichert.«

»Wieso das?«, fragte Zischler dazwischen.

»Um das Durcheinander, in das sie selbst geraten waren, weiter zu geben. Wenn sie eine Situation nicht mehr im Griff haben, gilt nur eine Regel: so viel Verwirrung wie möglich, damit auch ihre Gegner die Übersicht verlieren - hat einer der Männer mir anvertraut.«

»War ja auch erfolgreich«, kommentierte Bandmann.

»Und wie«, stimmte ich zu. »Zum Schluss war Arvasohn für uns alle unschuldig und konnte sogar seinen Deal mit Lambert zu Ende bringen. Das bereitete mir zwar Unbehagen. Für einen, der Bach im Namen trägt, war es regelrecht disharmonisch, ein Opfer ohne einen richtigen Täter, sondern überall nur Scheintäter. Doch ich fand nicht den Kontrapunkt, den logischen Unterbau, der alles wieder ins Lot bringt. Bis - !«

Ich schaute mich um, blieb bei einem der Computerleute hängen, die bisher gelangweilt mit ihrer Tastatur spielten. »Bis ich von Arvasohn Finanzierungsabenteuer hörte. Der Mann hatte plötzlich fast eine halbe Million Schulden - und siehe da: hier fand ich sozusagen einen neuen Gleichklang. Arvasohn Wunsch auf einen schnellen

Abschluss mit Lambert entsprang nicht einem kühlen Dur-Akkord, sondern war bereits tiefstes Moll. Er musste verkaufen, um zu bestehen.«

Ich machte eine Pause. »Alles klar, so weit?«

Tommy nickte mir zu: »Jetzt mal ganz unmusikalisch gesprochen: Wenn wir jetzt nachweisen können, dass er vor dem Tod irgendeine Verbindung zu den Iranern gehabt hat, ist er dran.«

»Beihilfe zur Entführung mit Todesfolge. Mindestens«, sagte Tillmann schlicht.

»Und von Hostiz?«, fragte Zischler.

Ich schüttelte den Kopf: »Seine Rolle ist immer noch unklar. Nur geldgierig? Der Verbindungsmann zur rechten Szene? Nur Mitwisser von Arvasohn Schulden? Oder einfach Geschäftsmann ohne besondere Skrupel? Soll´s ja geben.«

Tommy Bandmann fasste zusammen. »So viel zur Information. Jetzt wollen wir mal schauen, was wir finden.«

Der Operator setzte sich vor die Tastatur und schob den Stick ein. Wir bildeten einen Halbkreis hinter ihm. Alle den Monitor im Blick. Ich kannte das Vorspiel bereits. Auf die Aufforderung *Bitte Laufwerk eingeben*, tippte unser Mann C:\ Wieder die Meldung *Bitte warten*. *Laufwerk c wird gelesen* und die dampfende Kaffeetasse erschien auf dem Bildschirm. Dazu ein Fenster mit der Fortschrittsanzeige. Unsere Spannung stieg synchron mit dem blauen Band, das den Fortgang der Arbeit sichtbar machte.

»Will jemand Kaffee?«, fragte die Sekretärin.

Keiner reagierte.

»Kann sich nur um Minuten handeln«, sagte der Spezialist.

Bei Hundert begann der Bildschirm zu flimmern, und mein Herz zu rasen. Plötzlich erschienen, schön säuberlich aufgereiht und nach Alphabet sortiert, die gewohnten Ordnersymbole auf dem Monitor.

Fast jeder löste seine Spannung durch einen Laut. Ich registrierte ein *Sauber* von Zischler, ein melodisches Pfeifsignal des Experten und ein spitzes *Irre* der Sekretärin.

»So, da wollen wir mal schauen, was der Herr Arvasohn so getrieben hat,« wurde Bandmann aktiv und wollte den Platz an der Tastatur einnehmen.

»Stop!«, wehrte der Fachmann ab. »Ich empfehle ein sofortiges Überspielen der unverschlüsselten Daten, bevor uns noch ein Streich gespielt wird.«

Alle nickten und er traf seine Vorkehrungen. Während die Systeme arbeiteten, konnten wir schon die Namen der Ordner überprüfen. Die meisten sagten uns gar nichts oder betrafen schlicht Firmen: Daimler stand da, oder Lufthansa oder Netscape. Bei einem rieb sich der Spezialist die Hände. Er deutete mit dem Bleistift auf merkwürdige Hieroglyphen: »Der ist interessant. In dem werden in der Regel die gelöschten E-Mails gesammelt. Wenn der noch voll ist -«. Er ließ offen, was dann geschehen wird.

Mir fiel noch Lambert auf.

Bandmann blickte zur Sekretärin. »Frau Erdmann, bitte von dem alles ausdrucken. Ich will die Wort für Wort lesen.«

Frau Erdmann ging zu einem Arbeitsplatz, bat den Fachmann, ihr die Daten rüber zu legen und begann ihre Eingaben zu machen.

»Die eindeutigen Firmenordner können wir wohl zunächst ausschließen«, schlug ich vor. »Konzentrieren wir uns auf unbekannte und rätselhafte Bezeichnungen.«

»Das bleibt ja dennoch wie mit der Stecknadel im Heuhaufen«, bemerkte Till.

»Ich kann ein Filter installieren. Mit bestimmten Suchwörtern. Vielleicht finden wir was«, regte der Experte an.

»Libanon, Mahmud Alimadinedschad, Iran, Salman Dschallud, Maomar Said Slim«, Zischler ratterte los.

»Langsam. Wie schreibt man das?« Zischler begann von vorne und buchstabierte.

Nach einiger Zeit schüttelte der Fachmann den Kopf. »Negativ!«

Zischler gab nicht auf: »Wie hießen die Russen?«

»Ich glaube, wir müssen alles durchlesen«, bestimmte Bandmann und surfte durch den Ordner Lambert, während ich ihm über die Schulter blickte. Ich fragte den Experten, ob jetzt noch etwas mit den Daten passieren könnte. Der verneinte. »Alles im Trockenen. Es sei denn, er hat irgendwo noch ein Virus versteckt. Was ich aber nicht glaube. Er fühlte sich ja mit seinem Programm sicher genug.«

»Ich habe hier noch die Originalversion. Mich würde interessieren, wie sich das Programm beim nächsten Start selbst zerstört?« fragte ich vorsichtig.

»Können wir haben. Ich kopiere sie und lasse sie dann starten. Das Original werden Sie sicher behalten wollen?«, kam die prompte Antwort. Einer der Computerleute nahm einen Laptop und legte den Stick ein.

»So, jetzt habe ich hier die Schlüsseldatei startbereit. Soll ich?«

Ich nickte und alle schauten wieder auf seinen Bildschirm. Es begann das bekannte Spiel mit der Aufforderung *Bitte Laufwerk eingeben*. Der Mann an der Tastatur tippte C:\ Prompt kam die Meldung *Bitte warten. Laufwerk c wird gelesen.*

Wieder Balken mit der Fortschritts-Anzeige. Und dann erschien statt der dampfenden Kaffeetasse ein grinsender Teufel. Ein höllisches Lachen ertönte. Plötzlich zitierte eine Stimme aus Goethes Faust: *Das also war des Pudels Kern. Der Casus macht mich lachen.* Das Lachen ging in ein Geräusch über, das wie eine Toilettenspülung klang - und auf dem Monitor verengte sich alles zu einem winzigen Punkt in der Mitte, aus dem sich das flimmernde Wort *Error* entwickelte.

»Das war´s!«, sagte der Experte.

»Ts, ts, ts - !« ahmte Bandmann den Chef nach.

»Er ist und bleibt ein Spieler«, gab ich zu Protokoll.

»Jetzt müssen wir ihm nur noch etwas beweisen«, erinnerte uns Jurist Tillmann Hauser an unsere Aufgabe.

Wir beschlossen, dass jeder einen Packen der ausgedruckten Dokumente überprüft und wir uns dann wieder zusammensetzen wollten. Alle waren einverstanden.

10

Am nächsten Morgen um elf versammelten wir uns im Großen Besprechungsraum in der Bayerstraße. Zischler war als Gast noch einmal dabei. Tommy Bandmann stellte mir zwei junge Assistenten vor.

»Der berühmte Urbach?«, fragte einer.

Ich schlug ihm freundschaftlich mit der Prothese vor die Brust.

»Ja«, sagte Tommy, »Ein Freund und Kollege, wie man sich viele wünscht.«

»Nun halt aber die Klappe!«

Statt der Computer stand ein Funkgerät in Raum und statt der Fachleute waren jetzt noch die beiden vom BND und die Haftrichterin dazu gekommen. Tillman Hauser begrüßte sie mit einem schrägen Lächeln. »Vielleicht muss ich ja Abbitte leisten.«

»Niemals - solange Sie auf dem Rechtsweg bleiben.«

Till stellte seine Kollegin, Dr. Hellwig vor. Ich hatte ihn gebeten, sie mitzubringen. Ich brauchte sie für meinen Plan. Sie flüsterte mir rasch noch zu, dass sich 27 Geschädigte an der Sammelklage beteiligen und dass die Millionen in Jersey eingefroren sind. »Jetzt sei es nur eine Frage der Zeit, bis wir an das Geld herankommen. Die Bank sträubt sich natürlich noch.«

»Dann bekommt unser Freund ja auch sein Geld?«, fragte ich halb bedauernd.

»Bisher ist er nicht im Boot.«

»Das wär´s: Wenn ausgerechnet ich ihm die verlorenen Tausender wieder beschafft hätte.«

»Vielleicht könnte man das Künstlerpech nennen.« Wir lachten beide.

Bandmann erhob sich und schaute etwas irritiert zu uns herüber. Kam dann sofort zum Punkt: »Ich denke, wir haben ihn. Es hat mich die halbe Nacht gekostet. Ich habe drei Faxtexte gefunden. Die gehen zwar offiziell an die *Indic Pacific Bank*, Zweigstelle Zürich - aber es sind Nachrichten, die an die merkwürdige Adresse NR weiter gehen sollen. Und was ist NR?«

»Das Autokennzeichen von Neuwied am Rhein!«, sagte jemand lachend.

Bandmann sah triumphierend in die Runde. Dann erlöste er uns: »Ich brauchte auch meine Zeit, bis ich es hatte. NR klang verdammt nach der Abkürzung für Nummer. Aber mein Sohn, der sich mehr im Internet bewegt als im Badezimmer, brachte mich drauf: NR ist die internationale Domäne-Endung für Nauru. Also, so, wie Deutschland mit Punkt-de endet, schließen die eben mit Punkt-nr! Nett, gell?«

Wir klopften begeistert Beifall. Doch Zischler fragte: »Nauru. Was ist den das schon wieder für ein Computer-Chinesich?«

»Nix chinesisch«, klärte Bandmann ihn auf. »Polynesisch. Nauru ist der Sitz der IPB.«

»Was ist IPB?«

»Indic Pacific Bank!«

»Donnerwetter!« Jetzt war auch Zischler perplex.

»Gute Idee, über Zürich zu arbeiten«, bemerkte ich anerkennend. »Eine Botschaft direkt nach Nauru wäre doch von sämtlichen Geheimdiensten der Welt aufgefangen worden.«

»Was schreibt er denn so?«, fragte Till.

Tommy blätterte in seinen Ausdrucken und sortierte Seiten aus, die er angekreuzt hatte. »Übrigens sind alle empfangenen Schreiben von der Bank offenbar gelöscht. Nichts war im Kasten.«

Dann hob er ein Blatt: *»Hier - gesendet am 17. Juli um 12 Uhr 48: Mailto NR: Meeting 08.05. Just before holydays. Best time 10:00 am.* Das ist der Todestag vom Alten in amerikanischer Schreibweise, also Monat vor Tag. Wahrscheinlich auch seine Todesstunde. Und hier - am 26. Juli um 12 Uhr 43 - offenbar wurde er immer aktiv, wenn die anderen in der Mittagspause waren: *Mailto NR: D-Day confirmed!* Hier schreibt er - am 1. August. *Mailto NR: Sunday. Ready to go.*«

Er blickte in die Runde, bei der Haftrichterin blieb er hängen: »Reicht Ihnen das?«

»Völlig«, antwortete sie und unterschrieb ohne zu Zögern den vorbereiteten Haftbefehl.

»Wir wollen ihn aber aus der Reserve locken.« Ich war aufgestanden und erläuterte meinen Plan, den ich letzte Nacht ausgeknobelt und heute früh mit Tommy besprochen hatte. Er wurde abgenickt.

Bandmann drehte am Funkgerät: »Operation Walfisch - es geht los. Alles bereit?«

»Walfisch eins auf Posten«, kam es aus dem Lautsprecher.

»Walfisch zwei dito!«

Bandmann schüttelte lachend den Kopf. »Dito - typisch Heinz, er kann sich einfach nicht an die Regeln halten. Aber ein guter Mann«, beteuerte er sofort mit Blick auf die Richterin.

Ich schob Dr. Hellwig meinen Telefonapparat zu. Sie wählte Arvasohns Privatnummer. Er war sofort dran und wir konnten alle mithören.

»Arvasohn.«

»Ah, guten Morgen, spreche ich mit Morten Arvasohn.«

»Am Apparat. Wer ist da bitte?«

»Verzeihung, Hellwig, ich bin Rechtsanwältin und vertrete eine Interessengemeinschaft in Sachen Ritzer und EFG.«

»Ja - und?«

»Ja, und ich war letzte Woche bei der Staatsanwaltschaft und erhielt Akteneinsicht. Da fand ich unter den Geschädigten auch Ihren Namen. Deshalb meine Frage: Möchten Sie sich vielleicht unserer Interessengemeinschaft -«

Er wurde hörbar wütend. »Was geht - wie kann die Staatsanwaltschaft - das ist doch -«. Er erinnerte mich an die Stammeleien des Herrn von Hostiz. »Es gibt doch so etwas wie Datenschutz.«

»Oh, das geht in Ordnung. Ich versichere Ihnen, das bleibt alles vertraulich. Nur - vereint haben wir einfach mehr Macht und Chancen, verstehen Sie - als Nebenkläger, meine ich.«

»Hören Sie, für mich ist der Fall abgeschlossen, erledigt. Ich habe den Schaden abgeschrieben. Und möchte nichts mehr davon hören. Bin eh die nächste Zeit verreist. Aber der Staatsanwalt wird noch von meinem Anwalt hören. Verstanden?«

Bandmann formte mit den Lippen ein »Wohin?«

»Klar. Entschuldigen Sie den Anruf. Wo soll´s denn hingehen?««

»Ins Ausland. Guten Tag.« Er hatte aufgeknallt.

»Gute Reise!«, säuselte Frau Dr. Hellwig noch in den Hörer.

»Als sein Anwalt krieg ich ja wieder Arbeit«, scherzte Till.

»Zunächst bin ich dran. Ich möchte wetten, dass er gleich anruft. Sonst rühre ich mich bei ihm.«

Es dauerte exakt 16 Minuten, während denen Bandmann uns noch einmal alle relevanten Stellen aufzeigte, bis es im Lautsprecher rauschte.

»Hier Walfisch eins. Objekt verlässt das Haus. - Steigt in silberfarbenen AUDI - Kennzeichen Augsburg - Dora Ludwig vier sieben drei - wir folgen.«

»Walfisch eins - Verstanden!«

Wir warteten. »Jetzt fährt er in sein Büro«, sagte ich leise, als ob Arvasohn mithören könnte.

»Dort wartet Heinz«, erklärte Bandmann.

»Wieso eigentlich Augsburger Nummernschild?«, fragte jemand.

Keiner wusste eine Antwort. Auch ich kannte Arvasohn Wagen nicht.

»Soll mal jemand prüfen«, ordnete Bandmann an. Einer der jungen Assis verließ den Raum, kam nach kurzer Zeit zurück und meldete: »Fahrzeug wurde von einer

Augsburger Firma an Arvasohn verliehen. Vorerst für drei Tage.«

»Hier Walfisch eins - «, drang wieder aus dem Lautsprecher, »Prinzregentenstraße, Richtung Friedensengel. - Wenn er oben abbiegt, fahren wir geradeaus an neuen Einsatzort.«

»Zentrale an Walfisch eins - Okay. An Walfisch zwei - verstanden?«

»Walfisch zwei: Verstanden. Er kommt.«

Nach weiteren vier Minuten klingelte mein Handy. Arvasohn war dran. Ich fragte rasch, ob er im Büro sei und bot ihm Rückruf an, mit der Begründung, dass mein Akku auf dem letzten Loch pfeife.

Jetzt konnten alle wieder mithören, wie ich Erstaunen heuchelte, dass er nicht im Urlaub war.

»Geht doch schon bald wieder los, das Geschäft?«

»Ja, das Geschäft. Musste mir doch als neuer Chef einen genauen Überblick verschaffen. Was, wo läuft, was geplant ist und so. Jetzt können die Mitarbeiter wieder eintrudeln. Alles auf Reihe. Wir expandieren.«

»Ist denn Monsieur Lambert auch zufrieden?«, fragte ich scheinheilig.

Kurze Pause. »Gewiss. Klar, das ging auch glatt über die Bühne. - Aber warum ich anrufe: den Codestick, den Sie in Verwahrung haben, Sie wissen doch - den brauch ich zurück.«

»Ach du Scheiße«, spielte ich den Erschrockenen. »Ich meine, das tut mir leid. Wo Sie doch sagten, das Ding sei nicht wichtig.«

Er lachte noch locker. »Sie meinen, Sie haben ihn vernichtet?«

»Um Gottes Willen. Niemals. Nein - ich dachte ja, Sie sind verreist. Also habe ich ihn der Polizei gegeben. Die haben doch eh noch Akten von Ihnen - dann kommt alles gemeinsam zurück, dachte ich.«

Wieder hörte man die Wut. »Dachten Sie? Dachten Sie? Was haben Sie sich eigentlich - « Er merkte selbst den komischen Schlenker und änderte den Gedankengang: »So gehen Sie also mit anvertrautem Gut um. Das ist eine bodenlose Frechheit. Ich könnte Sie haftbar machen, wenn da was passiert.«

»Jetzt bleiben Sie mal ganz locker. Was könnte denn passieren? Sie haben vor Zeugen gesagt, wörtlich: dass das Ding sich selbst zerstört, wenn man nicht den richtigen Code eingibt. Was sollte also bei der Polizei passieren?«

Er schwieg. Man hörte fast, wie seine Gedanken kreisten.

Ich legte nach. »Wenn Sie wollen, rufe ich sofort im Präsidium an, man solle Ihnen das Ding schicken. Per Kurier!«

»Sie werden gar nichts machen. Die müssen nicht wissen, was sie da haben. Einen Speicherstick. Fertig. Vergessen Sie´s.«

»Wie Sie meinen.«

»Ich verlass´ mich drauf!«

»Klaro. Ich entschuldige mich nochmals für meine Voreiligkeit. - Was hören Sie von Hannah?«

»Sicher weniger als Sie. Ich muss auflegen. Habe noch einiges zu tun.«

»Klar, Servus.«

Wir blickten uns an. »Jetzt bin ich gespannt!«

Nach wenigen Minuten kam es aus dem Lautsprecher: »Walfisch zwei an Zentrale: Gesuchte Person verlässt mit einem Pilotenkoffer das Haus. Wir folgen.«

»Verstanden!«, sagte Bandmann. Für uns begann das spannende Hörspiel, wie sich zwei neutrale Polizeifahrzeuge immer wieder abwechselnd hinter Morten Arvasohn BMW setzten. Er fühlte sich offenbar noch sicher, denn ohne Umwege fuhr er über Ismaning und den Weiler Fischerhäuser Richtung Flughafen.

Als das Ziel deutlich wurde, rief Bandmann die Kollegen vor Ort an. Er faxte den Haftbefehl durch und bat um Amtshilfe, bis er selbst eingetroffen war. Er sprang auf, dankte allen Anwesenden, winkte einem Assi zu folgen und rannte los.

»Nimm mich mit!«, rief ich ihm nach.

»Okay, komm!«

Mit Blaulicht fuhr uns ein Uniformierter durch die Stadt, dann auf die Autobahn Richtung Flughafen. Unterwegs erreichte uns dann die fatale Meldung: Arvasohn war auf den *Park&Ride-Platz* kurz vorm Flughafen gefahren, hatte sein Fahrzeug abgestellt und war in die S-Bahn gestiegen - aber in die Gegenrichtung. Zurück nach München. Die Kollegen waren abgehängt und standen vor einem Rätsel.

Wir im Einsatzwagen auch.

»Trotzdem hin zum Flughafen!« gab Tommy das Kommando. Die beiden Beschatter wurden nach Hause geschickt. Die Funkzentrale sollte besetzt bleiben.

Am Flughafen empfingen uns die Kollegen: »Es gibt keine Buchung unter dem Namen Arvasohn.«

»Verdammt will ich sein, wenn er nicht fliegt.«

»Er könnte natürlich mit der S-Bahn zum Hauptbahnhof und in aller Ruhe nach Frankfurt oder Hamburg fahren«, warf ich ein. »Oder nach Augsburg - und von dort nach Frankfurt fliegen.«

»Meinst du, er fühlt sich schon verfolgt?«

»Er ist ein Spieler.«

»Ich kann doch noch keine Großfahndung rausgeben.«

»Als Spieler würde ich auch viele Spuren legen - und dann doch von hier fliegen. Er will ja geradezu, dass wir andere Wege verfolgen.«

Jetzt fiel mir sogar ein, dass er ein Buch über Bangalore in die U-Haft bestellt hatte.

»Gibt es denn heute noch die Möglichkeit, nach Bangalore zu starten?«, fragte ich in den Raum. Einer der hiesigen Polizisten ging an einen Monitor und gab etwas ein.

»Morgen früh 10 Uhr 25 via Frankfurt«, kam die Auskunft.

»Dann muss er nur bis dahin in Frankfurt sein«, dachte ich laut. »Checkt doch mal die Passagierliste.«

»Negativ!« kam´s zurück. »Kein Arvasohn, kein Morten!«

Da war der Einfall. Ich sprang auf und brüllte: »Mordechai!«

Man sah mich an, als hätte ich etwas Obszönes gerufen.

»Der heißt so. Wenn er seinen israelischen Pass benutzt. Checkt mal alle Israelis.«

Gebannt schaute ich mit Tommy auf den Monitor. Der fünfte Name, der da aufflimmerte, war's: *Mordechai Ben Arava*. Flug LH 0132 nach Frankfurt. Bandmann organisierte, dass in den nächsten zwanzig Minuten auf sämtlichen Monitoren der Check-in-Schalter das Konterfei von Arvasohn erschien. Mit dem Hinweis, verdeckte Meldung an die Flughafenpolizei. Dann hieß es warten.

Siebzig Minuten später kam der Alarm. Bei einem Lufthansa Check-in im Terminal 2 hatte Arvasohn alias Ben Arava soeben eingecheckt. Ohne Gepäck. Nur einen Pilotenkoffer. Abflug in zwanzig Minuten.

Er saß in der *Business-Class* und blätterte in einem englischen Reiseführer *India, Subcontinent with many faces.*

Er merkte nicht, dass wir hinter ihm standen.

»Ich wusste gar nicht, dass Indien *Green Cards* für Software-Spezialisten ausgibt, Herr Arvasohn«, sagte Bandmann.

Er drehte sich ganz langsam um. »Jedes Land braucht Spezialisten. Wer sind Sie?« Dann sah er mich.

»Das ist Kriminalhauptkommissar Bandmann«, sagte ich. »Auch ein Spezialist. Er hat alles, was er braucht. Am Besten, Sie kommen ganz unauffällig mit.«

Morten nickte, stand auf, holte seinen Koffer aus dem Fach und kam mit uns. Die Stewardess schaute uns erstaunt nach. In der Gangway sagte Morten: »Ich habe dringende Termine. Wenn ich ohne triftige Gründe morgen in Frankfurt die Maschine nach Bangalore versäume, mache ich sie persönlich haftbar.« Dabei war nicht ganz klar, ob er mich oder Bandmann meinte.

»Keine Sorge«, sagte ich dennoch. »Wenn Sie morgen früh nicht in U-Haft sitzen, bringe ich sie persönlich zur ersten Maschine nach Frankfurt.«

Er sah mich an. »Ehrenwort?«

»Ehrenwort! Ich bin und bleibe Hannah verpflichtet.«

Als wir im Zentralbereich angekommen waren, gab Tommy Anweisung, die Einsatzzentrale in der Bayerstraße aufzulösen. Dann führte er uns in ein karges Büro der Flughafenpolizei. Tisch, fünf Stühle, PC, Druckerständer, Kaffeemaschine. Als wir alle drei Platz genommen hatten, begann er: »Herr Arvasohn, ich habe hier einen Haftbefehl wegen Beihilfe zur Entführung mit tödlichem Ausgang. Zum Schaden Ihres Onkels Oren Wallach. So milde haben wir es jetzt erst einmal formuliert. Vielleicht schafft der Staatsanwalt auch noch eine Mordanklage.«

»Basierend auf?«, fragte Morten noch ungebrochen.

»Basierend auf Faxnachrichten, die wir auf Ihrer Festplatte sichergestellt haben.«

Morten blickte mich böse an, als sei ich der Täter. »Zunächst meinen Glückwunsch für die technische Leistung, meine Harddisk zum sprechen zu bringen. Darf ich die inkriminierenden Stücke mal sehen?«

»Selbstverständlich.« Bandmann schob ihm die Papiere hin. Morten las. Dann nahm er die Brille ab, rieb sich die Augen, setzte sie wieder auf und sagte tonlos: »Das ist wirklich überzeugend.« Stille. Dann stand er auf, ging ans Fenster und blickte hinaus auf die parkenden Flugzeuge. Endlich drehte er sich um, ging wieder zum Tisch und griff die Papiere. »Darf ich noch mal sehen?«

»Bitte. Wir haben Kopien.«

Er las sie wieder eingehend. Dann setzte er sich und begann: »Meine Herren, zunächst stimme ich ihnen völlig zu. Der Augenschein spricht absolut gegen mich. Sie konnten gar nicht anders, als mich zu verhaften. Andererseits erkläre ich hiermit meine Unschuld und ich werde alles tun, um sie zu beweisen. Sie gehen offensichtlich davon aus, dass eine Scheinentführung geplant war, um mich zu erpressen. Und Onkel Oren hat es nicht durchgestanden. Hier in den Faxen - wie heißt denn der Plural von Fax? - also hier haben sie deutliche Hinweise entdeckt. Dem muss ich jetzt zustimmen. Nur: Ich habe diese Faxe

weder geschrieben noch gelesen. Und als ich die Zeitanga-
ben sah, wurde mir klar, dass sie während der Mittagspause verfasst wurden. Schritt eins: Fahren wir in mein Büro.
Ich habe vorgestern, vor meiner Reise, für meine Buchhal-
tung die Restaurantbelege der letzten drei Monate zusam-
mengestellt, damit die Umsatzsteuervorauszahlung berech-
net werden kann. Da hätte ich zumindest mal ein Alibi. Ist
das Okay?«

Ich sah Bandmann an. Der nickte. »Ich müsste Sie
aber in Handschellen zum Auto führen.«

Morten hielt ihm die Gelenke hin. »Eine Hand genügt«, erklärte Tommy und ließ die Klammer einschnap-
pen.

Auf der Fahrt fragte er nach dem Versteckspiel mit der
S-Bahn, bevor Arvasohn zum Einchecken gekommen
war.

»Das ist ein Spiel von mir. Seit den Ereignissen im
letzten Monat, bei denen ich keinen Durchblick mehr hatte, wer was von SOFTWAL wollte, sollte auch niemand
wissen, was ich beabsichtige.«

»Was passiert mit dem Leihwagen?«

»Die Firma kennt uns. Wir arbeiten seit Jahren zusammen und wir können anrufen und sagen, wo der Wagen
steht. Er wird dann gegen eine Servicegebühr abgeholt.«

»Wer könnte denn an Ihren PC und dort Faxe versen-
den?«

»Das ist das Schreckliche: eigentlich keiner! Ich stehe
vor einem Rätsel. Bei diesen Sicherheitsmaßnahmen. Ich
muss Sie bitten, das möglichst nicht an die große Glocke
zu hängen. Der Schaden wäre immens.«

»Von Hostiz?«, fragte ich.

Morten schüttelte den Kopf. »Der weiß nichtmal wie
man das Ding in Gang setzt, geschweige, ein Fax sendet.«

Vor dem Firmentor nahm Bandmann die Handschellen wieder an sich. Morten holte einen Schlüsselbund und
öffnete. »Ich darf vorgehen.«

Das Spielchen mit dem persönlichen Fingerabdruck
auf dem Guckloch kannte ich bereits. Morten führte uns

in sein Büro. Er ging zu einem Rollschrank und zog einen Ordner mit der Aufschrift Bi«lege raus. »Ich habe mir angewöhnt, ziemlich pünktlich zwischen halb eins und Viertel nach eins zum Essen zu gehen. Das weiß hier jeder. Mir fiel sofort auf, dass die Nachrichten exakt in diesem Zeitfenster abgeschickt wurden. Wann war das erste?«

Bandmann holte die Papiere aus seiner Tasche und blätterte. »Hier: 17. Juli um 12 Uhr 48, dann 26. Juli um 12 Uhr 43.«

Arvasohn blätterte. Bis er triumphierend den Ordner hochhielt und auf einen Quittungsbeleg deutete. »Dienstag, 17. Juli, *Bogenhausener Hof*. Da waren sogar Zeugen dabei, von Hostiz und Frau Krupp von der *Hypovereinsbank*.«

»Was wurde denn besprochen?«

»Kreditrahmen«, kam es, ohne zu zögern. »Wir wollten die Firma noch ausbauen. Abgerechnet um 13 Uhr 47. Gut, das war eine Stunde später. Da hätte - aber schauen Sie sich das Menü an. Und die Zeugen werden bestätigen, dass wir uns um halb Eins getroffen haben.«

Bandmann sagte: »Machen Sie Kopien und geben Sie mir die Originale.«

Morten fingerte zunächst weiter in dem Ordner. »Hier der nächste: Donnerstag. 26. Juli. *Aumeister*. Quittiert um 13 Uhr sieben. Essen mit zwei Herren von SAP. War unheimlich heiß an dem Tag. Abends dann ein irres Gewitter. Vielleicht erinnern sie sich?«

Keiner von uns antwortete.

»Und den dritten find ich auch noch.«

»Am 1. August um 13 Uhr zwo.«, sagte Bandmann ruhig.

Arvasohn präsentierte stolz seinen Ordner und zeigte auf einen Zettel. »Ein Mittwoch. *Nangking*. Das ist der Chinese in der Stuck-Villa. Arbeitsessen mit Frau Manger. Die macht für uns den Head-Hunter. Quittung um 13 Uhr vier.« Er löste die Belege aus dem Ordner und ging zum Kopiergerät. Während wir auf das Warmlaufen warteten, fragte Bandmann, ob er mal telefonieren dürfte.

Während er die Nummer der Haftrichterin wählte, sah er auf die Uhr. Eine Wanduhr zeigte fast Mitternacht. In New York ist später Nachmittag, ging es mir durch den Kopf.

»Bandmann hier. Entschuldigen Sie den späten Anruf. - Wir haben ihn. Ich fürchte aber, wir müssen ihn wieder laufen lassen. - Ja. Ziemlich eindeutige Alibis für die Zeit der Faxe. - Nein. - Gut, okay. - Gleich früh um sieben? Er will nämlich sofort auf Dienstreise. - Ja, danke.«

Er legte auf. »Die Haftrichterin will Sie morgen um sieben sehen. Ich bin auch da mit allen Beweisen. Ich entlasse Sie jetzt auf Ehrenwort. Wenn Sie von Ihrer Reise zurück sind, müssen wir noch einmal intensiv nach dem Schreiber forschen.«

Morten grinste schon wieder. »Ist ja auch im Interesse von SOFTWAL.«

Wir gaben ihm die Hand, wünschten gute Nacht und gingen.

»Wie ist das mit Ihrem Angebot?«, rief er mir nach.

»Das steht. Bin um Viertel nach Sieben am Justizpalast. Okay?«

Er hob den Daumen.

Tommy schlug mir auf die Schulter. »Das war´s, Larry. - Lass uns noch einen heben. Irgendwo hier in der Gegend ist sicher noch was auf.«

Zunächst rief ich Hannah an, um ihr Gute Nacht zu wünschen.

Kein Wort über Morten. Sie sprudelte begeistert los: »Das ist hier noch mehr *sightseeing than hard working*, Larry. Nachher bin ich in ein Musical am Broadway eingeladen. Hinterher Treffen mit den actors. Morgen früh, noch vor Arbeitsbeginn, will Joe mit mir im *Central-Park* joggen.«

»Wer ist Joe?«, fragte ich irritiert.

Sie lachte. »Joe ist der Büroknecht. So ein Mädchen für alles. Ein Schwarzer, weißt Du. Aber sehr nett.«

Es war das letzte Lachen, das ich von ihr hörte. Es bleibt für immer in meinem Ohr. Ob ich Joe einmal anrufe? Das habe ich mich schon oft gefragt. Ich breche ab.

11

Morgen ist der erste Adventssonntag. Für die Christen ein Hoffnungstag.

Merkwürdigerweise fühle ich auch eine neue Stärke. Frau Dr. Hellwig rief mich gestern an und meldete, dass ein Gericht die Bank in Jersey verdonnert hat, das Geld auf ein Treuhandkonto zu transferieren.

»Die Bank geht natürlich in die Berufung. Doch ich bin ganz zuversichtlich. Selbst wenn es bis zum EuGH geht. Außerdem habe ich eine neue Spur, der Sie nachgehen sollten: Ein Geschädigter will Ritzer in Chile gesichtet haben. In Valparaiso.«

In Chile wird´s jetzt gerade Sommer. Vielleicht fliege ich. Ich will versuchen, meinen Bericht heute fertigzustellen.

Tommy und ich fanden in jener Nacht gleich um die Ecke ein Hotel, dessen Bar uns genügte, um ein bisschen Frust mit einem schönen Scotch und viel Soda hinunter zu spülen.

»Scheißfall. Immer, wenn man denkt, das ist die Lösung, zerrinnt er dir ins Nichts.«

»Er löst sich eben auf«, sinnierte ich weiter. »Und doch gefällt´s mir nicht.«

»Denkste mir?«

»Warum hat er die Faxe nicht gelöscht? Die kamen doch wie gerufen für sein Alibi, oder?«

»Du glaubst, er wusste schon, dass er vielleicht mal ein Alibi brauchen werde? Aber wenn er sie gar nicht geschrieben hat, kannte er sie ja auch nicht, musste sie also nicht löschen.«

»Und doch haben sie ihm aus der Patsche geholfen. Ist doch ein toller Zufall, was?«

»So ein Scheißfall. Mann, Larry, lass es uns vergessen. Was macht dein Schatz?« fragte Tommy schließlich, um auf andere Gedanken zu kommen.

Ich blickte auf die Uhr. »Früher Abend. Gerade bummelt sie über den Broadway. In den ersten Tagen hatte ich sie immer geweckt, weil ich´s bis zum Mittag kaum aushielt und natürlich zu früh dran war.«

»Leg dir doch ne zweite Uhr zu, auf der ihre Zeit eingestellt ist.«

»Gute Idee, darf sie nur nicht verwechseln.«

»Du meinst, du kommst dann vielleicht zu spät zum Mittagessen?«, blödelte Tommy weiter. Der Whisky begann zu wirken. »Und nachher zu spät zu unserem Freund Morten!«

Plötzlich zuckte durch meinem leicht vernebeltes Gehirn ein Blitz. »Mensch, Tommy, mir kommt ein entsetzlicher Gedanke. Nein, unterbrich mich nicht. Ich muss ihn fassen, ehe er verschwindet.« Und dann wurde es immer klarer in meinem Kopf.

»Tommy, er war´s doch.«

»Schön wär´s! Seine Art liegt mir nicht.«

»Hast du einen guten Freund bei den Kollegen in Zürich?«

»Meinst du das jetzt ernst?«

»Völliger Ernst.«

»So einen Wachtmeister Studer, he? Von dem - wie hieß der Autor?«

»Glauser!«, ergänzte ich, war aber in Gedanken längst weiter.

Tommy ahmte Schwyzer Dütsch nach: »Hescht du öppis g´funde? Oppis apartigs?«

»Abartig - so könnte man es nennen. Kennst du jemand dort?«

Tommy wurde wieder etwas klarer. »Den Bruno, den Bruno Ambros von der Kantonspolizei. Hab ihn mal im Urlaub auf Kreta kennengelernt. Seitdem haben wir schon mehrere griechische Inseln gemeinsam entdeckt.«

»Komm. Lass uns zahlen. Ich erklär dir alles in meinem Büro. An Schlaf ist jetzt eh nicht mehr zu denken. Wenn wir Glück haben, kann dein Bruno bis zum Abflug die Beweise liefern.«

Wie versprochen stand ich um kurz nach sieben vorm Justizpalast. Unausgeschlafen, aber hellwach. Nach wenigen Minuten kamen Morten und Bandmann heraus. Arvasohn wieder mit seinem Pilotenkoffer. In Tommys Zügen konnte ich nichts lesen, nur als er sagte »Fahr schön vorsichtig, ihr habt Zeit«, kniff er ein Auge zu.

»Von wegen«, protestierte Morten. »Wenn wir die Acht-Uhr-Maschine bekämen, wäre ich dankbar.«

»Blaulicht habe ich leider nicht«, sagte ich etwas muffelig.

Wir fuhren los. Der Münchner Frühverkehr lief auf vollen Touren.

»Die Richterin musste also auch Ihre Beweise anerkennen.« Ich hatte es mehr als Feststellung gesagt, doch Arvasohn schaute zu mir herüber. »Sie sagen das so, als ob Sie es bedauern würden?«

»Ganz und gar nicht. Ich stand von jeher auf der Seite des Rechts.«

Als wir auf die Autobahn kamen, war es bereits zehn vor Acht. Auf drei Spuren zuckelte der Verkehr stadtauswärts. Keine Chance, diese Maschine zu bekommen.

»Wann geht denn die nächste?«, fragte ich.

»Halb neun.«

»Die schaffen wir.«

Mein Handy klingelte einmal. Bandmanns Zeichen, dass er sein Material bekommen hat. In wenigen Minuten wird er im Hubschrauber sitzen.

»Was hören Sie wirklich von meiner Schwester?«, fragte Morten.

»Wenn mein derzeitiger Job zu Ende ist, fliege ich sicher mal rüber.«

»Grüßen Sie von mir!«

»Werd´ ich bestimmt tun.« Das klang fast wieder zu heftig, doch er merkte nichts, war wohl schon bei seinem Flugplan.

Um zwanzig nach acht fuhr ich am Terminal vor.

»Sie brauchen sich nicht zu bemühen. Schmeißen Sie mich einfach hier raus.«

»Ach, ich bring Sie noch. Möchte doch sehen, ob alles geklappt hat.«

In der Halle stand Tommy Bandmann mit zwei Uniformierten. Für einen Sekundenbruchteil verzögerte Arvasohn den Schritt, dann ging er tapfer weiter.

»Wie haben Sie das geschafft? Andere Strecke gefahren?« fragte er betont locker.

»Geflogen!« gab Bandmann kurz zurück. Und dann: »Herr Arvasohn, ich muss mich wiederholen. Ich habe hier einen Haftbefehl wegen Beihilfe zur Entführung mit tödlichem Ausgang. Zum Schaden Ihres Onkels Oren Wallach. So milde haben wir es jetzt erst einmal formuliert. Vielleicht schafft der Staatsanwalt auch noch eine Mordanklage.«

»Basierend auf?« Das klang jetzt verkniffen.

»Erklär´s ihm, Larry.«

»Manipulation«, begann ich. »Heute Nacht haben wir über Zeitverschiebung philosophiert. Wegen Hannah. Und da kam mir die Erleuchtung. Sie haben die Systemzeit in Ihrem Computer verschoben. Ganz einfach beim Booten stellen Sie die Uhr - sagen wir mal - drei Stunden vor. Wenn Sie dann ein Fax nach Zürich schicken, registriert Ihr PC natürlich die Systemzeit, also - sagen wir - 12 Uhr 43, obwohl es erst 9 Uhr 43 ist. Wir sind beeindruckt.«

Morten stellte jetzt seinen Pilotenkoffer ab.

»Und?«

»Zum Glück hat Kriminalhauptkommissar Bandmann einen guten Freund bei der Kantonspolizei in Zürich. Den Wachtmeister Ambros, gell, Tommy?«

»Der holte heute in aller Frühe den Direktor der *Indic Pacific Bank* aus dem Bett«, übernahm Bandmann den Bericht, »Und fuhr mit ihm ins Büro. Die Schweizer Banken sind in zwar Gelddingen sehr verschwiegen, aber wenn´s nur um Faxzeiten geht, hat so ein Direktor gar keine Probleme mit der Kooperation. Hier konnte er dann ganz schnell feststellen, dass Ihre Faxe tatsächlich alle zwischen sechs und sieben Uhr morgens eingegangen waren. Die hatten nämlich keine Zeitverschiebung eingegeben. Genügt das?«

Morten hielt seine Handgelenke hin. Bandmann gab den Uniformierten einen Wink. Sie nahmen ihn in die Mitte.

»Tja, dumm gelaufen«, sagte er noch. »Es war wirklich ein Unfall. Ich wollte ihn nicht umbringen. Wie sagten Sie? Entführung mit Todesfolge.«

»Sagen Sie jetzt besser gar nichts mehr. Es kann ganz schnell eine Mordanklage werden.«

Ich musste doch noch etwas fragen: »Warum sind sie schon vor den Polizisten in die Sauna? Sie hätten doch mit denen zusammen die Leiche finden können?«

Er nickte. »Ich war für einen Moment in Panik geraten. Das war nicht ausgemacht. Oren sollte in seinem Zimmer liegen. Mit schwerem Schock.«

»Herzversagen haben Sie also bei dem alten Mann billigend in Kauf genommen?«

Er schwieg.

»Übrigens: das Geld, das Sie bei den Spekulationen mit Herrn Ritzer verloren haben, ist auch sichergestellt. Man muss manchmal auch als Spieler Geduld mitbringen.«

Er schwieg.

Wir ließen ihn stehen.

Schluss

Heute weiß ich, was da Ende September passiert war: Hannah hatte mich angerufen. Zwei Herren vom Mossad hatten sie besucht. Sie solle schnellstens mit nach München kommen. Mit Morten und der Firma sei etwas nicht in Ordnung. Sie würde gebraucht. Morgen früh 10 Uhr 15 in München. Ich erklärte in dürren Worten, was inzwischen vorgefallen ist. Natürlich werde ich sie abholen. Dann könnte ich ihr alles erklären.

»Larry, sag´s mir: Ist Morten tot?«

»Nein«, beruhigte ich. »Aber er ist wieder in Haft. Wahrscheinlich sollst du gewisse Vollmachten an der Firma übernehmen - oder abtreten, damit der Mossad die Kontrolle behält.«

»Dazu bin ich doch -.« Sie brach ab. »Larry - sei ehrlich!«

»Morgen hier in München werde ich dir alles erklären.«

»Hab mich lieb - derweilen!«

»Ich hab dich lieb!«

In den Frühnachrichten dann die Meldung, dass eine Lufthansamaschine über dem Atlantik verschollen sei. Ich raste los. Bereits auf dem ersten Monitor im *Terminal 2* blinkte mir ein *cancelled* wütend entgegen. Es war der Lufthansaflug aus New York.

Ich ging zur Einsatzzentrale. Ein Kollege erkannte mich. Ich fragte, ob es Neuigkeiten von der verschollenen Maschine gäbe?

Er schüttelte den Kopf. »Haben Sie jemand an Bord?« Ich nickte.

»Oh Gott - so etwas muss ja ganz schrecklich sein.« Ich nickte wieder und ging.

Ziellos lief ich auf dem Terminal herum. Überall das aufgeregte Blinken. *Cancelled - cancelled - cancelled*. Ich hielt es nicht mehr aus. Auf dem Heimweg dann die Meldung im

Radio, dass ein »Kommando Ahmed Bouchiki!« die Verantwortung für das Attentat auf eine Lufthansamaschine aus New York übernommen habe. »Wir schlagen den Mossad, wo wir ihn treffen!« hieß es in der Botschaft, die an die NewYork Times übermittelt worden war. Der Sender gab auch gleich die Erklärung zu dem Namen: Am 21. Juli 1973 hatte sich der Mossad einen schweren Fehler geleistet. In dem norwegischen Wintersportort Lillehammer wurde Ahmed Bouchiki getötet, ein marokkanischer Kellner, den die Agenten fälschlicherweise für einen Olympia-Attentäter hielten. Ein Informant glaubte, in ihm Ali Hasan Salameli zu erkennen, den Chef von Arafats Spezialtruppe „Force 17" und Mitglied des „Schwarzen September". Die norwegischen Behörden fassten fünf Mossad-Agenten. Sie wurden zu Gefängnisstrafen verurteilt, aber 1975 nach Israel zurückgebracht.

Bandmann fand mich. Ich lag auf dem Boden, mit dem Hörer am Ohr und stammelte nur die Nachricht, die mir Hannahs Handy immer wieder übermittelte: *The person you are calling is not available at present. Try ist again.*

Dezember

Liebe, sehr verehrte Frau Dr. Dorer!
Das letzte Wort ist geschrieben. Es hat
den Schmerz, der wie eine Flutwelle
alle Dämme brach und meine Gedanken mit sich riss, gebändigt. Sicher
war es Ihre freundliche, fast mütterli-
che Betreuung, die Sie mir zukommen
ließen, um mich von der geistigen
Dunkelheit zu befreien. Jedenfalls bin
ich in diesen winterlichen Tagen zu
der Einsicht gelangt, dass ich in keiner Phase die Ereignisse in ihrem Ablauf hätte ändern können. Da lässt
sich in der Wiederholung eine Deter-
mination ablesen, die zu Fatalismus
führen könnte. Ich habe jedoch – und
das war sicher auch Ihre Absicht –
den anderen Weg entdeckt: Das Wissen
um die eigene Ohnmacht schafft auch
die Freiräume für die eigenen Ent-
scheidungen. Ich möchte diese Haltung
mit »positivem Nihilismus« umschreiben. Nicht »Das Leben geht weiter«,
heißt die Parole, sondern »Ich lebe
weiter! Also tu ich´s!«

Heute Nacht, als irgendwo im Hause jemand das Weihnachtsoratorium hörte, habe ich auch das Bild gefunden, das in mir weiterleben kann. Vielleicht hat mich das Jauchzet! Frohlocket!, des Eingangschors darauf gebracht. Oder die sanft flackernde Adventskerze, die mir Irmgard hingestellt hat. Es ist nicht mehr der gewaltige Ozean, unter dem ich meine Liebe begraben sehe.

Nein, Hannah sank nieder auf das Wasser und wurde von einer Schaum gekrönten Welle in Empfang genommen. So jung noch, so tot jetzt, hatte sie einmal gesagt. So soll es stehen bleiben. Ich danke Ihnen für alles. Ab Montag erreichen Sie mich wieder in meinem Büro. Rufen Sie bitte an!

Herzlich grüßt Sie Lars Urbach.

ENDE

Lesen Sie auch:

Lars Urbachs zweiter Fall -
Ein Braunschweig-Krimi

»Dies irae dies illa dies tribulationis et angustiae - Tag des Zorns, Tag der Trübsal und Angst ...« Merkwürdige, bedrohliche Mails bekommt ein Braunschweiger Bürger - und sie werden Wort für Wort zur schrecklichen Wahrheit.

Lars Urbach, der Münchner Privatdetektiv, besucht eine Schulkameradin in der Stadt und wird hineingezogen in einen Job, der ihn mit der finstersten deutschen Vergangenheit und einem globalen Netzwerk konfrontiert ...

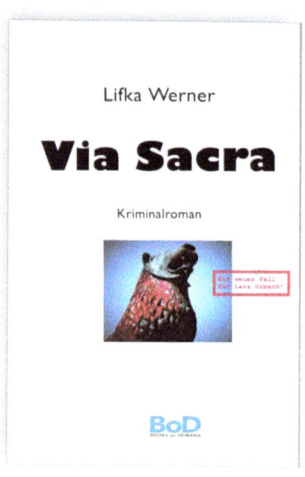

Lifka Werner Via Sacra
Verlag BoD, Norderstedt
ISBN 978-3-7386-5269-7
240 Seiten / Auch als
eBook oder Kindl
lieferbar.